CHIENBÄSE

Ina Haller lebt mit ihrer Familie im Kanton Aargau, Schweiz. Nach dem Abitur studierte sie Geologie. Seit der Geburt ihrer drei Kinder ist sie «Vollzeit-Familienmanagerin» und Autorin. Zu ihrem Repertoire gehören Kriminalromane sowie Kurz- und Kindergeschichten. Im Emons Verlag veröffentlicht sie zwei erfolgreiche Krimireihen.

www.inahaller.ch
www.facebook.com/autorininahaller
www.instagram.com/ina.haller.autorin
www.twitter.com/IHaller_Autorin

 Auf S. 270 findet sich ein Glossar.

INA HALLER

CHIENBÄSE

Kriminalroman

emons:

Bibliografische Information der Deutschen Nationalbibliothek
Die Deutsche Nationalbibliothek verzeichnet diese Publikation in der Deutschen Nationalbibliografie; detaillierte bibliografische Daten sind im Internet über http://dnb.d-nb.de abrufbar.

MIX
Papier aus verantwortungsvollen Quellen
FSC® C083411
FSC www.fsc.org

Umschlagmotiv: Montage aus shutterstock.com/fluke samed, shutterstock.com/memini
Umschlaggestaltung: Nina Schäfer, nach einem Konzept von Leonardo Magrelli und Nina Schäfer
Umsetzung: Tobias Doetsch
Gestaltung Innenteil: César Satz & Grafik GmbH, Köln
Druck und Bindung: CPI – Clausen & Bosse, Leck
Printed in Germany 2021
ISBN 978-3-7408-1123-5
Originalausgabe

Für mis Mami Hedi

Prolog

Es war vorbei. Endlich. Das Schlimmste waren die Krämpfe gewesen und das Wissen in seinen Augen, als der Mann begriff, dass er keine Hilfe holen und ihn sterben lassen würde.

Er umrundete den Mann, der vor ihm auf dem Boden lag. Früher hatten sie ihn «den Professor» genannt. Seinem besonnenen Auftreten und der Art, wie er einen über den Brillenrand gemustert hatte, hatte etwas Vertrauensvolles angehaftet. Von wegen vertrauensvoll. Inzwischen wusste er, wie der Mann alle getäuscht hatte. Er hatte sich ihr Vertrauen erschlichen, und als es darauf ankam, liess er sie im Stich.

Immer noch war der Schrecken in den Augen erkennbar. Der Mund war verzerrt und wie zu einem Schrei geöffnet. War das wirklich so? Oder interpretierte er es hinein? Konnte man im Gesicht eines Toten feststellen, was dieser beim Sterben empfunden hatte? Er hatte keinen Vergleich, da dieser der erste Tote war, den er vor sich hatte. Friedlich sah das Gesicht des Professors jedenfalls nicht aus, und das war gut so. Friede war das Letzte, das er ihm gönnte.

Er forschte weiter in den Zügen der Leiche und hatte das Gefühl, etwas Anklagendes und die Frage nach dem Warum lagen in dem starren Blick. Dabei war er sich sicher, dass der Professor in den letzten Sekunden begriffen hatte, worum es ging und warum er hatte sterben müssen.

«Das hast du davon», zischte er dem Toten zu.

Er musste dem zustimmen: Rückblickend war zu viel Zeit seit damals vergangen. Die Strafe kam spät, aber nicht zu spät.

Es erstaunte ihn, wie gelassen er es nahm, einen Mord begangen zu haben. Gelassen war das falsche Wort. Es hatte ihn kaltgelassen, das passte besser. Weder Reue, Schuldgefühle noch Entsetzen stellten sich ein. Im Gegenteil. Er hatte einen Höhenflug. Es hatte etwas Berauschendes. Kurz erschrak er über sich. Nein, Gewissensbisse brauchte er sicher nicht zu haben. Der Professor hatte es verdient. Zu grosse Schuld hatte er auf sich geladen.

Wiederholt hatte er sich ausgemalt, wie es wäre zu morden. Es war ein grosser Unterschied, wenn man es wirklich tat. Es erlebte – mit allen Sinnen.

Ein weiteres Mal tastete er nach dem Puls des Professors an dessen Hals, um sicher zu sein, dass er tot war. Definitiv nichts war zu spüren.

Er hockte sich auf die Fersen und richtete den Oberkörper auf. Dabei vermied er es, auf das Erbrochene zu schauen, und klammerte den beissenden Geruch so weit aus, wie es ihm möglich war. Er blickte sich im Schlafzimmer des Professors um. Der Professor hatte es nicht mehr bis zum Bett geschafft und war vor dem Fussende zusammengebrochen.

Zu gerne hätte er gelüftet. Das durfte er nicht. Sonst hätte ein Passant, der in diesem Moment zufällig hochschaute, ihn gesehen. Die Gefahr, dass er sich daran erinnerte und es der Polizei meldete, wenn man die Leiche des Professors finden würde, war zu gross. Er durfte keinen Fehler machen, und das weitere Vorgehen musste gut durchdacht sein.

Zuerst musste er seine Spuren beseitigen. Jede einzelne. Nach Möglichkeit durfte kein Haar oder Fingerabdruck von ihm zu finden sein. Das würde schwierig werden. Er war ein oder zwei Stunden in dieser Wohnung gewesen und hatte beim Eintreffen keine Maske oder Handschuhe getragen, da er den Professor nicht hatte misstrauisch machen wollen. Er hatte darauf geachtet, so wenig wie möglich zu berühren und sich zu merken, wo er sich aufgehalten und was er angefasst hatte. Ihm war klar, nicht alle Spuren entfernen zu können. Damit musste er leben. Sollte die Polizei auf ihn zukommen, konnte er zugeben, in der Wohnung gewesen zu sein. Zwar nicht heute, sondern an einem anderen Tag. Früher war er bereits einmal hier gewesen.

Der Professor hatte zudem regelmässig Gäste gehabt. Das bedeutete, es würde eine Menge Hinweise geben, die sich deshalb als unbrauchbar erwiesen. Trotzdem sollte er zusehen, keine verräterischen Beweise seiner Anwesenheit zurückzulassen.

Er kehrte in den Gang zurück und holte aus seinem Rucksack einen Ganzkörperschutzanzug, Handschuhe und Mundschutz.

Seine Spuren im Schlafzimmer zu vernichten hatte Priorität. Sollte die Spurensicherung der Polizei dort auf etwas stossen, das mit ihm in Verbindung gebracht wurde, würde es schwierig sein, sich eine gute Erklärung einfallen zu lassen. Als Nächstes musste das Geschirr gereinigt werden. Gewissenhaft arbeitete er sich durch die Liste, die er im Kopf erstellt hatte.

Erleichtert atmete er auf, als er damit fertig war.

Nun konnte er den nächsten Punkt auf seiner Liste angehen. Zufällig hatte er erfahren, heute Abend die Gelegenheit zu haben, alles auf einmal zu erledigen. Draussen dunkelte es ein. Er warf einen Blick zur Uhr. Er lag gut in der Zeit. Die Erregung, die während der Putzaktion abgeflaut war, flackerte wieder auf. Die Macht, einem anderen Menschenleben den Garaus zu machen, war berauschend.

Er nahm den Koffer, den er neben der Garderobe abgestellt hatte, und klappte ihn auf. Fachmännisch schraubte er das Gewehr zusammen. Er löschte das Licht in der Wohnung und schob einen Stuhl vor das Fenster. Vorsichtig zog er den Vorhang ein Stück zur Seite. Die Gasse füllte sich. Niemand schaute nach oben. Er öffnete das Fenster einen Spaltbreit und brachte sich in Position.

EINS

Das Atmen fiel Samantha schwer. Der Rauch brannte in der Lunge, und die Hitze war unbeschreiblich. Funken flogen durch die Nacht.

Begleitet von Jubeln, wurde ein brennender Wagen an ihnen vorbeigezogen. Die Zuschauer wichen nach hinten aus, soweit ihnen das möglich war. Samantha hielt die Hände vor das Gesicht und wandte sich ab. Erleichtert blickte sie dem Wagen nach, als er sich entfernte. Die Flammen schlugen bis zu den Giebeln der Häuser in der Liestaler Altstadt.

«Und?», fragte Joel.

«Ich weiss nicht», erwiderte Samantha. Seit der Umzug gegen Viertel nach sieben angefangen hatte, war sie hin- und hergerissen zwischen Faszination und Unbehagen.

«Wie, du weisst nicht?» Joel fasste sie an den Schultern und drehte sie zu sich. Er legte seine Hände um ihre Taille und zog sie an sich.

«Ein wilder Brauch.»

«Nun ja, die Fasnacht ist nicht ohne.»

«Ich habe noch nie Bürger gesehen, die hartnäckig versuchen, ihre eigene Stadt abzufackeln.» Samantha deutete auf das Stadttor, durch das gerade mehrere Besenträger gingen. Anhand der Haltung der Träger mussten die überdimensionierten Besen schwer sein. «Das Tor besteht zum Teil aus Holz.»

«Okay, es mag ein wenig speziell sein, weil sich die wohl älteste bekannte Holzdecke des Kantons Baselland ausgerechnet in einem Gebäude befindet, durch das Jahr für Jahr beim Chienbäse-Umzug brennende Besen und Feuerkörbe getragen werden und Feuerwagen durchfahren. Du kannst aber beruhigt sein. Die Feuerwehr sieht zu, dass dem ‹Törli› nichts passiert.»

Das hatte Samantha bereits bemerkt. Bevor eine Gruppe

das Tor passieren konnte, hielten Feuerwehrleute ihren Wasserstrahl auf das Tor gerichtet, damit es feucht blieb.

«Ich bin keine Fasnächtlerin, aber das Ganze ist faszinierend», sagte Samantha.

Joel hatte ihr vor zwei Tagen vorgeschlagen, sich am Sonntagabend den Chienbäse-Umzug anzuschauen. Samantha hatte zunächst damit nichts anfangen können.

«Für mich ist das einer der verrücktesten Bräuche», sagte sie.

«Dafür ist der Chienbäse einmalig.» Joel machte mit seinem Handy ein Foto von einem Feuerkorb, der von acht Männern an ihnen vorbeigetragen wurde.

«Wie lange gibt es ihn schon?»

«Da fragst du mich was. Ich glaube, ein solcher Umzug mit Chienbäse und Pechfackeln wurde zum ersten Mal 1902 bewilligt. Ein Konditormeister soll der Begründer des Umzuges in der heutigen Form sein.»

«Ein Konditormeister?»

«Bäcker brauchten für das Beheizen ihrer Öfen damals fast ausschliesslich Föhrenholz und verwendeten dazu das ‹Chien›. Das ist speziell harzreiches Holz.»

«Sie bauten dazu diese Wagen?» Mit gemischten Gefühlen schaute sie zum Tor, durch das gerade ein neuer Feuerwagen gezogen wurde. Das Feuer loderte an dem Gebäude hoch, und es schien für einen Augenblick so, als stände es in Flammen.

«Nein, die Wagen kamen später dazu. Am Anfang der dreissiger Jahre kamen junge Burschen auf die Idee, einen Eisenkessel mit Holz zu füllen. Sie zündeten es an und rannten damit durch die Stadt.»

«Und diese riesigen Feuerwagen waren seitdem erlaubt?»

«Nein. Zuerst gab es einen Unterbruch der Fasnachtsveranstaltungen durch den Zweiten Weltkrieg. Danach verbot der Gemeinderat die Wagen. Sie wurden erst nach 1961 wieder erlaubt.»

Der Wagen war nach dem Tor stehen geblieben. Samantha

erkannte Zuschauer, die Würste auf Holzstecken spiessten und an die Flammen hielten.

«Hier.» Joel reichte Samantha einen Holzstecken und einen Cervelat.

«Du willst …»

«Warum nicht?»

Der Wagen setzte sich in Bewegung und hielt kurz darauf bei ihnen. Die Hitze war unbeschreiblich. Funken stoben, und Samantha wich ein Stück nach hinten und schirmte mit den Händen ihr Gesicht ab. Da das nichts nützte, stellte sie sich hinter Joel und presste ihren Kopf gegen seine Schulter. Joel steckte seine Wurst auf den Ast und tat das Gleiche mit Samanthas. Gemeinsam mit den Leuten, die rechts und links neben ihnen standen, hielt er beide an das Feuer.

«Wo kommt überhaupt das ganze Holz her?», fragte Samantha und war froh, als der Wagen unter lautem Klatschen des Publikums weitergezogen wurde.

«Das stellt Liestal zur Verfügung.» Joel biss in seinen Cervelat. «Je nach Grösse werden zwischen einem halben bis sechs Ster Holz aufgeladen. Die Wagen werden nach dem Beladen durch das Feuerinspektorat auf Höhe, Breite und Art der Ladung geprüft und danach offiziell freigegeben. Es ist also sicher.»

«Na ja, relativ», wandte Samantha ein. Trotz der wachsenden Faszination konnte sie das Unbehagen nicht gänzlich zur Seite schieben.

«Schau mal, da kommen sie.» Joel legte seinen Arm um Samantha, zog sie zu sich und deutete auf das Tor. «Mein Vater und seine Gruppe.»

Samantha fragte sich, wie Joel ihn erkennen konnte. Für sie sahen alle Besenträger, die abwechselnd mit den Wagen und den Trägern von Feuerkörben in einer Kolonne am Umzug mitliefen, gleich aus. Sie trugen feuerfeste Kleidung und entsprechende Kopfbedeckung. Obwohl die vielen Feuer genügend Helligkeit verbreiteten, war es schwer, einzelne Personen zu erkennen. Samantha steckte den letzten Bissen Wurst in den

Mund und beobachtete die Gruppe, die sich näherte. Die Besen loderten. Funken stoben knisternd in den Abendhimmel. Nun meinte Samantha, Beat zu erkennen. Es war ein lang gehegter Wunsch von Joels Vater gewesen, einmal am Chienbäse-Umzug, der in diesem Jahr Anfang März stattfand, mitzulaufen. Dieses Jahr hatte er ihn sich erfüllt. Mit seinen Jassfreunden hatte er beschlossen, sich einer Gruppe Besenträger anzuschliessen. Samantha musste lächeln, als sie an die kindliche Freude dachte, wenn Beat davon erzählte, wie er seinen Besen zusammengebaut hatte. Samantha hatte bis heute Abend keine Vorstellung gehabt, wie so ein Besen aussah. Sie bewunderte die Männer, die diese zwanzig bis hundert Kilo schweren Besen die ganze Strecke durch die Altstadt auf der Schulter trugen.

Die Gruppe näherte sich und hatte Samantha und Joel fast erreicht, als ein Knall das Geknister, den Applaus und die Pfiffe übertönte. Samantha schaute sich irritiert um. Einer der Männer, die vor Beat liefen, strauchelte. Bevor jemand reagieren konnte, sackte er auf den Boden. Sein Besen kippte direkt auf Samantha und Joel zu. Es war für Samantha, als würde er sich im Zeitlupentempo auf sie zuneigen. Samantha starrte auf die Flammen, die sie fast erreichten. Weg, schrie es in Samantha. Sie hob die Hand, um sich zu schützen, aber die Beine weigerten sich, den Befehl des Kopfes auszuführen.

«Achtung!», hörte sie Joels Aufschrei.

Sie wurde am Arm gepackt und auf die Seite gezogen. Keine Sekunde später landete der Besen auf dem Boden. Genau an der Stelle, an der Samantha eben gestanden war.

***

«Möchtest du nicht lieber zum Arzt?», fragte Verena.

Joels Mutter schraubte den Deckel auf die Tube und legte sie auf den Tisch. Anschliessend beugte sie sich über Samanthas linke Hand. Ihre braunen Haare, die einen Schnitt vertragen konnten, fielen in ihr Gesicht, und Samantha bemerkte den grauen Ansatz.

Zwar hatte Joels rechtzeitiges Eingreifen verhindert, dass der brennende Besen gegen Samantha gefallen war, aber er hatte ihre Hand gestreift. Die Verbrennungen stufte Samantha für nicht gefährlich ein, obwohl die Haut spannte und schmerzte.

«Es hat zwei Brandblasen gegeben.» Verena deutete auf Samanthas Handrücken.

«Blasen würde ich diese beiden kleinen Gebilde nicht nennen.»

«Sag doch mal was, Joel», rief Verena. «Sie sollte das einem Arzt zeigen.»

«Vreni, lass es gut sein», kam Samantha Joel zuvor. Sie legte die Hand auf Verenas Arm. «Wenn es schlimmer wird, gehe ich sofort zum Arzt. Versprochen.» Verena musste nicht wissen, wie stark die Haut spannte. Sobald etwas ihren Handrücken berührte, brannte es höllisch. Immerhin linderte die Salbe, die Verena aufgetragen hatte, den Schmerz und kühlte.

«Du bist Linkshänderin und brauchst die Hand.»

«Meine rechte ist funktionstüchtig, und das reicht für den Moment.»

Inzwischen hatte Samantha sich von dem Schrecken erholt. Sie liess den Vorfall Revue passieren. Nachdem der Mann zu Boden gefallen war, waren Feuerwehrleute herbeigeeilt und hatten die Umstehenden gebeten, den Bereich sofort zu verlassen. Anschliessend hatten sich Sanitäter um den Mann gekümmert und ihn fortgebracht. Dabei hatten weder Joel noch sie erkennen können, wer der Mann war und ob er ernsthaft verletzt war. Zum Glück war der brennende Besen schnell gelöscht gewesen, und es hatte keine Panik gegeben. Die Leute, die neben ihnen standen, vermuteten einen Herzinfarkt, und Joel war zu dem gleichen Schluss gekommen. Der Umzug war danach weitergegangen. Samantha war froh gewesen, dass es keine weiteren Zwischenfälle gegeben hatte. Am Ende waren sie den Leuten aus dem Stedtli gefolgt.

Samantha war mit Joel eine Viertelstunde zu Fuss zum Haus seiner Eltern gegangen, wo sie das Auto abgestellt hatten. Geplant war ein gemeinsames Nachtessen nach dem Umzug. Verena hatte angekündigt, es gäbe Mehlsuppe und Liestaler Käsewähe.

Die Zeit war verstrichen, ohne dass Beat gekommen war oder sich gemeldet hatte. Samantha schielte zur Uhr. Beat hatte angekündigt, er würde länger brauchen, bis er heimkomme, aber mit mehr als einer Stunde hatte sie nicht gerechnet.

«Ich schau nach dem Essen», sagte Verena.

Samantha hörte die Haustür ins Schloss fallen. Beats Gesicht tauchte im Türrahmen auf. Er war blass, und seine Haut und seine vollen grauen Haare waren russverschmiert. Er sah hagerer aus als sonst. Beat betrat das Esswohnzimmer und brachte einen Schwall Rauchgeruch mit sich, der auch Samantha und Joel wie eine Wolke umgab.

Verena rümpfte die Nase. «Ich denke, ihr geht alle erst einmal duschen und hängt die Kleider zum Lüften nach draussen, bevor wir essen.»

Statt zu antworten, setzte Beat sich auf einen Stuhl. Er schob Teller und Besteck auf die Seite, stützte die Ellenbogen auf den Tisch und legte das Gesicht in seine Hände. «Ruedi ist tot», sagte er kaum hörbar.

«Tot?», rief Verena und schlug die Hand vor den Mund. «Ruedi?»

«Wieso Ruedi?», fragte Joel.

«Zuerst haben wir gedacht, er habe einen Schwächeanfall.» Samantha brauchte eine Weile, bis sie verstand, dass Beat von dem zusammengebrochenen Mann sprach.

«Das war Ruedi?», fragte Joel. «Was ist eigentlich genau passiert?»

Beat erwiderte nichts. Er fuhr sich über sein Gesicht und verteilte dabei den Russ weiter.

«Ruedi?», flüsterte Verena ein weiteres Mal. Sie setzte sich neben Beat und ergriff seine Hände. Er umklammerte ihre Finger und kam Samantha wie ein Ertrinkender vor.

«Ein Jasskollege von meinem Vater», erklärte Joel. Offenbar hatte er Samanthas Frage geahnt. Er setzte sich neben sie und griff nach ihrer Hand. Seine Finger waren eiskalt, und Samantha meinte, ein Zittern wahrzunehmen.

«Wieso hatte ausgerechnet er einen Herzinfarkt?», wandte Joel sich an Beat. «Ruedi war doch kerngesund.»

«Er hatte keinen Herzinfarkt», sagte Beat leise. «Er ... Er wurde erschossen.»

«Was?», entfuhr es Verena, Joel und Samantha gleichzeitig.

«In dem Gedränge?», setzte Joel nach.

«Ein Anschlag?», flüsterte Verena. «Es gibt genügend Verrückte auf der Welt, und es wäre nicht das erste Mal, wenn so was bei einer Veranstaltung passiert.»

«Wenn es sich bei uns um einen Anschlag handeln würde, wären bestimmt mehr Menschen gestorben», sagte Beat.

«Willst du damit sagen, jemand hat vorsätzlich auf Ruedi geschossen?», rief Verena. Jetzt war sie es, die sich an Beats Händen festzuklammern schien.

«Ich weiss es nicht.» Beat verharrte weiterhin in der gleichen Position.

«Weisst du, ob jemand etwas gesehen hat?», fragte Verena. «Immerhin waren viele Menschen vor Ort.» Ihr Blick driftete zu Samantha und Joel.

Beide schüttelten den Kopf.

«Obwohl viele da waren, muss das nichts heissen. Alle haben sich auf den Umzug konzentriert. Ich bin froh, dass keine Panik ausgebrochen ist, was bestimmt der Fall gewesen wäre, wenn die Leute realisiert hätten, warum Ruedi zusammengebrochen ist», sagte Joel.

Bedrücktes Schweigen setzte ein.

«Ruedi war nicht gleich tot», sagte Beat. «Die Sanitäter sind sofort gekommen und haben ihn zur Ambulanz gebracht, die in der Kanonengasse stand. Erst dort haben sie realisiert, was geschehen ist. Sie konnten ihm nicht helfen. Ruedi ist auf dem Weg ins Spital gestorben», murmelte er.

«Ich habe zwar nichts gesehen, aber gehört», sagte Samantha. «Ich habe den Schuss gehört.»

«Was? Wann?», fragte Joel. «Ich stand neben dir und habe nichts mitbekommen.»

«Es gab einen Knall, und ich habe mich gefragt, ob etwas explodiert ist.»

«Es war so laut? Ich habe nichts gehört.»

«Es war nicht laut. Falsch. Ich dachte zuerst, es wäre im Feuer berstendes Holz auf einem der Wagen.»

«Von wo kam der Schuss?», fragte Beat.

«Das kann ich nicht sagen.»

«Du musst mit der Polizei sprechen», sagte Beat. «Am besten gleich.»

«Nein», sagte Verena. «Bald ist Mitternacht. Es gibt zuerst zu essen.»

«Keinen Hunger», brummte Beat.

Verena ignorierte das. «Danach duscht ihr und geht ins Bett», sagte sie bestimmt. «Du musst morgen früh raus, Joel.» Sie stellte den Topf mit der Mehlsuppe und die Käsewähe auf den Tisch.

ZWEI

Samantha schlug die Augen auf und brauchte einen Moment, bis sie wusste, wo sie war.

Bis sie fertig gegessen hatten, war es fast ein Uhr am Morgen gewesen. Verena hatte darauf bestanden, dass Joel und Samantha bei ihnen übernachteten. Joels Widerrede, es nicht weit bis zu seinem Haus zu haben, hatte Verena nicht gelten gelassen. «Jede Viertelstunde, die du früher ins Bett kommst, ist besser.»

Joel hatte einen für Samantha halbherzig erscheinenden Einwand erhoben, kein kleines Kind mehr zu sein. Zwischen den Zeilen hatte sie gehört, wie froh er über das Angebot war. Die Erschöpfung stand ihm ins Gesicht geschrieben. Bei AarePharm war im Moment einiges los. Hinzu kam, dass er keinen Ersatz für Samantha gefunden hatte. Sie hatte im vergangenen Juni ihre Stelle bei AarePharm gekündigt. Nachdem herausgekommen war, mit Joel, der ihr Vorgesetzter und gleichzeitig Mitglied der Geschäftsleitung war, eine Beziehung zu haben, hatte sie beschlossen, dass dies der einzige Ausweg aus der Geschichte war. Die Mehrzahl der Kollegen hatte neutral reagiert, aber gewisse Anfeindungen hatte es gegeben. Samantha war zu dem Schluss gekommen, diese Kombination, Joel als Partner und als Vorgesetzten zu haben, könne auf die Dauer keine Lösung sein.

Die Nachfolgerin, die er für Julia eingestellt hatte, entpuppte sich ausserdem als unfähig. So blieb das meiste an Joel und Erik hängen. Zu allem Überfluss hatte Bernd Wolf, der ebenfalls zu Joels Team gehörte, gekündigt und arbeitete seit drei Monaten nicht mehr bei AarePharm. Zusätzlich stand eine Auditreise zu einem neuen indischen Lieferanten an. Regelmässig kam Joel seit zwei Wochen erst nach einundzwanzig Uhr nach Hause, um gleich darauf am nächsten Morgen zwischen fünf und sechs Uhr wieder zur Arbeit zu fahren.

Samantha tastete neben sich. Der Platz neben ihr war leer. Offenbar war er auch heute früh aufgebrochen. Sie hatte nicht mitbekommen, wann Joel aufgestanden war.

Durch einen Spalt zwischen den Vorhängen drang Licht herein. Trotz der Ereignisse am gestrigen Umzug hatte sie tief und fest geschlafen.

Sie hob ihren Arm und brauchte eine Weile, bis sie die Zeit an ihrer Armbanduhr entziffert hatte. Bald acht Uhr! Samantha schwang die Beine aus dem Bett und musste einen Moment innehalten, da ihr schwindlig wurde.

Nachdem der Schwindel abgeebbt war, zog Samantha die Kleider von Joels Schwester Simona an, die ihr Verena in der Nacht gegeben hatte. Simona und sie hatten eine ähnlich zierliche Figur.

Samantha verliess das Zimmer. Auf dem Weg zum Bad schlug ihr der Geruch von Kaffee entgegen. Samantha realisierte, Hunger zu haben.

Der Badezimmerspiegel zeigte ihr eine übermüdete Frau mit Ringen unter den Augen. Ihr Teint hatte heute nichts von der Farbe eines Latte macchiatos, wie ihre beste Freundin Lorena ihr Aussehen bezeichnete. Sie sah eher wie Milchkaffee aus, dem zu viel Milch beigemischt worden war. Das Grün ihrer Augen war farblos und blass. Sie hatte nichts von der exotischen indischen Schönheit, als die Joels Vater sie gerne bezeichnete. Samantha kämmte ihre langen, dichten schwarzen Haare und fasste sie zu einem Rossschwanz zusammen. Sie strich die Salbe, die ihr Verena in der Nacht gegeben hatte, auf den linken Handrücken. Die Haut war wie gestern gerötet. Solange Samantha die Finger nicht bewegte, spannte und brannte es nicht.

In der Küche fand sie Beat vor. Er hatte neben sich eine Tasse stehen und blätterte in der Zeitung. Als Samantha eintrat, senkte er die Zeitung und lächelte sie über den Rand an.

«Guten Morgen», sagte er. «Ausgeschlafen?»

«Nicht wirklich, aber ich will nicht zur Langschläferin mutieren. Wo ist Vreni?»

«Sie hat ihren Frauenmorgen. Bedien dich und fühl dich wie zu Hause.» Er machte eine ausladende Bewegung durch die Küche.

Samantha war es unangenehm, in den Schränken und im Kühlschrank zu stöbern, doch sie kam der Aufforderung nach. Sie fand Flocken, eine Birne und Joghurt. Nachdem sie sich ein Müesli und einen Cappuccino zubereitet hatte, setzte sie sich Beat gegenüber an den Tisch. Er faltete die Zeitung zusammen und legte sie zur Seite. Die grossen Buchstaben sprangen Samantha sofort ins Auge: «Spektakulärer Mord am Chienbäse-Umzug».

«Nichts als eine Menge Spekulationen», sagte Beat und drehte die Zeitung um. «Die Polizei hat vor einer halben Stunde angerufen. Ich habe ihnen gesagt, du hättest einen Schuss gehört.»

Samantha schloss für einen kurzen Moment die Augen und wappnete sich für das, was als Nächstes kommen musste.

«Sie wollen mit dir sprechen. Herrn Nussbaum kennst du ja.»

Das tue ich, dachte Samantha. Obwohl sich Jan Nussbaum und sein Team von der Kantonspolizei Baselland freundlich ihr gegenüber verhalten hatten, hatte sie keinen Bedarf, Nussbaum wiederzusehen. Es würde die Geschehnisse vom vergangenen Juni zurück an die Oberfläche spülen.

«Er hat gefragt, ob wir gegen zehn Uhr zu ihm in den Polizeistützpunkt Gutsmatte kommen können», fuhr Beat fort.

«Das sollte machbar sein», sagte Samantha und rührte mit dem Löffel durch das Müesli. Der Appetit war ihr aufgrund dieser Aussicht vergangen, und sie musste sich zwingen zu essen. Mechanisch kaute sie.

«Wie geht es dir?», fragte Beat und beugte sich vor. Er legte seine Hand auf ihre. Er musste bemerkt haben, dass sie keinen Hunger hatte. «Hast du inzwischen eine Stelle in Aussicht?» Anscheinend interpretierte er ihre Reaktion falsch.

Samantha schüttelte den Kopf. Nach ihrer Kündigung hatte

sie zuerst angenommen, es sei einfach, einen neuen Job zu finden. Schnell war sie eines anderen belehrt worden.

«Das tut mir leid», sagte Beat. «Joel würde dich mit Kusshand wieder einstellen.»

«Am liebsten würde ich sie rausschmeissen», hatte Joel vor einigen Tagen genervt über Julias Nachfolgerin gesagt. «Dafür habe ich leider keine ausreichende Begründung.» Ausserdem hatte sie ein Auge auf Joel geworfen. Wiederholt kam sie mit fadenscheinigen Begründungen in sein Büro. «Immer diese unnötigen Anmerkungen und Hinweise», hatte Joel geknurrt. «Damit hält sie mich nur von der Arbeit ab.»

«Kommst du über die Runden?», fragte Beat.

«Ja.» Nach einer Wartefrist von drei Monaten bekam Samantha nun Arbeitslosenunterstützung, die für sie völlig ausreichend war. Geld war für den Moment nicht das Problem. Langsam fiel ihr allerdings die Decke auf den Kopf. Der Gedanke, nicht gebraucht zu werden, nagte an ihrem Selbstwertgefühl.

«Kanntest du Ruedi schon lange?» Sie wollte das Thema wechseln.

«Wir kennen uns aus Kindertagen. Später hatten wir uns aus den Augen verloren. Vor einigen Jahren kamen wir wieder in Kontakt, und Ruedi ist zu unserer Jassrunde dazugestossen. Er hatte die Idee, wir könnten gemeinsam bei diesem Umzug mitmachen. Ich fand die Idee grossartig, weil ich das schon immer machen wollte. Nie hätte ich gedacht … Die ganze Zeit frage ich mich, wer Ruedi das angetan haben könnte. Und warum?»

«Hat er nichts davon erzählt, er werde bedroht oder etwas in dieser Art?»

«Nein. Ruedi war nicht der Typ für Streit. Mit niemandem.» Beats Augen huschten kurz zur Seite, bevor er aufstand und seine Tasse in den Geschirrspüler stellte.

***

Um Viertel vor zehn betrat Samantha mit Beat das graue Gebäude mit den blauen Fensterrahmen und grauen Storen unweit der Liestaler Altstadt. Beat ging zur Anmeldung und sagte, sie seien da. Fünf Minuten später wurden sie von Florian Molina aus Nussbaums Team, einem untersetzten Mann mit grauem, schütterem Haar, abgeholt. Beat wurde von einem Mann übernommen, den Samantha nicht kannte.

Molina brachte Samantha zu einem Raum, in dem ein grauer Tisch und vier schwarze Stühle standen. Kurz darauf betrat der drahtig gebaute Nussbaum das Zimmer. Er machte eine Bewegung, die der Aufforderung gleichkam, sich zu setzen. Samantha kam ihr nach. Sie legte die Hände auf den Tisch und verschränkte die Finger ineinander. Sie hoffte, die Männer würden ihre Nervosität nicht bemerken. Sie verfluchte sich, nicht den Mund gehalten zu haben und Beat gegenüber den Schuss erwähnt zu haben. In einen neuen Mordfall hineingezogen zu werden war das Letzte, das Samantha wollte.

Verstohlen musterte sie die beiden Männer. Der dunkelblonde Nussbaum hatte sich nicht verändert. Molina hatte dagegen an Gewicht zugelegt, und das Hemd spannte sich bedenklich über dem Bauch. Samantha befürchtete, einzelne Knöpfe würden in absehbarer Zeit dem Zug, dem sie ausgesetzt waren, nicht mehr standhalten.

«Möchten Sie etwas trinken?» Molina wies mit dem Kopf auf die Karaffe und die Gläser, die mitten auf dem Tisch standen.

Samantha schüttelte den Kopf.

Die Beamten setzten sich, und Molina holte einen Notizblock hervor. Er nickte Nussbaum zu.

«Vorab möchte ich gerne wissen, wie Ihr Verhältnis zu Beat Gyger ist.»

Ein seltsamer Einstieg in die Befragung, dachte Samantha. Sie hätte zunächst Small Talk erwartet. «Er ist der Vater meines Freundes Joel Gyger.»

«Wir haben uns gewundert, weil er uns informierte, Sie

hätten einen Schuss gehört. Warum haben Sie das nicht selber getan?»

«Wir haben heute Nacht über den Vorfall gesprochen.» Samantha nahm an, er war nicht erfreut, weil sie nicht gleich die Polizei gerufen hatte. Immerhin war es spät gewesen. «Dabei ist mir das mit dem Knall in den Sinn gekommen», fuhr sie fort, weil Nussbaum nichts erwiderte. «Beim Frühstück haben wir das Thema ein weiteres Mal angeschnitten.»

Die Verwirrung in Nussbaums Gesicht nahm zu. «Frühstück?» Samantha verspürte das Gefühl, sich verteidigen zu müssen. «Joel und ich haben bei seinen Eltern übernachtet ...»

«Wohnt Joel Gyger nicht selber in Liestal?»

«Es war weit nach Mitternacht, und seine Mutter hat darauf bestanden.»

«Aha.» Er klang wie ein strenger Lehrer, der überlegte, ob Samantha sich eines Vergehens schuldig gemacht hatte. «Hat Joel Gyger den Schuss auch gehört?», fuhr fort.

«In der Nacht hat er es verneint. Ob ihm inzwischen etwas in den Sinn gekommen ist, weiss ich nicht.»

«War er beim Frühstück nicht anwesend, als Sie darüber diskutiert haben?»

«Er ist zur Arbeit aufgebrochen, bevor ich aufgewacht bin.»

«Sie mussten nicht zur Arbeit?» Neues Erstaunen tauchte in Nussbaums Gesicht auf.

«Ich bin derzeit auf Stellensuche», sagte Samantha und senkte den Kopf. Warum musste das Gespräch ausgerechnet zu diesem unangenehmen Thema driften?

«Aha», kam es erneut. Zum Glück war das alles, was Nussbaum dazu erwiderte, und Samantha war ihm dankbar dafür. Kurzes Schweigen setzte ein, bevor Nussbaum zum eigentlichen Thema zurückkehrte. «Können Sie bitte erläutern, wieso Sie annehmen, einen Schuss gehört zu haben, und ob es nicht etwas anderes gewesen sein könnte?»

«Mir war nicht bewusst, es könnte ein Schuss gewesen sein. Es war ein Knall, den ich nicht einordnen konnte.»

«Es war laut beim Umzug. Könnte der Grund für den Knall nicht ein anderer gewesen sein?»

Das hatte was. Interpretierte sie im Nachhinein zu viel in den Knall hinein? «Anfangs dachte ich, eins der Feuer könnte den Knall verursacht haben. Wenn ich das Ganze rückblickend betrachte, passte der Knall nicht zu den Geräuschen des Umzuges. Ich weiss nicht, wie ich es plausibel erklären soll.»

«Lassen wir das», sagte Nussbaum. «Können Sie bitte beschreiben, was passiert ist?»

Die Bilder des zusammenbrechenden Mannes tauchten vor Samanthas innerem Auge auf. Sie sah den brennenden Besen auf sich zufallen und spürte die Ohnmacht, sich nicht bewegen zu können.

«In dem Fall hatten Sie grosses Glück», sagte Nussbaum, als Samantha ihren Bericht beendet hatte. «Waren Sie beim Arzt?» Er deutete auf Samanthas verbundene Hand, die nach wie vor pochte, obwohl Samantha das Gefühl hatte, der Schmerz habe ein wenig nachgelassen. «Es sieht schlimmer aus, als es ist.»

«In welchem Verhältnis stehen Sie zu Ruedi Herzog?»

«In keinem. Ich kenne ihn nicht.»

«Sind Sie ihm bei den Gygers nie begegnet?»

Erneut verneinte Samantha.

«Hat Ihr Schwiegervater nie von ihm gesprochen?»

Samantha fühlte sich durch Nussbaums Gebrauch des Wortes Schwiegervater irritiert. Gleichzeitig breitete sich ein angenehmes Gefühl in ihrem Inneren aus, das sie verunsicherte. Hochzeitsabsichten hatte sie bisher keine gehegt. Das Wort vermittelte Zugehörigkeit. Zugehörigkeit zu Joel, zur Familie Gyger. Nach dem gewaltsamen Tod ihrer Adoptiveltern hatte sie sich endgültig entwurzelt gefühlt. Die Tatsache, ihre leibliche Familie in Indien gefunden zu haben, hatte daran nichts geändert. Der Wunsch nach Familie und Geborgenheit drängte sich vor.

«Nein», antwortete sie hastig. «Okay, das stimmt nicht ganz. Er hat Ruedi Herzog mit Namen erwähnt, als er erzählt hat, wer alles zu seiner Jassrunde gehörte und wer bei dem Umzug mitlaufen wollte. Mehr nicht.»

«Ist Ihnen ausser dem Schuss etwas aufgefallen?», fuhr Nussbaum fort.

«Nein.»

«Hat sich keiner der Umstehenden auffällig verhalten?»

«Mir ist nichts aufgefallen.»

«Keiner der Umstehenden hat den Schuss bemerkt?»

«Das weiss ich nicht, würde aber sagen Nein.»

«Haben Sie gesehen, wie sich jemand rasch entfernt hat?»

«Das kann ich Ihnen nicht sagen. Ich war auf den Umzug konzentriert.»

***

Es war Samantha nicht recht gewesen, als Beat den Vorschlag gemacht hatte, zu Ruedi Herzogs Frau zu fahren, nachdem Nussbaum und Molina die Fragen beendet hatten. Er hatte bei der Anmeldung auf Samantha gewartet.

«Was ist mit Vreni?», hatte Samantha gefragt. Verena wäre in Samanthas Augen besser geeignet gewesen. Beat könnte sie abholen. Um diese Zeit war sie bestimmt von ihrem Treffen nach Hause zurückgekehrt.

«Vreni hat nach ihrem Frauentreffen einen Physiotermin wegen ihrer Rückenprobleme», hatte Beat gesagt. «Und ich möchte nicht warten.»

Zu gerne wäre Samantha in ihre Wohnung nach Lenzburg gefahren, um neue Bewerbungen zu schreiben. Dieses war nur ein Vorwand, wie ihr klar war. Sie wünschte, alleine zu sein, um das, was gestern passiert war, in Ruhe zu verarbeiten. Seit dem Mord an ihren Eltern vor etwas mehr als einem Jahr hatte sie das Gefühl, dauernd mit dem Tod in Berührung zu kommen. Mehr noch, sie hatte das Gefühl, er verfolge sie regelrecht. Sie hatte Beat nicht vor den Kopf stossen wollen. Samantha konnte deutlich spüren, wie wichtig es ihm war, so schnell wie möglich Ruedis Frau zu besuchen und ihr persönlich zu kondolieren. Und wie gern er jemanden dabeihätte. Der Verdacht drängte sich auf, Ruedi und Beat könnten mehr als nur Bekannte gewesen sein, die hin und wieder zusammen gejasst und Ausflüge unternommen hatten.

Beat fuhr über die Brücke, die über die Ergolz und die Liestaler Umfahrungsstrasse führte. Er folgte dem Verlauf der Arisdörferstrasse und bog schliesslich links ab. Es ging ein Stück bergauf, bevor er in einer Einfahrt vor einer Garage eines gelben Mehrfamilienhauses hielt. Gemäss der Anzahl Briefkasten neben der kleinen Fläche vor den Garagen wohnten vier Parteien in dem Haus.

Sie stiegen schweigend die Treppe hoch, die zum Haus führte. Die Sekunden verstrichen, nachdem Beat geklingelt hatte. Als in Samantha die Hoffnung aufkeimte, es sei keiner da, sah sie durch das Glas der Haustür, wie sich von der rechten Wohnung im Erdgeschoss die Tür öffnete und eine untersetzte grauhaarige Frau in ihre Richtung kam. Ihre Statur ähnelte der von Verena. Sie trug einen schwarzen Hosenanzug. Ihre rot geweinten Augen sahen hinter der Brille riesig aus.

«Hallo, Regula», sagte Beat.

Sie schluchzte auf. Beat nahm sie in die Arme und murmelte Worte, die Samantha nicht verstand. Sie kam sich deplatziert vor und wusste nicht, was sie tun sollte.

«Komm rein», sagte Regula und löste sich von Beat. Als sie sich umdrehte und ins Treppenhaus deutete, bemerkte sie Samantha.

«Das ist Joels Freundin», sagte Beat.

«Die Inderin?» Samantha konnte den Tonfall nicht einordnen, wurde den Verdacht aber nicht los, dass diese Bemerkung abschätzig gemeint war.

Samantha setzte ein Lächeln auf und reichte der Frau die Hand. «Es tut mir leid, was mit Ihrem Mann passiert ist.»

Regula nahm Samanthas Hand nicht, sondern nickte ihr flüchtig zu. Sie führte Beat und Samantha zu ihrer Wohnung und bat sie ins Wohnzimmer. Dunkle Möbel dominierten den

Raum, und er vermittelte trotz des grossen Fensters und der breiten Terrassentür einen finsteren, beinahe abweisenden Eindruck.

«Was möchtet ihr trinken? Kaffee?»

«Gerne», kam Beat Samantha zuvor, bevor sie ablehnen konnte. Samantha trat an das Fenster, von dem man eine ähnlich gute Aussicht über Liestal hatte wie von Joels Haus. Sie konnte das Schwimmbecken einer Badi erkennen und vermutete, es handle sich dabei um das Volksbad Gitterli. Samantha erkannte im Tal die Umfahrungsstrasse.

Sie war mit Liestal und der Umgebung noch nicht vertraut, aber sie war sich sicher, irgendwo auf der anderen Seite des Tales am Hang war Joels Haus.

Sie hörte, wie jemand hinter ihr den Raum betrat. Da sie annahm, es sei Regula, wandte sie sich nicht um.

«Hi, I'm Matthew», sagte kurz darauf eine tiefe Männerstimme. Erstaunt drehte Samantha sich um. *«Matthew J. Lewis.»* Ein dunkelblonder Mann reichte Beat die Hand. Er erblickte Samantha, und seine Augenbrauen schnellten in die Höhe. «Wow, so einen hübschen Besuch bekommt man nicht alle Tage», sagte er in korrektem Hochdeutsch, in dem ein englischer Akzent deutlich hervortrat. Er reichte Samantha die Hand, die er länger als nötig festhielt. Sein Mund verzog sich zu einem breiten Grinsen. «Ich bin Ruedis und Regulas Neffe *from Canada.*»

Samantha konnte es sich nicht verkneifen, ihn ebenfalls von oben bis unten zu mustern. Er trug ein weisses Hemd und Jeans. Seine blaugrauen Augen funkelten belustigt auf, als er Samanthas Blick bemerkte. Er deutete ihn offenbar als Interesse und trat ein Stück dichter an Samantha heran. Sie wich zurück.

Beat stellte sie beide rasch vor, und das Funkeln verschwand für einen kurzen Augenblick, als er sagte, Samantha sei die Freundin seines Sohnes. Samantha war froh, als Regula mit einem Tablett zurückkehrte, auf dem vier Kaffeetassen standen.

«Matthew ist für vier Wochen bei uns zu Besuch», erläuterte sie. «Er hat ein halbes Jahr Auszeit genommen und möchte gerne durch Europa reisen. Zuerst macht er hier Station. Immerhin haben wir ihn zuletzt als etwa Zehnjährigen gesehen.»

«Eine lange Zeit», bestätigte Matthew. «Der Besuch war längst fällig.»

In Regulas Gesicht flackerte für einen kurzen Moment ein Ausdruck auf, den Samantha als Überdruss interpretierte, was sie irritierte. War Matthews Besuch unerwünscht gewesen? Sie setzten sich, und Regula reichte eine Schüssel mit Biskuits herum.

«Was machen Sie beruflich?», fragte Beat in Schriftdeutsch, bevor er eins von den Biskuits nahm und abbiss.

«Im Moment arbeite ich in einer Immobilienfirma, werde aber die Farm meiner Eltern übernehmen, wenn sie sich zur Ruhe setzen.»

«Das ist eine interessante Berufskombination», sagte Beat, und Samantha war froh, weil er den Small Talk übernahm, da Small Talks nicht zu ihren Stärken gehörten. Ausserdem war sie sich Regulas prüfender Musterung bewusst. Sie konnte nicht einordnen, ob es Ablehnung oder etwas anderes war.

«Die Ausbildung als Immobilienmakler ist mein zweites Bein. Sagt man das so?» Er hatte sich an Regula gewandt.

«Standbein.» Das klang wie ein Seufzer.

«Ich dachte, es könnte nützlich sein, einen weiteren Beruf zu haben. Mein Vater und ich haben nicht die gleichen Ansichten, wie man eine Farm führt.» Er starrte an Samantha vorbei. «So ist es erst einmal besser.»

Härte spiegelte sich für einen kurzen Moment in seinem Gesicht wider. Es ist besser, wenn man mit ihm keine Meinungsverschiedenheit hat, dachte Samantha.

«Du sprichst gut Deutsch», sagte Beat in die entstandene Stille hinein.

«Meine Mutter hat darauf bestanden, dass ich Deutsch lerne. Zu Hause reden wir nur Englisch. Meine Ferien sind eine gute Übung.»

«Wo ist die Farm?», fragte Beat weiter.

«Nova Scotia», antwortete Matthew. Er lehnte sich nach hinten, verschränkte die Arme vor der Brust und reckte das Kinn. Seine Ausstrahlung kam für Samantha überheblich herüber. Sie vermutete, er gehörte zu den Menschen, die das Gefühl hatten, allen überlegen zu sein und dass ihnen alles grundsätzlich zu Füssen läge.

«Ihr habt Verwandte in Kanada?» Beat hatte sich an Regula gewandt. «Das wusste ich nicht.»

«Ruedis Schwester ist mit Mitte zwanzig ausgewandert. Ursprünglich wollte sie nur für ein oder zwei Jahre bleiben. Nachdem sie ihren Mann kennengelernt hatte, wurde aus dem Plan ‹nur kurz› für immer. Einmal waren wir drüben, als Matthew zehn war. Sie kamen wegen der Farm nie in die Schweiz. Reisen sei zu teuer, und sie hätten zu viel Arbeit, hat mein Schwager vorgeschoben.»

«Warum seid ihr kein zweites Mal rübergeflogen?»

«Es hat sich nicht ergeben.» Sie wich aus. Eindeutig. Samantha kam zu der Überzeugung, der Besuch des Neffen war alles andere als willkommen und wurde als notwendiges Übel angesehen. Aufgrund des ersten Eindrucks, den sie von Matthew hatte, konnte sie Regulas Haltung verstehen.

Matthew musterte Samantha. Zwar war sie froh, weil Matthew in den Raum gekommen war, da es die Möglichkeit für andere Gesprächsthemen eröffnete, aber sein unverhohlenes Interesse an ihr empfand sie als unangenehm.

«Wir wollten ihm die Schweiz zeigen», sagte Regula. «Das wird nun nicht mehr gehen.» Tränen traten in ihre Augen, die sie mit einem Taschentuch wegtupfte. Matthew legte seine Hand auf ihre, und Samantha fiel auf, wie gross sie war. Es war die Hand eines Mannes, der zupacken konnte.

«Erschossen», flüsterte sie. «Wer tut so etwas? Ausgerechnet Ruedi, der friedlichste Mensch auf Erden.» Sie wurde unterbrochen, weil das Telefon klingelte. Regula sprang auf und starrte auf die leere Station auf dem Buffet. «Wo ist das Telefon?»

«Ich habe es zuletzt in der Küche gesehen», sagte Matthew.

Regula eilte aus dem Raum. Beat, Matthew und Samantha blieben schweigend zurück. Von draussen konnte Samantha Regula sprechen hören, aber es war zu leise, um die Worte zu verstehen. Samantha begann sich zunehmend unwohler zu fühlen. Sie konzentrierte sich auf die Fotos, die neben der Telefonstation aufgestellt waren. Eins zeigte Regula mit einem gleichaltrigen Mann in den Bergen, bei dem es sich um Ruedi handeln musste. Sie trugen Wanderausrüstung und hatten ihre Rucksäcke neben sich auf den Boden gestellt. Auf einem weiteren Bild war Regula mit dem Velo und auf einem dritten Ruedi beim Skifahren zu sehen.

Regula kehrte zurück. «Beat, kann ich kurz mit dir sprechen?»

«Natürlich.»

Er verliess hinter Regula das Wohnzimmer, und Samantha stöhnte innerlich auf. Mit Matthew alleine zu bleiben war das Letzte, das sie wollte. Sie blieb am Schrank stehen und betrachtete weiter die Fotos. Matthew stellte sich neben sie. Dicht. Zu dicht. Sie widerstand dem Drang, einen Schritt zur Seite zu treten, und beschloss, seine Aufdringlichkeit betont zu ignorieren, solange er sie nicht berührte. Sie ging davon aus, er werde es so eher begreifen, und nahm das Bild, das Ruedi beim Skifahren zeigte.

«Wenn ich den in die Finger bekomme, der Ruedi das angetan hat», murmelte er. «Es ist schlimm zu sterben, aber Mord …» Er nahm Samantha das Bild ab und stellte es zurück. «Der Schock reicht nicht. Dauernd ruft hier jemand von der Presse an.»

«Von der Presse?», fragte Samantha verwundert. Normalerweise wurde die Identität der Opfer so lange wie möglich zurückgehalten.

«Ja. Ich weiss nicht, von wem sie diese Informationen haben.» Hatte Samantha nur das Gefühl, oder schaute er schuldbewusst drein?

Samantha hatte das Bedürfnis, den Abstand zu ihm zu vergrössern. Sie kehrte zum Tisch zurück und erblickte die Zeitung. «Chienbäsemord», stand in grossen Buchstaben auf der ersten Seite.

DREI

Der Zug war voll. Kein Wunder, an einem Dienstagabend um kurz vor halb sechs.

Samantha ging durch den Gang und suchte die Abteile ab, ob sie einen freien Platz fand. Schliesslich entdeckte sie einen, auf dem die Handtasche einer Frau stand, die telefonierte.

Der Blick war nicht gerade freundlich, als sie darum bat, sich setzen zu dürfen. Immerhin nahm die Frau die Tasche auf den Schoss. Erleichtert liess Samantha sich auf den Sitz gleiten. Sie war müde. Das Vorstellungsgespräch war anstrengend gewesen. Es hatte fast drei Stunden gedauert. Samantha wertete das als positives Zeichen. Zwar war sie sich nicht schlüssig, ob der Job beim Regionalen Heilmittelinspektorat der Nordwestschweiz der richtige für sie war. Es klang alles interessant, aber im Inneren nagten Zweifel. Je länger sie arbeitslos war, desto unsicherer wurde sie, welche Berufsrichtung sie einschlagen sollte. Ob sie weiter in der Pharmabranche tätig sein wollte. Oder ob ein Wechsel besser wäre. Dabei konnte sie nicht wählerisch sein. Inzwischen hatte sie in verschiedenen Bereichen wie in der Kosmetikindustrie oder in einem medizinischen Labor Bewerbungen ausstehend. Allerdings stufte sie hier ihre Chancen gering ein, da sie als Biologin nicht ganz in das von den Firmen geforderte Profil passte. Doch sie musste gegenüber dem Arbeitsamt Bewerbungen vorweisen. Immerhin war sie seit vergangenem Juni auf Arbeitssuche und bereits seit fünf Monaten arbeitslos.

Die Frau neben ihr beendete das Gespräch, von dem Samantha nur Gemurmel verstanden hatte. Sie legte das Handy auf die Tasche. Zehn Sekunden später ergriff sie es und öffnete WhatsApp. Obwohl Samantha es nicht wollte, erhaschte sie einen Blick auf das Display. Es gab keine neue Nachricht. Die Frau legte das Handy zurück. Keine zehn Sekunden verstrichen, und sie nahm es erneut. Dieses Mal schaute sie sich das Wetter an. Sie legte das Handy ab, griff sofort wieder danach und rechnete etwas aus. Danach surfte sie im Internet. Samantha wurde zappelig. Konnte die Frau das Ding nicht einfach mal länger als eine Minute aus den Fingern legen? Ein zweites Mal rief die Frau WhatsApp auf, in dem es offensichtlich nach wie vor keine neue Nachricht gab.

Beim nächsten Halt stand sie auf und verliess den Zug, worüber Samantha froh war. Samantha rutschte auf die Fensterseite und blickte nach draussen. Die Frau, die neben ihr gesessen hatte, ging an dem Fenster vorbei und tippte auf ihrem Handy herum. Dabei zog sie gierig an der Zigarette, die in ihrem Mundwinkel hing. Sie lief in eine Gruppe Männer hinein, die auf dem Perron standen und sich unterhielten. Die Röte schoss in ihr Gesicht, als sie sich offenbar hastig entschuldigte, das Handy wegsteckte und eilig verschwand. Die Männer riefen ihr grölend etwas hinterher.

In Olten musste Samantha umsteigen. Sie eilte die Treppe nach unten und bog in der Unterführung nach rechts ab, als sie am Arm festgehalten wurde.

«Samantha?», sagte eine Männerstimme mit breitem englischen Akzent. Sie stöhnte innerlich auf.

«Was machst du hier?», fragte Matthew.

«Umsteigen, um nach Hause zu fahren», erwiderte sie in Schriftdeutsch.

«Wunderbar. Wir können zusammen nach Liestal fahren.»

«Ich wohne in Lenzburg.»

«Du wohnst nicht mit deinem Freund zusammen?»

«Nein.»

Matthews Irritation wechselte sich mit Erstaunen und einem anderen Ausdruck in seinem Gesicht ab, der ihr unangenehm war. Es war klar, was er dachte, und er sah aus, als wittere er eine Chance. Das Jagdfieber packte ihn eindeutig.

«Oder besser *noch* nicht», setzte Samantha nach. «Wir haben geplant, in diesem Jahr zusammenzuziehen.»

Hoffentlich kam das Joel nicht zu Ohren. Er hatte Samantha an Weihnachten gefragt, ob sie zusammenziehen wollten, was sie abgelehnt hatte. «Es ist zu früh dafür», hatte sie erklärt. Sie wusste, wie stark sich Joel wünschte, sie würde zu ihm nach Liestal kommen, aber Samantha schreckte davor zurück. An Joel lagen ihre Bedenken nicht. War es die Angst, ihre Eigenständigkeit zu verlieren?

Matthew schaute auf seine Armbanduhr. «Mein Zug ist weg», sagte er.

Meiner auch, dachte Samantha und verwünschte Matthew, sie aufgehalten zu haben.

«Wollen wir einen Kaffee trinken?» Matthew nahm ihre Hand und zog sie mit sich, bevor sie ablehnen konnte. «Ich lade dich ein.»

Sie fanden im Caffè Spettacolo Platz an einem Zweiertisch. Matthew gab Zucker in seinen doppelten Espresso und rührte um. Samantha nippte an ihrem Latte macchiato.

«Ich war in Bern», sagte Matthew. «Ich brauchte nach allem eine kleine Auszeit. Bitte versteh das nicht als mangelndes Feingefühl.»

Feingefühl, dachte Samantha. Hast du das wirklich?

«Ich glaube, Regula war es recht, dass ich mich heute rargemacht habe.»

Das konnte Samantha nachvollziehen. Wenn sie sich vorstellte, Matthew die ganze Zeit um sich haben zu müssen, wurde ihr schlecht. Allerdings war er im Moment nicht überheblich, wie er es gestern gewesen war.

Samantha fragte sich, wie das Verhältnis von Matthew zu Regula und Ruedi war. So wie sie es gestern verstanden hatte, war der Kontakt locker gewesen und hatte sich auf Karten zu Weihnachten und zum Geburtstag beschränkt. Egal, wie nervig Matthew war, musste Regula in dieser Situation nicht froh sein, dass sie nicht alleine war?

Sogleich keimte die nächste Frage auf: Wieso kam Matthew auf die Idee, den Start seiner Europareise ausgerechnet mit einem Monat bei seinem Onkel und seiner Tante zu beginnen? Für Samantha war das unlogisch. Eine Woche hätte in ihren Augen gereicht.

«Besonders nach der neuen Leiche», fuhr Matthew fort.

«Welche neue Leiche?» Samantha stellte die Tasse ab, die sie angehoben hatte, um einen Schluck zu trinken.

«Weisst du das nicht? Seit heute Morgen berichten die Medien über nichts anderes.»

Da Samantha mit dem Vorstellungsgespräch beschäftigt gewesen war, hatte sie weder Radio gehört noch Zeitung gelesen. Sie hatte ein letztes Mal überlegt, was für Fragen in dem Vorstellungsinterview gestellt werden konnten und welche Antworten sie darauf geben konnte.

«Sie haben in einer Wohnung in der Altstadt eine Leiche gefunden.»

«In welcher Altstadt? In Liestal?»

«Ja. Die Wohnung befindet sich in der … keine Ahnung, wie die Strasse heisst … da ist dieser Umzug – ich kann dieses Wort nicht aussprechen – durchgegangen.»

«Der Chienbäse-Umzug?»

«*Correct.* Es wird wild in den Medien spekuliert, woran der Mann gestorben ist. Es wird gemunkelt, dass er bereits am Abend des Umzugs tot war.»

«Wieso findet man erst jetzt die Leiche? Hat ihn keiner vermisst?»

«*One moment.*» Matthew holte sein Handy aus seiner Jackentasche hervor. «Hier ist die Onlinezeitung.» Er reichte Samantha das Gerät.

… Der Mann ist am Montag nicht zur Arbeit erschienen. Da er weder zu Hause erreichbar war noch das Handy abgenommen hat, ist sein Kollege am Abend zur Wohnung gefahren. Dort fand er ihn leblos im Schlafzimmer auf. Ob eine Gewalttat zugrunde liegt, wird abgeklärt. Erste Befragungen der Nachbarn haben keine Erkenntnisse dazu geliefert …

«Regula ist völlig durcheinander», sagte Matthew.

«Kennt sie den Mann?», fragte Samantha und überflog ein

weiteres Mal den Artikel, in dem keine genauen Angaben zur Person zu finden waren.

«Ich weiss nicht.»

«Da steht nicht drin, um wen es sich handelt. Weiss sie mehr?»

«Keine Ahnung. Sie war völlig durch den Wind, als sie davon hörte. Zwei Tote. Die Fasnacht soll den Winter vertreiben, haben mir Regula und Ruedi erklärt. Offenbar hat dieser Chien-Irgendwas dieses Mal die bösen Geister nicht verjagt, sondern angezogen, wie sie mir am Morgen gesagt hat.»

«Du hättest bei ihr bleiben sollen. Sie braucht jemanden, der ihr beisteht.»

«Sie hat mich genötigt zu gehen», sagte Matthew und holte das Portemonnaie hervor. Er machte auf einmal einen verschlossenen Eindruck, als er das Geld auf den Tisch legte und aufstand. Bevor Samantha wusste, was geschah, hielt er ihr die Hand hin und verabschiedete sich hastig. Keine Sekunde später war er verschwunden. Verwundert starrte Samantha auf die Tür und danach auf ihren halb ausgetrunkenen Kaffee. Was sollte dieser überstürzte Aufbruch? War ihm aufgefallen, dass sein nächster Zug gleich fuhr? Dieser Mann war seltsam.

Bevor Samantha die Tür zu dem Haus in der Lenzburger Altstadt aufstiess, in dem sich ihre Wohnung befand, blickte sie Richtung Schloss. Die Bäume und Büsche, die auf dem Hügel wuchsen, auf dem das Schloss stand, waren kahl. Nicht der kleinste Hauch von Grün war zu sehen. Das wäre reichlich früh, musste Samantha sich eingestehen. Ihr wurde bewusst, wie stark sie sich den Frühling herbeisehnte. Der Winter war ungemütlich und von Grau geprägt gewesen. Ausserdem war es zu warm gewesen, und nur an einem oder zwei Tagen hatten sich Schneeflocken nach Lenzburg verirrt. Liegen geblieben war der Schnee nicht. Daher war die Advents- und Weihnachtszeit mehr oder weniger unbeachtet an ihr vorbeigezogen. Samantha war kein Advents- und

Weihnachtsmensch und mied nach Möglichkeit alles, was mit diesem Rummel verbunden war. Dennoch hatten die kalten Monate einen gewissen Reiz, wenn sie sich mit einem Tee und einem Buch auf das Sofa zurückziehen konnte. Besonders nach einem langen Arbeitstag. Arbeitstag ... Die erfolglose Stellensuche war ein weiterer Grund, der den Winter trist und lang erscheinen liess.

Als sie die Treppe nach oben zu ihrer Dachwohnung lief, kam ihr Christa Ott entgegen. Die Frau Mitte siebzig lebte zusammen mit ihrem Mann in der Wohnung unter Samanthas.

«Samantha!», rief sie. «Wie gut, treffe ich dich. Ich brauche deine Hilfe.»

An das Du hatte Samantha sich nicht gewöhnen können, das die beiden ihr um die Weihnachtszeit angeboten hatten. «Wir wohnen schon so lange im selben Haus», hatten sie erklärt. «Da ist das Du längst fällig.»

Sie dirigierte Samantha zu ihrer Wohnung und direkt in die Küche. «Ich habe meine Schere verlegt und bekomme das nicht auf.» Sie hielt Samantha eine eingepackte Schere hin. «Seit Norbert im Spital ist, klappt nichts mehr.»

«Norbert ist im Spital?», rief Samantha.

«Er hatte einen Herzinfarkt.»

«Wann?»

«Vor vier Tagen. Es war schlimm. Zum Glück kam die Ambulanz schnell. Es geht ihm besser. Er ist auf die normale Station verlegt worden. Dort soll er einige Tage bleiben, bevor es in die Reha geht.»

Schuldgefühle breiteten sich in Samantha aus. Christa und Norbert Ott waren für sie da, wenn sie Hilfe brauchte. Nun war es andersherum gewesen, und Samantha hatte nicht einmal mitbekommen, was passiert war.

«In welchem Spital ist er?»

«Im Kantonsspital Aarau.»

«Darf ich ihn besuchen?»

«Darüber würde er sich bestimmt freuen.» Christa öffnete eine Schublade. «Hier ist ja die Schere», rief sie und hielt eine

Schere hoch, die sie ganz hinten in der Schublade gefunden hatte. Umständlich hantierte sie mit der Verpackung herum und rutschte mehrere Male ab. Samantha konnte es nicht mit ansehen und nahm ihr die Sachen aus der Hand.

«Was hast du mit deiner Hand gemacht?», fragte Christa.

«Ich habe mich verbrannt», antwortete Samantha. «Es ist schon fast wieder gut.»

Am Morgen war die Haut nur noch leicht gerötet gewesen und spannte nicht mehr so stark wie gestern. Samantha hatte daher beschlossen, den Verband wegzulassen und die Haut regelmässig einzucremen.

«Kann ich dich etwas fragen?», sagte Christa, nachdem Samantha die neue Schere aus der sperrigen Plastikverpackung befreit hatte.

«Natürlich.» Samantha nahm an, Christa würde sie bitten, für sie einzukaufen, da sie nicht mehr so mobil war, wenn es um längere Strecken ging.

«Ist dir das auch aufgefallen?»

«Was?»

«Vielleicht werde ich senil und habe eine zu überspitzte Phantasie, seit Norbert nicht da ist.»

«Was soll mir aufgefallen sein?», hakte Samantha nach.

«Dieser Mann, der ständig vor unserem Haus herumlungert.»

«Ehrlich gesagt nein. Ich bin nicht regelmässig da.»

«Es soll gegenüber eingebrochen worden sein», fuhr Christa fort.

Samantha starrte sie an. Auch davon wusste sie nichts.

«Ich weiss nicht, ob das stimmt, da ich es um mehrere Ecken erfahren habe. Frau Häfliger hat so etwas gesagt.»

«Wer ist Frau Häfliger?»

«Sie ist in die Wohnung von Laura Meier gezogen.»

Die junge Lehrerin war mit ihrem Freund zusammengezogen, wusste Samantha. Und sie wusste, dass die Wohnung erneut vermietet worden war. «Sie hat sich mir nicht vorgestellt.»

«Da hast du nichts verpasst.» Samantha war über die Heftigkeit erstaunt, mit der Christa das sagte. «So eine schreckliche Frau. Zurück zu dem Mann. Seit zwei Tagen habe ich das Gefühl, er beobachtet unser Haus. Ich habe Angst, er kundschaftet aus, wo er es als Nächstes versuchen könnte.»

«Wenn das so ist, solltest du die Polizei verständigen.»

«Du weisst, wie das ist. Alte Frau alleine zu Hause, die sich langweilt.»

«Hast du ihn angesprochen?»

«Nein. Wenn ich auf ihn zugegangen bin, ist er weggegangen.»

«Wie sieht er aus?»

«Gross. Blond. Sonnenbrille. Jeans. Dunkle Jacke.»

Das klang ja detailliert. Mal abgesehen von der Sonnenbrille um diese Jahreszeit traf das auf viele Leute zu. Unvermittelt hatte Samantha Matthew vor Augen. Auf ihn passte die Beschreibung perfekt. Inzwischen war Samantha zu der Überzeugung gekommen, er habe etwas zu verbergen. Bei ihrer Unterhaltung musste etwas zur Sprache gekommen sein, was er lieber nicht thematisieren wollte.

Obwohl der Kanadier ihr unsympathisch war, war es zu weit hergeholt, ihn zu verdächtigen, in der Rathausgasse herumzulungern. Matthew in der Lenzburger Altstadt machte nämlich keinen Sinn.

«Wenn ich jemanden anderen nennen könnte, der Ähnliches beobachtet hat, besteht die Chance, dass die Polizei es ernst nimmt», sagte Christa in Samanthas Gedanken hinein.

Samantha konnte nicht glauben, dass die Polizei Christas Beobachtung abwimmeln würde, wenn das mit dem Einbruch stimmte. Sie beschloss, es vorerst dabei zu belassen.

«Leider kann ich dir nicht helfen, aber ich werde darauf achten», sagte Samantha und verabschiedete sich.

Sie stieg die Treppe zu ihrer Wohnung hoch. Als sie den Schlüssel hervorholte, fiel in ihrer Wohnung ein Gegenstand auf den Boden. Ein unterdrückter Fluch folgte. Samantha erstarrte. Der Einbruch von gegenüber. Der Mann, der vor dem Haus herumlungerte. Jemand war in ihrer Wohnung. Sie hatte versucht, sich einzureden, wenn man oben wohne, sei man davor sicher. Dem war nicht so. Sie hatte einmal gehört, Diebe würden obere Wohnungen bevorzugen, weil dort weniger die Gefahr bestand, jemand werde vorbeikommen. Diese Erfahrung hatte sie bereits selbst machen müssen. Samantha hatte es geschafft, den Einbruch von damals in den Hintergrund zu drängen und sich wieder sicher in ihrer Wohnung zu fühlen. Ausschlaggebend dafür war das neue Schloss, das sie im Einverständnis mit dem Vermieter angebracht hatte. Offenbar hatte sie sich in falscher Sicherheit gewogen.

Du solltest wegrennen und Hilfe holen, echote es in ihrem Kopf, aber sie war unfähig, einen Schritt zu tun. Hektisch blickte sie sich um. Es war hell, und jemand brach in ihre Wohnung ein. Dort gab es nichts zu holen. Endlich kamen ihre Füsse dem Befehl des Kopfes nach. Sie wich zurück. Die Wohnungstür öffnete sich. Samantha erblickte einen Mann und schrie auf.

Samantha sass auf ihrem Sofa und hielt ein Glas Wasser in beiden Händen, die endlich aufgehört hatten zu zittern. Joel setzte sich neben sie und legte die Hand um ihre Schultern.

«Es tut mir leid. Ich habe beschlossen, heute mal früher Schluss zu machen. Ich wollte dich überraschen und nicht erschrecken.» Der Ausdruck in seinen dunklen Augen unterstrich das Gesagte.

«Ich sollte meine Phantasie zügeln.» Sie schaute zum gedeckten Tisch. Reis köchelte auf dem Herd, und neben der Pfanne lagen auf einem Brett zwei Lachsfilets. Auf dem Tisch standen eine Proseccoflasche und zwei Sektgläser.

«Was gibt es zu feiern?», fragte Samantha.

«Dein erstes Bewerbungsgespräch seit – keine Ahnung.»

«Das ist nichts zu feiern», sagte sie.

«War es nicht gut?» Joel sah erschrocken aus.

«Ich konnte mich zwar endlich mal vorstellen, aber das heisst nicht automatisch, den Job zu bekommen.»

«Was ist passiert?», fragte er. Seine Besorgnis war eindeutig.

«Nichts. Es war ein gutes Gespräch. Ob ich den Job bekomme, weiss ich nicht. Auch weiss ich nicht, ob das der Job ist, den ich mir erträumt habe. Falls sie zusagen, werde ich nicht wählerisch sein können. Und der Weg von ungefähr eineinhalb Stunden von Tür zu Tür ist machbar.»

«Von Liestal aus bist du schneller.»

Samantha senkte den Kopf und schwieg. Über das Thema wollte sie im Moment nicht sprechen.

«Ich bin mir nicht mehr sicher, was ich genau will.»

Joel spannte sich neben ihr an, und Samantha brauchte einen Moment, bis ihr klar war, wie er ihren Satz verstanden hatte.

«Ich bin mir nicht sicher, ob ich weiterhin in der Pharmabranche tätig sein will oder etwas ganz anderes machen möchte.» Das, was ihr im vergangenen Monat durch den Kopf gegangen war, laut auszusprechen verlieh ihren Zweifeln neue Dimensionen.

Joel nahm ihre Hand. «Das habe ich beinahe vermutet. Sind die Absagen der Grund für deine Unsicherheit?»

«Ja. Nein. Keine Ahnung. Lorena hat gesagt, meine Situation kann eine Chance sein. Eine Chance, was ganz anderes zu tun.»

«Wann hat sie das gesagt?»

«Vor zwei oder drei Wochen.»

«Damit kann sie durchaus recht haben.» Die Bestätigung für diese Überlegungen aus Joels Mund zu hören, verunsicherte sie weiter. Samantha hatte eher damit gerechnet, er werde ihr versuchen klarzumachen, die Pharmabranche sei genau das, was zu ihr passe.

«Ausserdem kann ich mir nicht vorstellen, als Inspektorin unterwegs zu sein und den Firmen auf die Finger zu schauen, ob sie alles korrekt erfüllen, was von Swissmedic verlangt wird. Matthew meinte, eine Auszeit, wie er sie macht, sei in meinem Fall eventuell eine gute Idee.»

«Wer ist Matthew?»

«Ruedis und Regulas Neffe aus Kanada. Ich habe ihn heute in Olten getroffen.»

«Von wem sprichst du?»

Samantha hob den Kopf. «Du kennst Matthew nicht?»

Joels Verwirrung war greifbar. «Die beiden haben mir nie von Verwandten erzählt. Es gibt eine verheiratete Tochter, mit der ich in die Schule gegangen bin. Sie lebt heute am Bodensee, nicht weit von Sankt Gallen entfernt. Von anderen Verwandten, die sogar in Übersee wohnen, weiss ich nichts.»

«Dein Vater kennt sie bestimmt. Hat er nie was erzählt?»

«Nein, aber das muss nichts heissen. Ich bin zwar mit – Himmel, wie hiess sie schon wieder?» Joel machte eine Pause. Offenbar fiel ihm der Name nicht ein. «Ihre Tochter war mit mir in der Klasse. Ich hatte und habe so gut wie keinen Kontakt zu ihr. Sie lief grell geschminkt herum und hatte einen Freund aus der Parallelklasse, mit dem sie für alle gut sichtbar auf dem Pausenplatz herumgeknutscht hat. Das ist meine einzige Erinnerung, die ich an sie habe.»

Samantha musste lachen.

«Was ist daran witzig?»

«Du klingst wie ein genervter Teenager.»

«Sie – jetzt weiss ich es wieder, sie heisst Isabel – hat uns mit ihrem Gehabe genervt, daher haben wir sie links liegen gelassen. Ruedi und mein Vater wurden erst Freunde, als ich die Matura längst gemacht hatte. Mit mir hat er nicht oft über Ruedi und Regula gesprochen.»

Joel stand auf und ging zum Herd. Er legte die beiden Lachsfilets in das erhitzte Öl in der Bratpfanne, und der Geruch von Knoblauch und gebratenem Fisch breitete sich in der Wohnung aus.

«Wo genau kommt dieser Matthew her?», fragte Joel.

«Aus Kanada», wiederholte Samantha und berichtete, was sie von Matthew erfahren hatte.

«Wenigstens ist Regula in dieser schrecklichen Zeit nicht alleine. Kannst du mir bitte den Löffel geben?» Joel deutete auf den Tisch, neben dem Samantha stand.

«Na ja, ich könnte auf die Anwesenheit dieser eingebildeten Nervensäge verzichten.»

«Eine weitere Nervensäge in der Familie?» Er rührte durch den Reis und zog den Topf vom Herd.

«Ausserdem ist er keine grosse Unterstützung, wenn er nach der Nachricht über diesen neuen Toten nicht bei Regula bleibt.»

«Welcher neue Tote?» Joel senkte die Kelle, mit der er gerade die Lachsfilets hatte wenden wollen.

Samantha berichtete, was sie von Matthew erfahren hatte. Nachdem sie geendet hatte, klingelte ihr Handy.

«Nussbaum hier», kam es aus dem Hörer, als Samantha das Gespräch entgegengenommen hatte. «Wir würden gerne ein weiteres Mal mit Ihnen sprechen. Zum Beispiel morgen Vormittag, wenn das Ihnen passen würde.»

VIER

Samantha legte die Hände auf den Tisch und schielte auf ihre Armbanduhr. Es war kurz vor neun Uhr. Sie hatte gehofft, nicht mehr so schnell einen Polizeiposten betreten zu müssen.

Nussbaum stellte Gläser und eine Wasserflasche auf den Tisch und setzte sich Samantha gegenüber.

Gestern Abend hatte Nussbaum zusätzlich darum gebeten, ebenfalls mit Joel zu sprechen, was ihm nicht recht gewesen war. Der Mittwochvormittag war voll mit Sitzungen, die er ungern verschieben wollte. Nussbaum hatte das nicht gelten lassen.

Nach dem Abendessen waren sie nach Liestal gefahren. Dabei hatten sie darüber spekuliert, warum Nussbaum sie ein weiteres Mal sprechen wollte.

«Können Sie bitte nochmals detailliert schildern, wie Sie am Tag des Chienbäse-Umzugs in der Altstadt angekommen sind.»

Samantha fragte sich, wozu das gut sein sollte und ob er sie testen wollte. Sie bemühte sich, in ihrer neuen Schilderung nichts auszulassen.

«Die Gasse war voll, und wir waren froh, so nah beim Tor einen Platz ergattert zu haben.»

«Sie waren nur mit Herrn Gyger dort und hatten sich mit keinen anderen Personen verabredet?»

«So ist es.»

«Haben Sie zufällig einen Bekannten getroffen?»

Samantha verneinte.

«An den Leuten um Sie herum ist Ihnen nichts aufgefallen?»

«Nein. Es herrschte eine ausgelassene Stimmung. Alle schienen gespannt auf den Anfang des Umzuges zu warten.»

«Waren Sie früher einmal an einem Chienbäse-Umzug?»

«Nein.»

«Ist Ihnen an den Wohnungen um Sie herum etwas aufgefallen?»

«Nein. Oder besser, ich habe nicht darauf geachtet. Ich kann mich nur an die Leute erinnern, die aus einzelnen Fenstern herausgeschaut haben. Ich habe sie beneidet, weil ich annahm, sie hätten von dort eine bessere Sicht.»

«Besser als Sie? Eben sagten Sie, Sie hatten einen guten Platz gefunden.»

«Ich meine damit eine andere Perspektive, und es war bestimmt bequemer. Um uns herum herrschte ein Gedränge. Ich wäre, glaube ich, lieber in einer der Wohnungen gewesen. Das Feuer war heiss und mir definitiv zu nahe. Wenn ein Wagen vorbeigezogen wurde, hatte ich, ehrlich gesagt, ein mulmiges Gefühl.» Nussbaum schmunzelte. «Für einen Einheimischen und eingefleischten Fasnächtler ist das vermutlich nicht ganz nachvollziehbar.»

«Es kommt darauf an. Mir ist selber auch nicht besonders wohl, wenn die Feuerwagen durch das Stedtli ziehen. Allerdings bin ich nicht hier aufgewachsen und wohne selber nicht in Liestal.»

Diese Information erstaunte Samantha. Bisher hatte Nussbaum in ihrer Gegenwart nie Einblick in seine persönlichen Dinge gegeben.

«Rückblickend haben Sie nicht das Gefühl, die Leute in den Wohnungen hätten sich seltsam verhalten?», fuhr Nussbaum fort.

«Das kann ich nicht sagen. Es war dunkel, und wie bereits erwähnt habe ich nicht genau auf die Leute geachtet. Sie schauten einfach aus den Fenstern.»

«Hatten sich an jedem Fenster Zuschauer postiert?»

«Ich glaube nicht. Einige waren erleuchtet. Dort hat keiner herausgeschaut. Das Gleiche galt für einige dunkle Fenster.»

«Was meinen Sie mit: ‹Das Gleiche galt für die dunklen Fenster›? War in gewissen Wohnungen niemand zu Hause?»

«Ja, es wäre möglich. Das kann ich nicht beurteilen. Kurz bevor der Umzug anfing, wurde überall das Licht ausgeschaltet, auch in den Wohnungen. Daher kann ich nicht sagen, wo und wie viele Leute aus den Fenstern schauten.»

Nussbaum machte einige Notizen, bevor er weiterfragte. «Während des Umzuges haben Sie nicht zu den Wohnungen geschaut?»

«Wenn, dann nur unbewusst.» Samantha fragte sich, warum Nussbaum detailliert nach den Wohnungen und den Leuten fragte, die dort den Umzug verfolgten. Nach einigen Sekunden begriff sie, worauf er hinauswollte. «Sie denken, der Schuss kam aus einer der Wohnungen?»

Nussbaum schaute von seinem Notizbuch auf. «Warum fragen Sie?»

«Weil Sie hartnäckig nachbohren, ob mir etwas an den Wohnungen aufgefallen ist.»

«Sie denken mit», sagte Nussbaum, der sich offenbar bemühte, ein Schmunzeln zu unterdrücken. «Uns liegen die ersten Auswertungen vor, von wo der Schuss abgefeuert worden sein könnte. Das wäre eine Wohnung gegenüber von Ihrem Standort.» Samantha war sich bewusst, er wünschte sich, sie hätte eine bewaffnete Person gesehen.

Nussbaum schaute sie mit dem prüfenden Blick an, den sie bereits von ihm kannte. Samantha wurde das Gefühl nicht los, er überlege, was er als Nächstes sagen sollte.

«Kennen Sie diesen Mann?» Nussbaum schob Samantha den Ausdruck eines Fotos über den Tisch zu. Samantha betrachtete die Aufnahme eines Mannes, den sie auf Anfang bis Mitte fünfzig schätzte. Seinen mehrheitlich grauen Haaren konnte man ansehen, dass sie ursprünglich einmal blond gewesen waren. Sie standen wirr vom Kopf ab. Es musste sich um eine Urlaubsaufnahme handeln, da Samantha im Hintergrund Palmen und Wasser erkennen konnte. Der Mann war braun gebrannt und lächelte in die Kamera. Dabei hatten sich in den Augenwinkeln kleine Fältchen gebildet. Alles in allem machte er auf Samantha einen sympathischen Eindruck.

«Nein.»

«Schade.» Nussbaum steckte das Foto zurück in die Klarsichtmappe. «Sagt Ihnen der Name Thomas Fehr etwas?», fragte er nach einer kurzen Pause.

«Wer soll das sein?»

«Könnte Joel Gyger mit ihm bekannt sein?»

«Das müssten Sie ihn selber fragen.»

«Könnte es ein Bekannter seiner Eltern sein?», fragte Nussbaum ungeachtet Samanthas Antwort weiter.

«Keine Ahnung. Das müssten Sie seine Eltern fragen.»

«Gefallen ist dieser Name in Ihrer Gegenwart bisher nicht?»

«Daran kann ich mich nicht erinnern.»

Auf einmal setzten sich die Puzzleteile in Samanthas Kopf zusammen. «Ist Thomas Fehr der Mann auf dem Foto, das Sie mir eben gezeigt haben?»

Nussbaum schwieg.

«Wurde aus seiner Wohnung geschossen?»

Nussbaum erwiderte weiterhin nichts.

«Das heisst, er ist der Täter?»

«Eher weniger. Herr Fehr ist tot.»

***

«Kennst du Thomas Fehr?», fragte Samantha, nachdem Joel sich neben sie auf das Sofa gesetzt hatte. Er sah müde aus. Seine dunkelbraunen Haare hingen ihm wirr ins Gesicht. Sie waren matt, und heute fehlte der leicht kastanienrote Schimmer. Langsam machte Samantha sich Sorgen. So erschöpft hatte sie ihn bisher noch nie gesehen. Ausserdem hatte er abgenommen, wie ihr auffiel. Er hatte ohnehin eine schlanke Statur, aber jetzt sah er mager aus. Seine Wangenknochen traten stärker hervor und verliehen seinem Gesicht einen ausgemergelten Ausdruck. Wie so oft verspürte sie ein schlechtes Gewissen ihm gegenüber. Weil sie gekündigt und dadurch zur Belastung beigetragen hatte. Und weil sie den ganzen Tag herumhing und es nicht zustande brachte, einen Job zu finden. Wenigstens hatte sie sich heute als nützlich erwiesen und einen Menschen glücklich gemacht. Sie dachte an die strahlenden Augen von Norbert Ott, als sie ihn heute Nachmittag im Spital besucht hatte.

Mehrmals hatte sie Joel gegenüber zur Sprache gebracht, er mute sich zu viel zu. Jedes Mal hatte er abgewunken. Bald werde es mit der Arbeitssituation besser werden. Das glaubte Samantha weniger.

Nach dem Gespräch mit Nussbaum hatte sie Joel nicht mehr gesehen. Er hatte ihr eine WhatsApp geschrieben, er sei nach Egerkingen gefahren. Gegen achtzehn Uhr war er am Abend nach Hause gekommen, ungewöhnlich früh für die letzte Zeit.

«Nein.» Joel nahm den Stapel Briefe und die Zeitung, die er aus dem Briefkasten geholt hatte, und blätterte kurz die Couverts durch. «Wenn die Polizei so detailliert nachfragt, ist er keines natürlichen Todes gestorben», fuhr er fort und legte die Couverts zurück auf das Wohnzimmertischchen.

«Hat Herr Molina das dir gegenüber so erwähnt?»

«Nein. Herr Nussbaum bei dir?»

Samantha verneinte.

«Ich würde sagen, es liegt auf der Hand.»

«Meinst du? Ist es nicht Routine, bei einem unvorhergesehenen Todesfall nachzufragen, damit ein Fremdverschulden ausgeschlossen werden kann?»

«Herr Molina hat sich in meinen Augen so verhalten, als gingen sie von Mord aus.»

Samantha dachte an Herrn Nussbaum. Er war auf ihre Fragen nicht eingegangen. Genauso wenig hatte er etwas durchblicken lassen, das Joels Aussage bekräftigt hätte. Falls Thomas Fehr ermordet worden war, stellte sich die Frage, ob es einen Zusammenhang zwischen Ruedis Tod und seinem gab. Wenn der Schuss aus Fehrs Wohnung abgegeben wurde, lag es im Bereich des Möglichen. Auch diese Frage hatte Nussbaum weder bestätigt noch dementiert. Falls es zutraf, musste Fehrs Mörder in die Wohnung eingedrungen sein und Fehr getötet haben, um im Anschluss Ruedi zu erschiessen.

«Falls es einen Zusammenhang gibt und falls der Täter von dieser Wohnung aus auf Ruedi geschossen hat», sagte Samantha. «Warum hat der Täter ausgerechnet diese Wohnung ausgesucht? Zufall? Falls es so gewesen ist, musste Herr Fehr alleine zu Hause gewesen sein. Hat er den Täter freiwillig hereingelassen, oder hat er sich gewaltsam Zutritt verschafft?»

«Oder es könnte ein Kollege von ihm gewesen sein, der zu Besuch war», sagte Joel.

«In diesem Fall müsste es eine Verbindung zu Ruedi geben.»

«Stimmt. Wenn ich das Gespräch mit Herrn Molina richtig deute, gibt es die nicht. Ich will sagen, Ruedi kannte Herrn Fehr nicht.»

«Eine andere Frage: Warum hat keiner Herrn Fehr früher vermisst? Schliesslich war er am Montag nicht zur Arbeit erschienen.»

«Er könnte sich den Tag nach dem Chienbäse freigenommen haben. Immerhin beginnen mit dem Morgestraich am Montagmorgen nach dem Chienbäse die drey scheenschte Dääg in Basel. Herr Fehr könnte ein eingefleischter Fasnächtler gewesen sein und wollte sich das nicht entgehen lassen.»

«Woher weisst du, ob er ein eingefleischter Fasnächtler war?»

«Nur eine Möglichkeit und Vermutung meinerseits. Er könnte sich daher freigenommen haben, und keiner hat seine Abwesenheit hinterfragt.»

Das klang logisch.

«Moment», sagte Samantha, der einfiel, was Matthew gesagt hatte. «Ganz so war es nicht. Er wurde vermisst. Ein Kollege ist am Abend in die Wohnung gefahren, nachdem ihn keiner erreichen konnte.»

Joel beugte sich vor und nahm die Weinflasche, die auf dem Tisch stand. Samantha hielt ihre Hand über ihr Glas. «Für mich nicht mehr.»

«Es könnte eine andere Erklärung geben», sagte Joel und trank einen Schluck. «Herr Fehr könnte der Täter gewesen sein. Nachdem er Ruedi getötet hatte, könnte er einen Herzanfall oder so bekommen haben.»

«Dafür sah er recht jung aus», hielt Samantha dagegen. Stopp, dachte sie. Er war Ende fünfzig gewesen, wie sie inzwischen wusste. Obwohl er auf dem Foto, das ihr Nussbaum gezeigt hatte, jünger ausgesehen hatte, war ein Herzinfarkt in seinem Alter durchaus möglich. Ausserdem konnten auch jüngere Personen einen Herzinfarkt bekommen.

«Er könnte gestürzt sein», fuhr Joel fort. «Oder er war krank und ist daran gestorben.»

«Was soll das für eine Krankheit sein? Ausserdem würde die Polizei dann keine Fragen wie ‹Ist Ihnen etwas an den Wohnungen aufgefallen?› stellen. Sie hätten die Tatwaffe in seiner Wohnung gefunden. Anhand von Schmauchspuren an den Händen und der Munition wäre schnell klar, ob Ruedi mit dieser Waffe erschossen worden ist und Herr Fehr der Täter war. Wenn das so gewesen wäre, hätten die Medien längst darüber berichtet.»

«Auch wieder wahr», sagte Joel. «Dieses Spekulieren bringt uns nicht weiter. Wir –»

Die Klingel an der Haustür unterbrach ihn.

«Ich gehe», sagte Samantha.

Sie öffnete die Tür und fand sich einem grossen, bullig wirkenden Mann mit kahl rasiertem Schädel und Bart und einer hageren Frau gegenüber. Sie war stark geschminkt, aber das Make-up schien nicht frisch zu sein. Es verdeckte die Falten, die es vermutlich kaschieren sollte, nicht richtig, sondern verstärkte sie, da die Farbe in die Rillen gelaufen war.

«Mein Name ist Isabel Herzog Küng», sagte sie in einem Tonfall, der offenbar voraussetzen sollte, dass Samantha sofort wusste, wen sie vor sich hatte. «Das ist mein Mann», fuhr sie mit ihrer durchdringenden, schrillen Stimme fort, die gleichzeitig nach vielen gerauchten Zigaretten klang.

«Was kann ich für Sie tun?», fragte Samantha, da sie die beiden nicht zuordnen konnte.

«Wir sind die Eigentümer des Hauses und würden es gerne

in Augenschein nehmen.» Entrüstung pur, da sie nicht gleich gebeten wurde einzutreten.

Samantha war endgültig verwirrt. Wenn sie die Eigentümer waren, kannten sie das Haus. Allerdings hatte Joel erzählt, Ruedi und seiner Frau gehöre das Haus. Sie hätten sich aufgrund des Alters entschlossen, eine Wohnung zu nehmen und das Haus zu vermieten, da ihre Tochter keinen Eigenbedarf habe. Vor bald eineinhalb Jahren war Joel auf der Suche nach einer neuen Bleibe gewesen, weil er nicht mehr von Zürich nach Egerkingen pendeln wollte. Sein Vater hatte ihn kontaktiert und wissen lassen, dass sein Jasskollege einen Mieter für das Haus suche. Joel war damals über diese Gelegenheit froh gewesen, weil er nicht lange suchen musste.

«Dürfen wir bitte reinkommen?», fragte sie, was allerdings wie ein Befehl klang. «Es ist kalt.»

Samantha war froh, als sie Joel in der Küchentür erblickte.

«Hallo, Isabel», sagte Joel und reichte ihr die Hand.

«Mein Name ist Herzog Küng», sagte sie und ignorierte seine Hand. Sie rauschte an Samantha vorbei Richtung Wohnzimmer. Eine Mischung aus Zigarettenrauch und Parfüm wehte über Samantha hinweg. Ihr Mann folgte ihr breitbeinig mit den Händen in den Jackentaschen. Dabei hatte er das Gorillahafte eines Türstehers eines Clubs an sich. Das Ganze erschien Samantha wie eine schlecht inszenierte Komödie, und sie hätte beinahe gelacht.

«Wer ist das?», fragte Samantha im Flüsterton.

«Erkläre ich dir später», gab Joel genauso leise zurück.

Isabel Herzog Küng hatte sich vor der Terrasse aufgebaut. Sie hatte die Arme vor der üppigen Brust verschränkt. «Total unmodern», sagte sie, «und einen neuen Anstrich könnte der Raum gut vertragen. Der Boden sieht zerkratzt aus.» Mit ausgestrecktem Zeigefinger deutete sie durch den Raum.

Samantha blickte sich um. Den Holzriemenboden hatte Joel beim Einzug schleifen und ölen lassen. Sie konnte keinen einzigen Kratzer erkennen. Genauso hatte sie an der Wandfarbe nichts auszusetzen. Drei der Wände waren weiss gestrichen, und eine hatte einen warmen Erdton. Die Farben sahen frisch aus.

«Darf ich fragen, was mir die Ehre Ihres Besuches verschafft?», fragte Joel und lehnte sich gegen den Türrahmen. Er hatte ebenfalls die Arme vor der Brust verschränkt.

«Meine Eltern haben mir vor Weihnachten das Haus übertragen», sagte sie. «Nun wollte ich mir ein Bild machen.»

Joels Reaktion nach zu urteilen, hatte er davon nichts gewusst.

«Ich bin entsetzt über den Zustand des Hauses», sagte Isabel Herzog Küng.

Joel öffnete den Mund, aber Isabel Herzog Küng sprach gleich weiter. «Damals war ich dagegen, als meine Eltern das Haus vermieten wollten. Es wird einiges renoviert werden müssen. Sie werden sich darauf einstellen müssen, dass ich es in absehbarer Zeit für den Eigenbedarf brauchen werde. Sie werden in den nächsten Tagen entsprechende Post erhalten.»

Joel sass am Küchentisch und legte das Mobilteil des Telefons auf den Tisch. Nachdem Isabel Herzog Küng und ihr Mann gegangen waren, hatte er Regula angerufen. Samantha lehnte sich gegen den Kühlschrank und wartete, bis er das Wort ergriff.

«Regula hat es bestätigt», sagte er. «Ruedi und sie haben vor Weihnachten das Haus auf ihre Tochter übertragen. Sie haben das gemacht, falls sie einmal ein Pflegefall werden, damit nicht ihr gesamtes Vermögen für den Pflegeunterhalt draufgeht. Sie hätten ein Beispiel im entfernteren Verwandtenkreis gehabt.»

«Das funktioniert?»

Joel zuckte mit den Schultern.

«Hätten sie dir das nicht sagen müssen?»

«Das wäre anständig gewesen. Aber ich denke, das Versäumnis war nicht böse gemeint. Sie haben einfach nicht daran gedacht.»

Samantha wurde das Gefühl nicht los, es war kein Versäumnis, sondern Absicht. Doch aus welchem Grund? «Was ist mit deiner Miete? Musstest du sie nicht auf ein anderes Konto einzahlen? Ich meine, neu auf das von ihrer Tochter?»

«Nein. Sie haben ein Extrakonto dafür eingerichtet. Ich denke, das haben sie ebenfalls auf ihre Tochter übertragen.»

Joel drehte das Telefon auf dem Tisch hin und her.

«Was meinte Regula zu den Plänen, die ihre Tochter angedeutet hat?»

«Von möglichen Verkaufsplänen wusste Regula nichts. Sie hat gesagt, sie hätten abgemacht, das Haus nicht zu veräussern, solange sie und Ruedi leben. Es war nur eine mündliche Abmachung, und es gab keine Klausel bei den Übertragungsdokumenten. Sie schien selber überrascht, als ich es ihr sagte. Regula war entsetzt, weil ihre Tochter hier einfach so aufgekreuzt ist. Als Vermieterin hätte sie sich anmelden müssen. Aber das ist im Grunde egal. Ich denke, ich werde nichts unternehmen können und mich langsam nach einer neuen Bleibe umschauen müssen.»

Was für eine tolle Familie, dachte Samantha. Der Vater wird erschossen. Die Tochter denkt nur an das Erbe und kümmert sich nicht um die Mutter. Dafür übernimmt das dieser seltsame Neffe, der das bestimmt nicht aus Nächstenliebe tut …

«Darf sie dich einfach rausschmeissen?», fragte sie.

«Wenn sie die Kündigungsfrist – das sind in meinem Fall drei Monate – einhält, werde ich nichts machen können. Ich müsste mich schlaumachen, ob es eine Möglichkeit gibt, sich zu wehren. Die Frage ist, ob ich das will. Ich habe keine Lust auf Stress und Theater.» Seine Finger spielten weiter mit dem Telefon.

Samantha stiess sich vom Kühlschrank ab und stellte sich hinter Joel. Sie umarmte ihn und stützte ihr Kinn auf seinem Kopf ab. «Hatte Ruedi dir das Haus nicht überlassen, weil seine Tochter es nicht brauchte?»

Joel ergriff Samanthas Hand. «Das war damals so. Isabel wohnt am Bodensee. Warum Isabel plötzlich Eigenbedarf hat, kann ich nicht sagen. Sie könnte Geld brauchen.»

So hatte die Frau nicht ausgesehen. Samantha dachte an

die Kleidung und den Schmuck. Beides hatte teuer gewirkt. Ausserdem waren sie mit einem grossen Mercedes davongefahren.

«Sie ist ein wenig speziell. Warum musst du sie auf einmal siezen?»

Joel lachte auf. «Sie war damals schon, wie soll ich sagen, ein wenig exzentrisch und hielt sich für etwas Besseres.»

«Ihren Mann mag ich auch nicht. Man muss ein komischer Kauz sein, wenn man mit dieser Frau verheiratet sein will, oder anders ausgedrückt: sie ertragen kann.»

«Durchaus.» Joel zog Samantha auf seinen Schoss.

«Damit ist dir nicht geholfen. Falls du obdachlos wirst, gibt es meine Wohnung in Lenzburg.»

Joels Gesicht hellte sich auf. «Das ist ein gutes Stichwort. Mein drohender Rausschmiss kann eine Chance sein. Du möchtest nicht zu mir ziehen, weil du das Gefühl hast, mich auszunutzen und mir auf der Tasche zu liegen. Besonders in der momentanen Situation.» Er hob die Hand, als Samantha zu einer Erwiderung ansetzte. «Obwohl das nicht zutrifft. Wir könnten uns gemeinsam auf die Suche machen. So würde keiner bei dem anderen einziehen, sondern es wäre ein Zusammenziehen auf neutralem Terrain.»

Perplex starrte Samantha Joel an. «Du willst ausgerechnet jetzt die Suche nach einer neuen Bleibe starten, obwohl du nicht weisst, was mit dir bei AarePharm passiert und wo ich mal einen Job finden könnte.» Erst vor wenigen Tagen hatte Joel erzählt, Lisa Bürgi – die Eigentümerin des Pharmaunternehmens – habe in der letzten Sitzung bekannt gegeben, AarePharm verkaufen zu wollen.

«Ich habe das Gefühl, sie bevorzugt die Amerikaner. In meinen Augen würde das einige Jobs kosten – die Geschäftsleitung eingeschlossen», hatte er erklärt.

«Es müsste ein strategisch günstiger Ort sein. Sammy, wer nicht wagt, der nicht gewinnt. Und man soll die Gelegenheit beim Schopf packen, wenn sie sich einem bietet.»

FÜNF

Samantha betrat das «Rote Haus» in Brugg. Sie blickte sich in der Pizzeria um und entdeckte Lorenas sommersprossiges Gesicht mit dem roten Lockenkopf an einem Tisch am Fenster.

Samantha kannte Lorena bereits seit dem Kindergarten und hatte später mit ihr die Schule in Brugg besucht. Als ihre beste Freundin gehört hatte, dass Samantha ein Vorstellungsgespräch in Brugg habe, hatte sie darauf bestanden, gemeinsam zu Mittag zu essen.

Samantha setzte sich, und Lorena reichte ihr die Menükarte.

«Wie war es?», fragte Lorena.

«Interessant. Ich bin mir nicht sicher, ob das mein Traumjob ist, aber es wäre nach meiner Durststrecke immerhin ein Job.»

«Was genau wäre es?»

«Ich würde in der Forschungsabteilung dieses Labors als biomedizinische Analytikerin arbeiten.»

«Musst du dazu nicht erst eine entsprechende Weiterbildung machen?»

«Sie haben gesagt, mein Studium sei für diesen Job ausreichend. Ich wäre sogar überqualifiziert. – Hast du gewählt?» Samantha deutete auf die Karte.

«Ja, ich nehme die Pizza Victor Manuel.»

«Tomaten, Cherrytomaten, Parmesansplitter, Trüffelöl und Bufalo-Mozzarella. Das klingt fein. Ich nehme das Gleiche.» Samantha klappte die Karte zu.

«Überqualifiziert klingt nach baldiger Langeweile.»

«Für mich macht der Job einen vielseitigen Eindruck. Ich denke, er wäre eine gute Alternative zur Pharmabranche. Es ist viel praktische Arbeit. Das ist etwas, das ich bei AarePharm zunehmend vermisst habe.»

«Du willst definitiv nichts mehr mit Pharma machen?»

«Wollen ist ein dehnbarer Begriff. Die Frage ist, ob man die Möglichkeit dazu hat. Ich suche wie gesagt nach Alternativen. Heute Nachmittag habe ich zwei weitere Vorstellungsgespräche. Eines in einem Privatlabor und eines bei einem Kosmetikhersteller.»

«Wo?»

«Liestal und Umgebung.»

Lorena rümpfte die Nase, und Samantha wusste, was als Nächstes kommen musste.

«Liestal, wie praktisch», sagte Lorena gedehnt.

«Ich weiss, du hast etwas gegen Joel», sagte Samantha.

«So würde ich das nicht bezeichnen. Aber du hast recht, ich gebe ihm die Schuld, wie sich gewisse Dinge entwickelt haben.»

«Du meinst meine Arbeitslosigkeit?»

«Zum Beispiel.»

«Das ist unfair.»

«Und nun habe ich das Gefühl, er lässt dich hängen.»

«Das tut er nicht.»

«Er könnte dir unter die Arme greifen.»

«Genau das will ich nicht. Ich komme finanziell gut über die Runden.»

«Im Moment ist das so. Das kann sich aber schnell ändern. Er sollte dir die Möglichkeit geben, dass du beispielsweise keine Kosten wie die Miete der Wohnung in Lenzburg hast.»

«Du meinst, ich soll zu ihm ziehen?» Samantha glaubte, ihren Ohren nicht zu trauen. «Warum so plötzlich? Du warst immer dagegen, dass wir zusammenziehen, da du ihm unehrliche Absichten unterstellst.»

«Ich denke weiterhin, die hat er.»

Diese Diskussion brachte nichts. Sie drehten sich im Kreis, und Samantha war es inzwischen leid, mit Lorena über Joel und seine Absichten zu sprechen.

Der Kellner näherte sich, und Samantha war froh, um eine Antwort herumzukommen. Sie gaben ihre Bestellung auf.

«Nach Liestal zu ziehen würde ich dir im Moment nicht empfehlen», sagte Lorena, als der Kellner gegangen war.

«Warum nicht?»
«Es ist ein gefährliches Pflaster.»
Samantha musste weiterhin verwirrt aussehen.
«Zwei Morde.»
«Das hat nichts mit mir zu tun.»
«Sie sind in deinem Umfeld geschehen. Okay, indirekt, aber trotzdem. Weiss man etwas Genaueres über den Toten in der Altstadt?»
«Nein», sagte Samantha. «Es gibt keine neuen Informationen.»
«Ich finde es seltsam, dass die Medien keine Spekulationen anstellen.»
«Der Mann kann eines natürlichen Todes gestorben sein. Das ist uninteressant. Vielleicht gab es eine kleine Notiz oder Mitteilung, die weder du noch ich gesehen oder gehört haben.»
Das glaubst du selbst nicht, sagte Lorenas Blick. Bevor Samantha etwas sagen konnte, brachte der Kellner das Essen. Lorena beugte sich über ihre Pizza und sog den Duft ein. «Phantastisch.»
Der Geruch war verlockend – würzig, gemischt mit dem Trüffelaroma. Samantha spürte, wie gross ihr Hunger war. Am Morgen hatte sie vor lauter Aufregung fast nichts essen können. Das machte sich jetzt bemerkbar.
«Hast du mit Joel über das Thema Umschulung gesprochen?», fragte Lorena mit vollem Mund.
«Du meinst einen anderen Beruf?»
«Ja. Joel verdient genug und könnte dir unter die Arme greifen.»
«Das sagtest du bereits. Nochmals, ich möchte ihm nicht zur Last fallen. Besonders im Moment nicht. Es herrscht eine grosse Unsicherheit bei AarePharm. Seit der Verkauf des Unternehmens beschlossen ist und keiner weiss, ob und wie viele Angestellte, besonders die aus der Geschäftsleitung, behalten werden, herrscht der Ausnahmezustand. Hinzu kommt die drohende Kündigung des Hauses, das er gemietet hat.»

«Davon hast du nichts erzählt», sagte Lorena.

«Das ist erst seit gestern aktuell.» Samantha berichtete von Isabel Herzog Küngs Auftritt.

«So plötzlich?», fragte Lorena. «Und so kurz nach dem Mord an ihrem Vater? Braucht sie etwa Geld?»

«Um ihre Finanzen sollte es nicht schlecht stehen, wenn ich ihr Aussehen und ihr Auftreten richtig beurteile.»

«Man kann nach aussen einen anderen Anschein erwecken. Die Geldknappheit könnte sich abrupt eingestellt haben.» Die Gabel, mit der Lorena ein Stück Pizza zum Mund führen wollte, verharrte einige Zentimeter vor den Lippen. «Vielleicht hat sie sogar ihren Vater auf dem Gewissen.»

«Wie das?» Samantha versuchte sich vorzustellen, wie Isabel Herzog Küng ihren Vater erschoss. Das passte nicht. Passen würde es allerdings zu ihrem Mann.

«Du sagtest, es gäbe eine Abmachung, das Haus nicht zu Lebzeiten ihrer Eltern zu verkaufen. Sie braucht Geld, aber er pocht auf die Abmachung. Sie bringt ihn um und ist aus dem Schneider.»

«Das klingt für mich weit hergeholt. Ihre Mutter lebt noch.»

«Du sagst es richtig: noch.»

«Du hast eine blühende Phantasie.»

«Es gibt eine andere Möglichkeit. Ihre Mutter hat sich auf die Seite der Tochter gestellt. Wer weiss, vielleicht war die Ehe der beiden nicht mehr so gut, und sie hat ihr einen Anteil des Verkaufserlöses versprochen.»

Samantha dachte an Regula, als sie mit Beat bei ihr war. Die Frau hatte mitgenommen gewirkt, und sie konnte sich Lorenas Vermutung nicht vorstellen. Dafür drängte sich ein anderer Verdacht auf. Matthew. Konnte die Farm, die er von seinen Eltern übernehmen sollte, in einer finanziellen Krise stecken? Hatte er Isabel angestiftet?

***

Samantha betrat Joels Haus und liess die Tür ins Schloss fallen. Sie streifte die Pumps von den Füssen und wackelte mit den Zehen. Solche Schuhe waren nichts für sie, aber für Vorstellungsgespräche musste man Opfer bringen. Neben dem fachlichen Wissen war auch der optische Eindruck wichtig.

Sie ging in die Küche und liess Wasser in ein Glas laufen.

Die beiden Vorstellungsgespräche am Nachmittag waren interessant gewesen, und sie konnte sich vorstellen, sowohl in dem Labor als auch in dem Kosmetikbetrieb zu arbeiten. Das Labor hatte ihr angeboten, berufsbegleitend die FAMH-Weiterbildung zu machen als Spezialistin für Labormedizin beim Verband «Die medizinischen Laboratorien der Schweiz». Man könne sich durchaus vorstellen, dass sie im Anschluss eine Laborleitungsfunktion innehaben würde. Das Labor wurde von zwei Brüdern geführt. Einer von ihnen wurde in einigen Jahren pensioniert. Da seine Tochter kein Interesse hatte, hielt er Ausschau nach einem Nachfolger.

Samantha stellte das Glas auf die Anrichte und liess sich auf einen Küchenstuhl fallen. Drei Vorstellungsgespräche an einem Tag schlauchten. Nun hiess es Geduld haben. Sie würde jedenfalls bei allen eine positive Rückmeldung geben und hoffentlich für die nächste Gesprächsrunde eingeladen werden. Ihr Handy meldete den Eingang einer WhatsApp-Nachricht. *Wie war es?*, schrieb Joel. Samantha betrachtete die drei Herzen und musste lächeln.

Gut, und wie läuft es bei dir?, tippte sie zurück. *Seid ihr bald fertig?* Bevor Samantha die Nachricht abschickte, fügte sie einen Kussmund an.

Heute war eine Delegation der amerikanischen Firma, die Interesse an AarePharm bekundet hatte, in Egerkingen. Joel hatte angedeutet, später nach Hause zu kommen.

Die Antwort kam postwendend. *Nicht so gut. Die Sitzung geht gleich weiter. Lisa Bürgi scheint wirklich den Amerikanern den Vorzug zu geben. Sie wollen am meisten zahlen. Ich muss zurück in die Sitzung. Wie ich befürchtet habe, wird es spät heute.*

Samantha legte das Handy auf das Glastischchen. Dabei fiel ihr Blick auf die Uhr, und sie bekam einen Schreck. So spät schon? Einmal in der Woche telefonierte sie mit ihrer indischen Schwester. In dieser Woche hatten sie ihren Skype-Tag auf den Donnerstag vorverlegt. Samantha eilte in Joels Arbeitszimmer und startete ihren Laptop, den sie dort deponiert hatte. Einige Minuten später kam das Signal von Ranjana.

«Du siehst müde aus», sagte sie als Begrüssung auf Englisch. Samantha war froh, gut Englisch zu können. Sonst wäre es ein Problem gewesen, sich mit ihrer Schwester zu verständigen.

Samantha berichtete von den Vorstellungsgesprächen.

«Ich drücke die Daumen», erwiderte Ranjana. «Vielleicht hast du einen Job, wenn ich zu Besuch komme.»

Endlich hatte es mit dem Vorhaben geklappt, dass ihre Schwester in die Schweiz kam. Zuerst war Ranjanas Mann dagegen gewesen. Sie hätten kein Geld für eine weite Reise. Es hatte einige Überredungskunst von Joel gebraucht. Nachdem Samantha das Flugticket bezahlt hatte, stand dem nichts mehr im Weg.

«Ich kann es kaum erwarten», sagte Samantha, und auf dem Gesicht ihrer Schwester erschien ein Lächeln.

«Hat es Schnee bei euch?», fragte Ranjana. «Ich habe noch nie welchen gesehen.»

«Schnee ist in diesem Winter Mangelware, aber in den Bergen wird es welchen haben.»

Sie sprachen noch zehn Minuten miteinander.

«Ich schicke dir Joels Handynummer, falls ihr euch am Flughafen nicht findet.»

«Danke. Wann fliegt er nach Indien?»

«In drei Tagen, also am Sonntag.» Es war ein Zufall gewesen, dass das Audit in Indien jetzt stattfand und er zu dem Zeitpunkt zurückkehrte, wenn Ranjana in die Schweiz kam. Hätten sie das so geplant, hätte es nie geklappt. Ranjana war froh, weil Joel dabei war, da sie noch nie geflogen war und Angst hatte, auf dem Flughafen verloren zu gehen.

«Ich kann es nicht glauben, in einigen Tagen bei dir zu sein, Anshana.»

Ranjana benutzte weiterhin den Namen, den Samantha von ihrer leiblichen Mutter bekommen hatte. Langsam hatte Samantha sich an ihn gewöhnt, und er vermittelte Zugehörigkeit. Trotzdem drängte es ihre Zerrissenheit in den Vordergrund, die sie empfand, seitdem sie ihre leibliche Familie in Indien gefunden hatte. Sie wusste nach wie vor nicht, wie sie mit der Tatsache umgehen sollte, Wurzeln in zwei Ländern mit unterschiedlichen Kulturen zu haben. Auf einmal wurde es Samantha klar, dass neben ihrer Angst, ihre Unabhängigkeit zu verlieren, im Unterbewusstsein dieses einer der Gründe sein musste, weshalb sie zögerte, mit Joel zusammenzuziehen.

Sie überlegte, ob sie Lorenas Rat folgen und professionelle Hilfe in Anspruch nehmen sollte, die ihr half, ihre Zerrissenheit in den Griff zu bekommen und alles zu verarbeiten, damit sie ihre Identität und ihren Platz im Leben fand.

Sie verabschiedeten sich, und Samantha liess das Gespräch mit ihrer Schwester nachwirken.

Die Tür wurde geöffnet, und sie erschrak.

«Hier bist du», sagte Joel.

Sie hatte nicht gehört, wie er nach Hause gekommen war.

Er zog Samantha vom Stuhl hoch, drückte sie fest an sich und hielt sie lange fest. Sein Atem ging stossweise, als sei er gerannt.

«Was ist passiert?», fragte Samantha.

«Die Hölle ist los», flüsterte er.

«Ist etwas bei der Sitzung mit den Amerikanern schiefgelaufen?»

«Nein. Regula hat mich angerufen, als ich auf dem Heimweg war. Sie haben in dem Kellerabteil von Regula und Ruedi eine Waffe gefunden. Und dem nicht genug. Gemäss polizeilichen Untersuchungen sei der tödliche Schuss auf Ruedi aus der Wohnung von Thomas Fehr abgefeuert worden.»

SECHS

«Ich brauche eine Ablenkung», sagte Joel nach dem Nachtessen und zog Samantha in sein Arbeitszimmer.

Samantha hatte beschlossen, den heutigen Freitagabend und den ganzen Samstag bei Joel in Liestal zu bleiben. Am Sonntagmorgen würde sie ihn zum Flughafen bringen.

Er setzte sich auf den Bürostuhl und zog sie auf seinen Schoss. Joel öffnete das Internet. Er klickte einen Link mit einer Auflistung von Inseraten von Wohnungen und Häusern an, die sowohl zum Vermieten als auch zum Verkauf standen. Überrumpelt starrte Samantha die Objekte an.

«Ich finde es zu früh», sagte Samantha ausweichend, als Joel sie nach ihrer Meinung fragte.

«Was? Zusammenzuziehen oder eine neue Bleibe zu suchen.»

«Beides. Du weisst nicht, wie sich die Situation bei AarePharm entwickelt, und ich habe keine Ahnung, wo ich einen Job finden werde. Das kann überall sein. Im Aargau, Baselbiet, in Zürich oder an einem ganz anderen Ort.»

Er berührte mit dem Zeigefinger ihr Kinn und übte einen leichten Druck aus, damit Samantha ihn ansah. «Ich hoffe, du sprichst nicht von Lausanne.»

Wiederholt hatten sie diskutiert, ob Samantha diesem Pharmaunternehmen eine Bewerbung schreiben sollte. Bevor sie zu AarePharm gewechselt war, hatte sie dort zwei Jahre bei einem Projekt für neue Medikamente mitgearbeitet. Sie war erleichtert gewesen, die Firma verlassen zu können. Das lag nicht an der Arbeit, die interessant gewesen war. Die Stimmung in der Firma war dagegen alles andere als angenehm gewesen. Vorsintflutliche Zustände, hatte Lorena es auf den Punkt gebracht. Man hatte sie ungern gehen lassen und betont, sie könne jederzeit zurückkommen. Für Joel war diese Lösung definitiv keine Option.

«Nein … ja. Ich habe noch nicht gefragt, bin aber kurz davor.»

«Die Situation belastet dich stark, doch Lausanne ist nicht die Lösung. Dort warst du nicht glücklich, sonst wärst du damals nicht weggegangen.»

«Es wäre immerhin ein Job.»

«Du musst dir in einem ersten Schritt klar werden, was du machen möchtest. Pharma scheint es definitiv nicht mehr zu sein, wenn ich das richtig mitverfolge. Und falls doch: Das Angebot steht weiterhin, zu AarePharm zurückzukehren. Das wäre in meinen Augen nach wie vor die bessere Lösung als Lausanne.»

«Um eventuell das erste Opfer bei Umstrukturierungen des neuen Eigentümers zu werden, weil ich diejenige bin, die zuletzt eingestellt wurde. Hinzu kommen die dir bekannten Gründe. Es würde nach Vetternwirtschaft aussehen, wenn du mich wieder einstellst.»

«Wir sollten die Augen offen haben und», Joel deutete auf den Bildschirm, «zuschlagen, wenn wir etwas finden, das uns passt. Immerhin könnte ich auf Ende Monat die Kündigung für das Haus bekommen und müsste innerhalb von drei Monaten eine neue Bleibe haben.»

«Falls du in diesem Fall nichts findest, kannst du zu mir nach Lenzburg kommen.»

Joel fasste ihr Kinn und drehte Samanthas Kopf ein zweites Mal zu sich.

«Ich darf in diesem Fall bei dir einziehen?»

«Ja, auch wenn es etwas eng ist», sagte Samantha. Im gleichen Atemzug merkte sie, wie Joel sie ausgetrickst hatte.

Bevor sie ihre Aussage relativieren konnte, küsste er sie. «Das ist eine gute Alternative.»

«Vielleicht kündigt sie dir nicht.»

«Da wäre ich mir nicht sicher.»

«Lorena meinte, sie könnte nachgeholfen haben.»

«Isabel? Wobei?», fragte Joel, eindeutig wegen des Themenwechsels irritiert.

Samantha berichtete ihm von den Vermutungen, die Lorena angestellt hatte.

«Das klingt nach einer grossen Portion Phantasie», sagte er, nachdem sie geendet hatte.

«Du hast selber gesagt, Ruedi und Regula hätten so gut wie keinen Kontakt mit ihrer Tochter gehabt. Wieso haben sie ihr das Haus überschrieben? Nur wegen ihrer Befürchtungen, dass sie einmal ein Pflegefall werden könnten? Ich kenne mich nicht aus. Wenn die Kinder vermögend sind, werden sie in einem solchen Fall bestimmt zur Kasse gebeten. Vermögend hat Isabel gestern ausgesehen. Sie hat nicht gewirkt, als wäre sie auf zusätzliches Eigentum angewiesen. Es sei denn, sie ist gierig, was ich ihr zutrauen würde.»

«Nein, die Kinder müssen nichts zahlen. Recht muss ich dir allerdings geben. Zuzutrauen ist Isabel einiges. Ich finde, es ist seltsam, dass Ruedi und Regula ihr das Haus übertragen haben. Offenbar hat sich ihre Beziehung geändert.»

Samantha dachte an die arrogant wirkende Frau, die gestern durch das Haus spaziert war, alles inspiziert und an allem etwas auszusetzen gehabt hatte.

«Sie könnte ihre Eltern unter Druck gesetzt haben», sagte Samantha.

«Womit?» Seine Finger spielten mit einer von Samanthas Haarsträhnen.

«So würde es Sinn machen. Sie braucht Geld – aus welchen Gründen auch immer. Ihre Eltern wollen ihr nicht unter die Arme greifen, und sie zwingt sie, ihr das Haus zu übertragen.»

«Und tötet kurze Zeit später ihren Vater?» Joel sah weiterhin skeptisch aus. «Kurz danach taucht sie hier auf und stellt mir in Aussicht, meinen Mietvertrag kündigen zu wollen?»

«Wenn man Geldsorgen hat, achtet man unter Umständen nicht auf derartige Details.»

«Nein», sagte Joel bestimmt. «Ihr traue ich viel zu, aber keinen Mord. Falls sie das Haus verkauft, könnte ich versuchen, es zu erwerben. Mir gefällt es hier, und das Haus ist gut in Schuss.»

Samantha stimmte Joel in Bezug auf Isabel nicht zu. Sie traute ihr durchaus einen Mord zu, oder anders gesagt, sie traute ihr zu, jemanden dafür anzuheuern, damit sie sich die Finger nicht schmutzig machte.

«Du siehst Gespenster», sagte Joel, der offenbar ihre Gedanken erraten hatte. «Auch wenn die Frau dir unsympathisch ist, macht es sie nicht gleich zur Mörderin. Wie wäre es mit dem Erklärungsansatz, sie ist wegen des Mordes an ihrem Vater hier, weil sie ihre Mutter unterstützt?»

Isabel Herzog Küng? Diese Frau dachte in Samanthas Augen in erster Linie an sich und kümmerte sich bestimmt nicht um ihre Mutter.

«Was ist mit der Waffe, die man bei Ruedi und Regula im Keller gefunden hat?», fragte Samantha. «Sie könnte diese ihren Eltern untergeschoben haben. Gibt es hierzu etwas Neues?»

Bevor Joel antworten konnte, kam ihm das Klingeln an der Tür zuvor. Samantha rutschte von Joels Schoss und eilte zur Haustür. Sie brauchte eine Weile, bis sie begriff, wer vor ihr stand.

«Es tut mir leid, Sie um diese Uhrzeit an einem Freitagabend zu stören», sagte Nussbaum. «Ich – wir» Er deutete auf einen blonden Beamten in Polizeiuniform, der neben ihm stand. Er kam Samantha bekannt vor, aber sie konnte nicht einordnen, ob und wann sie ihm einmal begegnet war. «Gfeller», stand auf dem Namensschild. Samantha verband nichts mit diesem Namen.

«Also, wir würden gerne mit Herrn Gyger sprechen», sagte Nussbaum.

Samantha folgte Joel, der Nussbaum ins Wohnesszimmer führte und ihn bat, am Esstisch Platz zu nehmen. Warum kam Nussbaum mit einem Polizisten in Uniform? Wenn sie mit ihm Kontakt gehabt hatte, war meistens jemand von seiner Abteilung anwesend gewesen. Der Polizist blieb stehen und liess seinen Blick durch das Wohnzimmer schweifen. Samantha konnte nicht verhindern, auf die Waffe und den Schlagstock, die er am Gürtel trug, zu schauen.

«Was machen Sie in Ihrer Freizeit?», fragte Nussbaum Joel.

«Ist das eine Frage nach meinen Hobbys?», fragte Joel zurück.

«Ja. Sind Sie beispielsweise in einem Verein?»

«Neben dem Beruf habe ich keine Zeit, um in einem Sportverein zu sein. Wenn ich Zeit habe, wandere ich, fahre Velo oder gehe im Sommer regelmässig schwimmen.»

«Waren Sie früher in einem Verein?»

«Als Jugendlicher habe ich Handball gespielt. Damit habe ich aufgehört, nachdem ich mit dem Studium begonnen habe.»

«Besitzen Sie eine Waffe?»

«Nein – das heisst ausser der Armeewaffe. Sie verstaubt auf dem Estrich.» Joel war äusserlich gelassen, aber in seinen Augen konnte Samantha Beunruhigung erkennen.

«Dürfte ich sie bitte sehen?»

Joel zögerte. Offenbar fragte er sich wie Samantha, was das sollte. «Ich hole das Gewehr.»

«Ich komme gerne mit.»

Verwirrt schaute Samantha den Männern nach. Ihr war nicht bewusst gewesen, dass Joel eine Waffe im Haus hatte. Sie hatte sich nie mit dem Gedanken anfreunden können, dass Militärdienstleistende ihr Gewehr zu Hause aufbewahrten. War das nicht abgeschafft worden? Der Polizeibeamte trat an das Fenster und blieb breitbeinig davor stehen. Bis jetzt hatte er kein Wort gesprochen, aber Samantha war klar, dass er sich den Raum genau eingeprägt hatte.

Die Minuten verstrichen, und Samantha wurde unruhig. Sie ging davon aus, Joel wusste, wo er die Waffe verstaut hatte, und müsse nicht lange suchen. Endlich hörte sie Stimmen und bald darauf die Schritte. Gleich drauf betraten die Männer das Wohnzimmer.

«Hat Ihr Vater auch eine Waffe zu Hause?»

«Er hat sie, glaube ich jedenfalls, wieder abgegeben.»

«Das meine ich nicht. Ich meine die andere Waffe. Er ist beim Schützenverein», sagte Nussbaum. Es klang triumphierend, als hätte er Joel bei einer Falschaussage erwischt.

«Nicht mehr», konterte Joel. «Er ist vor ungefähr zehn Jahren ausgetreten. Seine Waffe aus dieser Zeit hat er abgegeben.»

«Sind Sie sicher?»

«Mein Vater hat sie einem ehemaligen Vereinskollegen gegeben. Er sah keinen Sinn, sie zu behalten, wenn ich das richtig in Erinnerung habe.»

Nussbaum sah Joel lange an. «Was haben Sie am letzten Sonntag vor dem Umzug gemacht?»

Joel wechselte mit Samantha einen Blick. Sollte das eine Frage nach dem Alibi sein? Falls dem so war, wieso durfte Samantha dabei sein? Gleich darauf fiel ihr ein, dass Nussbaum sie bereits gefragt hatte.

«Samantha und ich haben ausgeschlafen. Danach waren wir zu Hause. Bis zum Nachmittag war das Wetter nicht berauschend. Daher sind wir nicht an den Nachmittagsumzug gegangen. Wir sind am Abend zu meinen Eltern gefahren. Dort habe ich das Auto abgestellt.»

«Warum?», unterbrach Nussbaum. «Von hier haben Sie es näher in die Stadt.»

«Nach dem Umzug hat meine Mutter uns zu einem Nachtessen eingeladen. Wir wollten anschliessend nicht zu Fuss nach Hause laufen müssen.»

«War Ihr Vater dort, als Sie den Wagen abgestellt haben?»

«Wir haben nicht geklingelt, aber ich denke, er war nicht zu Hause. Er hatte bereits am Nachmittag mit seinen Kollegen abgemacht. Sie wollten sich für den Umzug vorbereiten.»

«Warum ist Ihre Mutter nicht mitgekommen?»

«Sie hat Angst, wenn die Feuerwagen an ihr vorüberziehen.»

«Hat Ihre Mutter Sie gesehen?»

«Das müssen Sie meine Mutter fragen. Wie gesagt, ich habe nicht extra geklingelt.»

«Warum nicht?»

«Wir waren knapp dran.»

Samantha wurde das Gefühl nicht los, Nussbaum nahm Joel die Geschichte nicht ab. Es war eindeutig, wie er nach einer Lücke suchte. Hatte er das Gefühl, Joel könnte die Morde begangen haben? Nussbaum müsste doch sehen, wie absurd diese Annahme war.

SIEBEN

Samantha stellte den Cappuccino auf den Küchentisch und setzte sich. Gestern war sie entgegen ihrem Vorhaben nicht nach Lenzburg gefahren, nachdem sie Joel zum Flughafen gebracht hatte, sondern zu seinem Haus zurückgekehrt. Sie vermisste ihn und fühlte sich ihm so näher. Gedankenverloren streute sie Zucker auf den Schaum und schöpfte mit dem Löffel ein wenig ab. Vier Tage, und dann kehrte er mit Ranjana zurück. Vier Tage waren nicht lang, aber sie kamen Samantha wie eine Ewigkeit vor.

Ihr Blick wanderte zur Uhr. Um diese Zeit musste Joel auf dem Weg von Delhi nach Agra zum Lieferanten sein. In der Nacht hatte er ein WhatsApp geschrieben, aufgestanden und zum Frühstück unterwegs zu sein. Bevor Samantha ihren Cappuccino zubereitet hatte, hatte sie ihm zurückgeschrieben. Die Antwort war prompt gekommen. Er würde bald abfahren. Ausserdem wünschte er ihr viel Glück beim Vorstellungsgespräch und werde sich melden, wenn er in Agra im Hotel sei.

Am liebsten hätte Samantha sich verkrochen. Dabei sollte sie froh sein, heute einen weiteren Vorstellungstermin zu haben. Dieses Mal war es an der ETH für ein Forschungsprojekt mit Mikroorganismen. Die Stellenbeschreibung hatte interessant geklungen. Allerdings passte Samanthas Profil nicht auf diese Stelle, da sie einen anderen beruflichen Weg eingeschlagen hatte. Sie war erstaunt gewesen, als Herr Leuzinger sie angerufen und um ein Gespräch gebeten hatte.

In fünf Stunden musste sie los. Sie wurde unruhiger und fragte sich, was sie solange machen sollte. Sie beschloss, das Gästezimmer für Ranjana herzurichten, und trank den Cappuccino aus.

Als sie die Tagesdecke auf dem Bett ausbreitete, klingelte es an der Tür. Nussbaum, schoss es ihr durch den Kopf. Er war am Freitag nicht erfreut gewesen zu hören, dass Joel für einige Tage geschäftlich abwesend sein würde, und Samantha fragte sich, warum er ihn auf seine Liste für mögliche Tatverdächtige genommen hatte.

Sie überlegte, ob sie so tun sollte, nicht zu Hause zu sein. Schliesslich entschied sie sich dagegen und öffnete die Tür.

«Regula», rief Samantha erstaunt, als sie die Person vor der Tür erkannte.

«Ist Joel da?», fragte sie.

«Um diese Zeit?»

Regula sackte in sich zusammen. «Daran hätte ich selber denken können, er ist bei der Arbeit. Hast du seine Telefonnummer? Ich muss dringend mit ihm reden.»

«Er wird schwer erreichbar sein, da er in Indien gerade einen Lieferanten besucht.»

Regula sackte ein Stück weiter in sich zusammen.

«Komm erst einmal rein.»

«Sie haben die Mordwaffe bei uns gefunden», stiess Regula aus und setzte sich an den Küchentisch. Tränen rannen über ihr Gesicht.

Mordwaffe? Das war also Tatsache. Um was für eine Waffe handelte es sich überhaupt? Samantha kannte sich nicht aus. Sie nahm an, es müsse sich um ein Gewehr handeln, mit dem man gut aus grosser Distanz treffen konnte.

«Man hat sie in unserem Kellerabteil gefunden, und die Polizei denkt, ich habe ihn erschossen.» Regula liess den Kopf auf die Tischplatte sinken.

Samantha wusste nicht, was sie tun sollte. Sie stellte sich neben Regula und legte ihr die Hand auf die Schultern.

«*Du* sollst ihn erschossen haben?» Diese Vorstellung fiel Samantha schwer. «Haben sie explizit gesagt, es sei die Tatwaffe?»

«Das nicht. Sie haben das Gewehr für die entsprechenden Abklärungen mitgenommen.»

«Was ist das für ein Gewehr?», fragte Samantha weiter.

«Es ist Ruedis altes Gewehr. Er war mit Joels Vater einige Jahre beim Schützenverein.» Nun wusste Samantha, warum

Nussbaum am Freitag bei ihnen gewesen war und diese für Samantha seltsam anmutenden Fragen gestellt hatte. Unter anderem diese Frage, ob Joel wisse, wer aus dem Bekanntenkreis seiner Eltern eine Waffe besass. Als Joel darauf keine Antwort hatte geben können, war Nussbaum endlich gegangen.

«Vor fünf oder sechs Jahren sind Ruedi und Beat von heute auf morgen ausgetreten.»

«Warum?»

«Keine Ahnung. Es war etwas vorgefallen, aber Ruedi wollte nicht darüber reden.» Regula hob den Kopf.

«Hat Ruedi damals das Gewehr behalten, als er aus dem Verein ausgetreten ist?»

«Ja. Ich habe es für unnötig erachtet. Eine Waffe im Haus finde ich nicht beruhigend.»

«War sie die ganze Zeit im Keller?»

«Nein. Als wir hier gewohnt haben, war sie im Estrich. Wo er sie nach unserem Umzug hingestellt hat, weiss ich nicht. Ich wollte es nicht wissen.»

«Könnte Ruedi das Gewehr beim Umzug weggegeben haben?»

«Wenn er das getan hätte, würde die Polizei es nicht in unserem Keller gefunden haben.»

«Könnte es jemand genommen und anschliessend zurückgebracht haben? Hat Ruedi dir gegenüber erwähnt, das Gewehr sei weg?»

«Nein.»

«Hätte er es dir gesagt?»

«Du klingst wie dieser Polizeibeamte. Ruedi hätte es mir bestimmt gesagt.»

Samantha war sich dessen nicht sicher. Regulas Abneigung gegen den Schiesssport war ihr deutlich anzusehen. Samantha vermutete, es könnte ein Streitthema der beiden gewesen sein.

«Halt, ich weiss es wieder», sagte Regula. «Nach unserem Umzug hat er sie zum Verein zurückgebracht. Er bat Franz, einen ehemaligen Kollegen vom Verein, das Gewehr für ihn aufzubewahren, falls er wieder damit anfangen wollte.»

«Du meinst, er wollte eventuell wieder mit dem Schiessen anfangen?» Das kam Samantha unlogisch und seltsam vor. Ruedi war nicht mehr Mitglied. Was war damals Unerfreuliches passiert, das Regula angedeutet hatte? Kehrte man in einem solchen Fall zum Verein zurück?

«Ja, Ruedi hat das vor einigen Wochen tatsächlich überlegt», sagte Regula nach einer Weile.

In Samanthas Augen wurde alles seltsamer und widersprüchlicher. Hatte Regula das gegenüber der Polizei erwähnt? Vermutlich nicht.

Regula wich ihrem Blick aus. Zwischen Ruedi und Regula musste es in dieser Angelegenheit definitiv zu einer Meinungsverschiedenheit gekommen sein.

«Warum wollte er das?»

«Er hat nur gesagt, die Person, die der Grund für seinen Austritt gewesen war, sei nicht mehr dort.»

Das klang logisch. Wenn das Gewehr im Schützenverein aufbewahrt worden war, musste es jemand von dort sein. Oder auch nicht.

«Weisst du, ob im Schützenverein in der letzten Zeit eingebrochen wurde?»

Kaum hatte Samantha die Frage gestellt, wurde ihr bewusst, dass Nussbaum und seine Kollegen das bestimmt abgeklärt hatten.

«Ich weiss von keinem Einbruch.»

«Ich kann mir nicht vorstellen, sie könnten dich in Verdacht haben», sagte Samantha.

Neue Tränen schossen in Regulas Augen.

«Sie müssen dem nachgehen, warum das Gewehr nicht mehr im Verein, sondern bei euch im Keller war. Ist das Abteil verschlossen?»

«Nein. Das Schloss ist kaputt. Wir haben die Tür nur angelehnt. Ruedi hatte es nicht geschafft, ein neues Schloss zu organisieren.»

Falls Ruedi mit dem Gewehr getötet worden war, musste es jemand in seinem Keller deponiert haben.

«Wie ist es mit der Haustür?»

«Tagsüber kann man sie aufstossen. Wir schliessen in der Regel erst nach acht Uhr am Abend ab.»

«Sind die anderen Bewohner tagsüber zu Hause?»

«Oben wohnen zwei alleinstehende Männer. Der eine arbeitet in Basel und der andere in Liestal. Im Parterre neben uns wohnt ein junges Paar. Sie haben vor zwei Wochen geheiratet und sind im Moment in den Flitterwochen.»

Es war also ein Leichtes, tagsüber in das Haus zu gelangen und ungesehen in den Keller zu schlüpfen. Derjenige, der die Waffe dort deponiert hatte, musste das wissen. Und ihm musste bekannt sein, dass Ruedis und Regulas Kellerabteil unverschlossen war. Es musste jemand aus Regulas und Ruedis Bekanntenkreis sein. Samantha war versucht, Regula nach möglichen Feinden zu fragen, unterliess es jedoch. Das würden Nussbaum und seine Kollegen erledigt haben.

Regula hatte sich beruhigt und trank in kleinen Schlucken das Wasser, das Samantha ihr hingestellt hatte.

«Es tut mir leid, wie Isabel sich bei euch aufgeführt hat», sagte Regula nach längerem Schweigen, und Samantha brauchte einen Moment, bis sie wusste, von wem Regula sprach.

«Kein Problem.»

«Doch, das ist es. Wären wir nicht auf ihren Vorschlag eingegangen, ihr das Haus zu überschreiben, hättet ihr heute keine Probleme.»

«Isabel hat euch überredet?» Das, was Regula gemäss Joel gesagt hatte, hatte anders geklungen. Hatte Joel es falsch verstanden, oder widersprach Regula sich gerade?

«Ja, sie meinte, es wäre besser. Sie hätten gerade das Problem mit den Eltern ihres Mannes. Beide sind Pflegefälle, und sie brauchen nun ihr angespartes Vermögen auf.» Sie umfasste das Glas mit beiden Händen. «Ich kann ihre Überlegungen nachvollziehen. Mir täte es auch weh, ein ganzes Leben gespart zu haben und nichts davon weitergeben zu können.»

Isabel, dachte Samantha. Regulas Tochter wusste bestimmt

von der unverschlossenen Haustür und dem Kellerabteil. Und sie kannte Ruedis Hobbys.

«Dabei hat sie uns versprochen, das Haus nicht zu verkaufen, solange Ruedi und ich leben. Sie weiss, dass wir an dem Haus hängen. Immerhin haben wir über vierzig Jahre drin gewohnt.»

«Hat Isabel Geldsorgen?», fragte Samantha und hätte sich am liebsten auf die Zunge gebissen. Das war privat und ging sie definitiv nichts an.

Regula schien ihr diese direkte Frage nicht übel zu nehmen. «Im Moment läuft es nicht so gut. Leon hat ein Immobiliengeschäft. Er hat sich ein wenig übernommen, als er bei dem Bau einer Wohnblocksiedlung eingestiegen ist. Isabel hat gesagt, sie seien inzwischen aus dem Gröbsten heraus.»

Immobilien? Matthew arbeitete ebenfalls in der Immobilienbranche. War das Zufall?

***

Der Zug verliess den Zürcher Hauptbahnhof. Samantha atmete tief durch. Das war knapp gewesen. Zwar fuhren regelmässig Züge Richtung Lenzburg, aber sie hatte keine Lust gehabt, bei dem unangenehmen Wetter warten zu müssen. Auf den Perrons wehte ein eisiger Wind.

Samantha wartete einige Sekunden, bis sich ihr Atem normalisiert hatte, bevor sie den Mittelgang betrat. Sie fand einen Platz in der Mitte des Wagens.

«Samantha?» Der Mann gegenüber im Abteil senkte die Zeitung.

«Erik! Was machst du hier?» Erstaunt musterte Samantha ihren ehemaligen Arbeitskollegen. Erik war bei AarePharm im gleichen Team wie sie gewesen.

«Das Gleiche kann ich dich fragen.»

«Vorstellungsgespräch. Und du?»

Erik druckste herum. «Du bist mit Joel zusammen.» Das klang wie eine Anklage.

«Ja und?»

«Ich sage lieber nichts.» Sein Mund wurde zu einem schmalen Strich.

Samantha beugte sich vor. «Was hat Joel gemacht?»

«Nichts.»

«Das ist doch gut.»

«Eben nicht. Er macht nichts, um die Situation zu ändern. Er schaut nur für sich und halst uns alles auf.»

Eriks Groll prallte gegen Samantha wie eine Geröllawine. Sie hatte gewusst, dass die Situation bei AarePharm alles andere als erfreulich war. Die gedrückte Stimmung betrübte auch Joel.

«Statt Abhilfe zu schaffen, verschärft er die Situation, indem er diese unfähige Kuh eingestellt hat und sich nach Indien absetzt. Dafür muss ich alles ausbaden.»

«Die Reise nach Indien ist kein Vergnügen. Ich finde es eher Wahnsinn …»

«Ich auch.»

Samantha ignorierte Eriks Einwand. «Vier Tage Kurztrip: hinfliegen, den Lieferanten besuchen und gleich wieder zurückkommen. Auf diesen hätte er gerne verzichtet.»

«Kein Stress. Privilegien sind das. Sogar Linda ist geflüchtet und hat bei einer anderen Firma eine Temporärstelle angenommen. Und zu allem Überfluss soll AarePharm verkauft werden. Wer weiss, was die da im Geschäftsleitungsolymp noch alles aushecken.»

«Joel kann für den Verkauf nichts», unterbrach Samantha seinen Wortschwall.

«Das sehe ich anders», knurrte Erik und sprach rasch weiter, bevor Samantha Gelegenheit hatte, einen neuen Einwand zu erheben. «Sie meinen, über allem zu stehen. Und wer bekommt es ab? Die Untergebenen, die sich nicht wehren können oder sonst gleich rausfliegen. Wenn du mich fragst, ist das der Anfang vom Ende. So wie ich es verstanden habe, wird das Ganze nicht ohne Stellenabbau über die Bühne gehen. Und wer ist am Ende fein raus? Die aus der Geschäftsleitung.»

«Nicht unbedingt», sagte Samantha und dachte an das, was Joel ihr gesagt hatte.

«Natürlich nimmst du ihn in Schutz. Er ist einer der Schlimmsten. Besser, ich nehme mein Schicksal vorher in die Hand.»

«Du bist auf Stellensuche», ging es Samantha auf.

Ein harter Zug legte sich um Eriks Mund. Samantha erschreckte es, wie sich ihr ehemaliger Kollege verändert hatte. Früher war er es gewesen, der alle mit seinen Spässen aufgemuntert hatte. Sie dachte an ihre Zeit bei AarePharm. Sie hatte gerne dort gearbeitet, und im Vergleich zu ihrer früheren Stelle in Lausanne lagen menschlich Welten dazwischen.

«Soll ich mit Joel reden?»

«Bloss nicht», brauste Erik auf. «Dann schmeisst er mich gleich raus.»

«Das würde er –»

«... sehr wohl tun. Ihm sind die Leute egal.»

«Das stimmt überhaupt nicht!»

«Ich wünschte, es würde ihm so wie uns ergehen, damit er endlich mal merkt, wie es ist.» Der Zorn, der in Eriks Augen aufflackerte, machte Samantha Angst.

Samantha kamen die Gespräche in den Sinn, die sie mit Joel zu diesem Thema geführt hatte. Es hatte ihn mitgenommen, wie es um sein Team stand und wie er dem machtlos gegenüberstand. Bis der Entscheid, wem AarePharm verkauft werden würde, gefällt war, durften keine neuen Leute eingestellt werden. «Wenn ich wüsste, wie ich mein Team entlasten könnte», hatte er gesagt. «Es ist schlimm, wenn einem die Hände gebunden sind.»

«In wenigen Augenblicken erreichen wir Lenzburg», kam es in diesem Moment aus dem Lautsprecher.

«Mach es gut», sagte Erik und verschwand hinter seiner Zeitung.

Als Samantha aus dem Zug stieg, war es dunkel geworden. Auf der Bahnhofstrasse schlug sie den Weg Richtung Altstadt ein. Der Wind blies ihr Schneeregen ins Gesicht. Sie stellte den Kragen ihrer Jacke hoch und zog die Kappe tiefer in die Stirn.

Sie verfluchte sich, weil sie den Regenschirm vergessen hatte, und verwünschte ihr Velo, weil es am Mittag einen Platten gehabt hatte. Mit dem Velo wäre sie nämlich schneller zu Hause und müsste nicht zehn Minuten durch dieses Mistwetter laufen. Man konnte nicht glauben, dass bald Mitte März war. Der gesamte Winter war zu warm gewesen. Im Januar hatten Temperaturen um zehn Grad geherrscht. Ein sicheres Indiz für die Klimaerwärmung, hatte es überall geheissen. Keine einzige Schneeflocke hatte ihren Weg nach Lenzburg gefunden. Und nun musste der Winter ausgerechnet im Frühling nachgeholt werden.

Die Fussgängerampel schaltete auf Rot. Widerwillig blieb Samantha stehen. Die Scheinwerfer der Wagen, die anfuhren, blendeten sie. Ein Wagen fuhr dicht am Trottoirrand entlang, und Wasser spritzte gegen Samanthas Hose. Die Feuchtigkeit drang durch den Stoff. Heute schien sich alles gegen sie verschworen zu haben. Das Vorstellungsgespräch in Zürich war nicht gut verlaufen. Die Antipathien ihres möglichen zukünftigen Vorgesetzten ihr gegenüber hatten auf Gegenseitigkeit beruht. Wiederholt hatte er durchblicken lassen, Bedenken betreffend ihrer Kompetenz zu haben. Auch passe ihr Profil nicht, und er bezweifelte zwischen den Zeilen ihre Zuverlässigkeit, weil sie Ausländerin war. Da in ihren Bewerbungsunterlagen auf dem Foto ihr hellbrauner Teint deutlich ersichtlich war und das Gleiche auf ihr nicht passendes Profil zutraf, fragte Samantha sich, wieso er sie zu dem Gespräch eingeladen hatte. Sie würde mit ihm nicht zusammenarbeiten können, aber sie hatte keine andere Wahl, als weiterhin ihr Interesse an der Stelle zu bekunden – es sei denn, er sagte ab oder aus einer der anderen Optionen wurde etwas, was sie nicht glauben konnte. Nicht heute.

Die Ampel schaltete auf Grün, und Samantha eilte über die Strasse. Als sie an der Hypothekarbank Lenzburg vorbei weiter Richtung Tor ging, das in die Altstadt führte, schielte sie auf ihre Armbanduhr. Viertel nach sieben. Hier war im Gegensatz zum Bahnhof keine Menschenseele zu sehen. Dort waren immerhin einige Leute unterwegs gewesen. Bei diesem Wetter ging keiner freiwillig vor die Tür. Im Regenschatten unter dem Tor blieb sie stehen und wischte das Wasser aus dem Gesicht. Ihre Gedanken drifteten zu Erik. Sollte Samantha Joel von der aufgestauten Wut erzählen? Viertel nach sieben plus viereinhalb Stunden ... In Indien war es bald Mitternacht.

Bevor Samantha am Nachmittag in Zürich angekommen war, hatten sie kurz telefoniert. Joel hatte gesagt, es gäbe ein Nachtessen mit dem Lieferanten, und danach würde er sich rasch hinlegen, da er hundemüde sei.

Die Reise war bereits länger geplant gewesen. Samantha hatte angemerkt, es sei besser, sie zu verschieben, bis mehr Klarheit herrschte, wie es mit AarePharm weiterging. «Wir müssen weitermachen», war seine Antwort gewesen. «Ausserdem gibt es ein Gefühl von Normalität.» Tat es das wirklich?

«Samantha?»

Sie wusste, um wen es sich handelte, bevor sie sich umgedreht hatte. Der Verdacht, Matthew würde ihr nachstellen, der sich bereits in Olten aufgedrängt hatte, tauchte von Neuem auf. Woher sollte er aber wissen, dass sie ausgerechnet um diese Zeit hier anzutreffen war? Sie meinte sich zu erinnern, beim letzten Zusammentreffen erwähnt zu haben, in Lenzburg zu wohnen.

Er stand mit einem breiten Grinsen vor ihr, das seine Augen nicht erreichte. Zumindest sah es in dem schummrigen Licht der Strassenbeleuchtung so aus. Ein Schauer durchlief Samantha, was nicht an der Kälte lag. Die Frage, ob er Ruedi auf dem Gewissen hatte, drängte in den Vordergrund. Von dem Tod profitierte er nicht, kam ihr in den Sinn. Wenn sie mit ihrer Vermutung richtiglag, ging das Vermögen von Ruedi und Regula zuerst an die leibliche Tochter und erst bei deren Ableben an andere Verwandte. Wobei an vorderer Stelle Isabels Mann und ihre Kinder standen, falls sie welche hatte. Das Unbehagen breitete sich aus. Die Fenster, durch die man ins Café «Vicolo» sehen konnte, waren dunkel. Der Laden hatte bereits geschlossen.

«Das ist eine schöne Überraschung», sagte er und trat dichter an sie heran. «Stimmt, du hast erzählt, du wohnst hier.» Er blickte nach rechts und links. Warum musste ausgerechnet um diese Uhrzeit alles ausgestorben sein? Bevor Samantha wusste, was passierte, hatte er sie gepackt und seine Lippen auf ihre gedrückt. Er drängte sie gegen die Wand. Samantha war es, als sei sie in Schockstarre gefallen, was er offenbar als Aufforderung empfand weiterzumachen. Seine Zunge teilte ihre Lippen. Der Kuss war grob und fordernd.

«Endlich. Auf diesen Moment warte ich schon lange.» Sein Atem stank nach Zigarettenrauch. Er küsste sie weiter. Seine Hand legte sich auf ihre Brust, und mit den Lippen glitt er zu ihrem Ohr.

«Bitte nicht hier», schaffte es Samantha hervorzupressen. Die Starre wich dem Drang zu überleben.

«Gehen wir zu dir.» Seine Stimme war rau. Er verlagerte sein Gewicht. Auf einmal hatte Samantha genügend Platz, ihr Knie hochschnellen zu lassen. Er stöhnte auf und liess sie los. Mit einer Hand stützte er sich an der Wand ab, und die andere presste er in seinen Schritt. Samantha holte aus. Das Klatschen der Ohrfeige hallte durch den Torbogen.

«Wage es nicht noch einmal!», zischte Samantha.

Sie duckte sich unter dem Arm, mit dem er sie packen wollte, hindurch und rannte los. Fieberhaft überlegte sie. Sie wusste nicht, wie gut sie ihn getroffen hatte. Bis zu ihrer Wohnung würde sie es nicht schaffen. Er würde sie vorher eingeholt haben und so wissen, wo sie genau wohnte. Samantha bog links ab. Hinter sich hörte sie einen Fluch und Schritte. Samantha drückte gegen die Tür eines Kleidergeschäftes, in dem zu ihrem Erstaunen Licht brannte. Die Tür schwang auf, und die Glocke in der Tür bimmelte. Mit einem Klicken fiel sie hinter Samantha ins Schloss.

«Wir haben schon lange Feierabend.» Die Verkäuferin baute sich mit einem missmutigen Gesicht vor ihr auf.

«Ich brauche Ihre Hilfe», presste Samantha atemlos hervor.
«Wir haben geschlossen!»
«Bitte.» Samantha blickte sich um. Draussen sah sie Matthew vorbeilaufen. Sollte er zum Laden blicken, war sie wie auf dem Präsentierteller.
«Haben Sie nicht verstanden?», herrschte die Verkäuferin Samantha an. «Würden Sie bitte den Laden verlassen und morgen wiederkommen.»
«Sammy?» Hinter der Verkäuferin tauchte Gina auf, die zu dem Volleyballteam gehörte, mit dem Samantha einmal in der Woche trainierte. Neben ihr stand eine Frau, die Gina wie aus dem Gesicht geschnitten war.
«Das Gleiche gilt für Sie», fauchte die Verkäuferin Gina an. «Es ist unzumutbar, dass Sie extralange Kleider probieren, ohne am Ende etwas zu kaufen.»
«Vielen Dank für die freundliche Beratung», konterte Gina. «Ich hätte diese Bluse gerne genommen, aber da Sie um diese Uhrzeit keinen Verkauf wünschen, lasse ich das lieber bleiben.» Sie drückte der Verkäuferin eine blaue Bluse in die Hand. Ihre dunklen Augen funkelten zornig, und eindeutig erkannte Samantha in ihr die temperamentvolle Süditalienerin. «Komm», sagte sie zu ihrer Begleiterin und fasste Samantha am Arm. «Es gibt genügend andere Läden, die coole Kleidungsstücke haben.»
Bevor Samantha sich versah, stand sie auf der Strasse. Panisch schaute sie sich um. Von Matthew keine Spur. Es hatte aufgehört zu regnen.
«Das ist meine Schwester Francesca, und das ist Samantha, mit der ich Volleyball spiele.»
Francesca reichte Samantha die Hand. «Freut mich.»
«Bist du auf dem Heimweg?», fragte Gina.
«Ja, ich –»
«Wir müssen in die gleiche Richtung», unterbrach Gina sie. «Mit dem Shopping wird das heute offenbar nichts mehr, weil es zu spät ist und wir zu lange in diesem Laden waren. Mein Auto steht auf dem Seifiparkplatz.»

Samantha liess es geschehen, dass sich Gina bei ihr unterhakte und die Rathausgasse ansteuerte. «Okay, ich muss ihr recht geben, wir sind kurz vor Ladenschluss reingegangen und haben etwas getrödelt, aber das ist kein Grund, so unfreundlich zu sein. Verkauft hat sie heute bei dem Mistwetter bestimmt nicht viel.»

Samantha fühlte sich benommen. Die Situation war derartig normal, dass sie sich fragte, ob Matthews Übergriff wirklich stattgefunden hatte. Sie waren die einzigen Personen auf der Gasse.

«Du warst schon lange nicht mehr im Training», sagte Gina.

«Ja, ich …»

«Du bist offenbar die ganze Zeit in Liestal. Wann zieht ihr zusammen?»

«Vorerst nicht.» Samantha hoffte, das hatte nicht zu barsch geklungen. Wiederholt wurde sie darauf angesprochen, wann sie zu Joel zog, und empfand es langsam als nervend.

«Wie sieht es mit der Jobsituation aus?»

«Flaute.» Samantha hatte keine Lust, von dem unerfreulichen Vorstellungsgespräch in Zürich zu erzählen.

«Was suchst du?», fragte Francesca.

«Inzwischen ist mir das egal. Ich suche einfach einen Job, den eine Biologin machen kann.»

«Das kann nicht so schwer sein, etwas zu finden», sagte Francesca. «Leider kann ich dir nicht helfen. Ich arbeite bei einer Bank.»

«Wie wäre es mit Biologielehrerin?», sagte Gina. «Im Moment ist überall Lehrermangel. Da solltest du leicht eine Stelle finden.»

«Ich und Lehrerin?» Gegen ihren Willen musste Samantha lachen. «Das würde nicht funktionieren.»

«Warum nicht?», fragte Gina. «Du kannst wunderbar Dinge erklären. Und ausserdem hast du eine Engelsgeduld.»

Aus der Leuengasse bog ein Mann in die Rathausgasse ein. Er trug eine schwarze Jacke und Jeans. Samantha versteifte sich augenblicklich.

«Okay», sagte Gina, die Samanthas Reaktion offenbar missverstand. «Du findest bestimmt bald einen Job, der dir gefällt und Spass macht.» Sie hielt an, da sie bei dem Haus angekommen waren, in dem sich Samanthas Wohnung befand. Der Mann näherte sich. Samantha wollte schreien, aber kein Ton kam über ihre Lippen. Der Mann war nun so nah, dass sie sein Gesicht erkannte. Eine Brille. Graue Haare. Die Starre verpuffte, und Samantha sackte in sich zusammen.

«Was ist mit dir?», fragte Gina erschrocken.

«Grüezi.» Der Mann nickte in ihre Richtung und ging weiter.

«Nichts», stammelte Samantha. «Ich … Es war ein langer Tag.»

«Wann kommst du wieder zum Training?»

«Keine Ahnung. Vielleicht das nächste Mal.»

Sie verabschiedeten sich mit drei Küsschen rechts und links auf die Wange, und Samantha beeilte sich, ins Haus zu kommen. Sie eilte die Treppenstufen nach oben. In der Wohnung angekommen, drehte sie zweimal den Schlüssel und schob den Riegel davor. Sie liess das Licht ausgeschaltet und trat ans Fenster.

Warum hast du Gina nicht gesagt, was wirklich los war, fragte sie sich. Gleichzeitig wurde ihr klar, warum sich Opfer für einen Aussenstehenden nicht unbedingt rational verhielten. Samantha hatte sich dies selbst gefragt, als sie einen Beitrag über einen Überfall gelesen hatte, bei dem das Opfer keine Hilfe geholt hatte. In Ausnahmesituationen waren gewisse für andere logisch erscheinende Handlungen nicht möglich. Sie lehnte ihre Stirn gegen die Fensterscheibe und erschrak. Ein Mann stand auf der anderen Strassenseite und holte aus der Jackeninnentasche eine Zigarettenpackung hervor. Er zündete eine Zigarette an und blickte einmal die Gasse hinunter und nach oben. Matthew? Sie verengte ihre Augen zu schmalen Schlitzen. Oder war er es nicht? In der Dunkelheit war es schwer zu erkennen. Die Gestalt dort unten sah weniger massig und kleiner als Matthew aus. Das konnte allerdings aufgrund ihres Blickwinkels von oben täuschen. Wer sollte es sein ausser Matthew?

Er weiss, wo ich wohne, schoss es Samantha durch den Kopf. Sie wartete darauf, dass Matthew sich von der Wand abstiess und die Gasse überquerte. Das geschah nicht. Er lehnte weiter rauchend gegen die Wand und machte den Eindruck, auf jemanden zu warten. Wartete er darauf, dass Samantha zufällig vorbeikam? Er musste wissen, dass sie in einem der Häuser verschwunden war. Er brauchte nur die Namensschilder neben den Klingeln abzuklappern. «S. Kälin» würde er sofort ihr zuordnen können. Samanthas Blick huschte zur Wohnungstür und zurück zu dem Mann. Sie wich ein Stück vom Fenster zurück, da sie sich nicht sicher war, ob er sie erkennen konnte, wenn er hochblickte.

Du musst die Polizei rufen, echote es in Samanthas Kopf. Aber sie konnte sich nicht vom Fenster lösen. Der Mann nahm einen letzten Zug, warf den Stummel auf den Boden und trat ihn mit der Ferse aus. Er schaute sich ein weiteres Mal um, bevor er sich von der Wand abstiess und die Gasse nach unten schlenderte.

Samantha taumelte zu ihrem Sofa. Langsam beruhigte sich ihr Herzschlag. Es kam ihr in den Sinn, wie Christa Ott erzählt hatte, sie habe das Gefühl, es lungere jemand in regelmässigen Abständen vor dem Haus herum. War das da unten nicht Matthew gewesen, sondern war er der Mann, den Christa gesehen hatte? Der Mann, der gegenüber eingebrochen war und weitere Möglichkeiten sondierte? Oder waren Matthew und der Mann, den Christa gesehen hatte, ein und dieselbe Person? So ein Blödsinn, dachte sie. Welchen Grund sollte Matthew haben? Und: Wie lange war er bereits in der Schweiz?

***

Samantha schreckte aus dem Schlaf. Was war das für ein Geräusch gewesen? Sie richtete sich auf. Stille. Sie musste geträumt haben. Trotzdem liess sie sich nicht auf die Kissen zurücksinken. Es war erstaunlich gewesen, dass sie eingeschlafen war, nach dem, was gestern passiert war. Warum musste Joel ausgerechnet jetzt in Indien sein? Kurz hatte sie überlegt, ob sie ihm ein WhatsApp schicken sollte, hatte es aber sein gelassen. So etwas erzählte man von Angesicht zu Angesicht. Anschliessend hatte sie überlegt, ob sie Joels Schwester Simona um Rat bitten sollte. Sie war Polizistin. Oder besser: Sie war Polizistin gewesen. Nach Nicos Geburt war sie nicht mehr in den Dienst zurückgekehrt. Samantha hatte die Idee verworfen. Was hätte es ihr genützt? Zwar hatte Simona weiterhin Kontakt zur Polizei, aber helfen hätte sie ihr nicht können. Samanthas Gedanken drifteten zu Nussbaum. Er war der falsche Ansprechpartner. Falscher Kanton. Sie müsste eigentlich Bachmann anrufen. Er war Ermittler der Aargauer Kantonspolizei, jedoch bei der Abteilung Leib und Leben und daher ebenso nicht der richtige Ansprechpartner. Den Notruf hatte Samantha nicht wählen wollen. Es war ja nichts passiert, und sie hätten bestimmt die Frage gestellt, warum sie sich erst so spät meldete.

Wieder sah sie den Mann vor ihrem inneren Auge in der Gasse stehen, von dem sie annahm, es sei Matthew, und fragte sich, ob er wirklich nicht wusste, wo sie wohnte. Immerhin war ihre Adresse im Onlinetelefonbuch eingetragen. Was wollte er damit bezwecken, wenn er sich gegenüber ihrer Wohnung positionierte? Ihr Angst einjagen? Das hatte er bereits zur Genüge getan.

Samantha beschloss, etwas zu trinken, und stand auf. Als sie zur Küchenecke lief, liess sie das Licht ausgeschaltet. Der Lichtschein, der durch die Fenster drang, reichte ihr.

Gerade als sie das Glas an die Lippen führte, vernahm sie ein Knarren vor ihrer Wohnungstür. Sie erstarrte. Das war das gleiche Geräusch, das sie geweckt hatte. War jemand in der Wohnung? Erinnerungen an den Einbruch vor etwas mehr als einem Jahr tauchten auf. Angestrengt lauschte Samantha. Nein, es musste vom Treppenhaus kommen. Ein neues Knarzen. Vor der Wohnungstür. Ein Scharren. Ein Kratzen. Bearbeitete gerade jemand die Tür, um in ihre Wohnung zu gelangen?

Samantha konnte sich nicht rühren. Sie rechnete jeden Augenblick damit, die Tür werde sich öffnen.

Nein! So einfach würde sie es dem Eindringling nicht machen. Sie tastete über die Arbeitsfläche und berührte eine Glasflasche. Das Olivenöl, das sie gestern Abend nicht versorgt hatte. Mit erhobener Flasche schlich sie zur Wohnungstür.

Sie lauschte. Vor der Tür atmete jemand. Oder war es ihr eigener Atem? Sie hielt die Luft an. Nichts war zu hören.

Wie lange Samantha mit der erhobenen Flasche vor der Tür gewartet hatte, konnte sie nicht sagen. Sie spürte, wie ihr Arm schwer wurde. Nach einer Weile senkte sie ihn und presste ihr Ohr gegen die Tür. Stille. Auf einmal kam sie sich lächerlich vor.

Samantha huschte zum Fenster und blickte auf die Gasse. Sie war menschenleer. Was hast du erwartet? Samantha kehrte zur Küchenecke zurück und trank zwei Schlucke Wasser. Sie fröstelte. Anstatt auf einen imaginären Einbrecher zu warten, sollte sie sich lieber ins Bett unter die warme Decke legen. Auf halbem Weg kehrte Samantha um. Sie brauchte Gewissheit. Sie nahm die Olivenölflasche und schlich zur Tür. Sie zählte bis zehn, riss die Tür auf und schaltete das Licht ein.

Nichts. Niemand wartete vor der Tür. Samantha spähte die Treppe nach unten und lauschte. Erneut kam sie sich albern vor.

Ab ins Bett, sagte sie sich. Sie drehte sich um, und ihr Blick fiel auf die Fussmatte. Mit einem Aufschrei taumelte sie nach hinten.

Das Zittern verebbte langsam. Einen klaren Gedanken fassen konnte sie trotzdem nicht. Sie starrte auf die drei Rosenblätter, die sie auf den Tisch gelegt hatte.

Es gibt eine logische Erklärung, versuchte sie sich einzureden. Die Blütenblätter hatten an ihrem Schuh geklebt, und sie hatte diese an der Fussmatte abgestreift, als sie die Wohnung betreten hatte. Eigentlich ein guter Erklärungsansatz, aber Rosen blühten zurzeit nicht. Sie war in keinem Blumengeschäft gewesen. Dass auf der Gasse welche gelegen hatten, die an ihren Schuhen haften geblieben waren, stufte Samantha ebenso als unwahrscheinlich ein. Die Blätter musste jemand vor der Tür deponiert haben. Wie sollte die Person allerdings ins Haus gelangt sein? Normalerweise war die Haustür abgeschlossen. In der letzten Zeit nicht mehr, kam ihr in den Sinn. Sie hatte die anderen Bewohner fragen wollen, was der Grund dafür war, es aber vergessen.

Samantha tippte mit der Fingerspitze ein Blatt an. Wer schlich nachts ins Haus? Matthew. Warum tat er das mitten in der Nacht? Oder war er am Abend zurückgekehrt? Wieso legte er Rosenblätter und keine ganze Rose vor die Tür? Reichte der Übergriff von gestern Abend nicht? Sie spürte seinen groben Kuss. Wie er sie gegen die Wand gedrängt hatte. Seinen heissen Atem im Gesicht, der sich beschleunigt hatte. Die Panik drohte sie zu ersticken. Bleibe ruhig, befahl Samantha sich.

Rückblickend hatte es mehrmals Andeutungen für sein Interesse an ihr gegeben. Samantha hatte dieses ignoriert. Sie hatte angenommen, es sei offensichtlich, dass sie mit Joel zusammen war, obwohl Matthew sich abfällig über ihn geäussert hatte. Er hatte geflirtet. Samantha war freundlich geblieben und hatte sich zurückhaltend und distanziert verhalten. War das der Grund für sein Handeln? Nur die Zurückweisung? Hatte er begriffen, keine Chance zu haben, und wollte er es nicht auf sich sitzen lassen? Samantha betrachtete die Rosenblätter und begann erneut zu zittern.

Die Uhr zeigte halb eins in der Nacht. War er in der Nähe? Wartete er im Treppenhaus? Eher weniger, sonst hätte er sich gezeigt, als sie nachgeschaut hatte. Davon war Samantha überzeugt.

Sie widerstand dem Drang, aufzustehen und aus dem Fenster zu schauen. Halb eins plus viereinhalb ergab fünf Uhr in Indien. Um diese Uhrzeit war Joel bestimmt nicht auf.

Die Polizei. Aber es war kein Notfall. Ihr war nichts getan worden, und sie befand sich nicht in akuter Gefahr. Ausserdem konnte man Rosenblätter nicht als Drohung ansehen, wie es beispielsweise gewesen wäre, wenn er ihr einen toten Vogel hingelegt hätte.

Es begann stärker zu regnen. Das Trommeln des Regens auf dem Dach klang wie beim Zelten. Ein normalerweise beruhigendes Geräusch, das seine Wirkung heute gänzlich verfehlte. Samantha nahm die Blätter in die Hand. Sie waren trocken.

Sollte sie Matthew zur Rede stellen? War das eine gute Idee? Samantha ging davon aus, er würde es abstreiten. Ausserdem hatte sie keinen Bedarf, ihn zu kontaktieren. Weder ihm persönlich gegenüberzutreten noch mit ihm am Telefon zu sprechen.

Samantha stand auf und bereitete sich einen Pfefferminztee zu. Sie durfte sich nicht einschüchtern lassen. Wut drängte an die Oberfläche. Die durfte sie ebenfalls nicht zulassen. Sie brauchte einen wohlüberlegten Plan, wie sie mit der Situation umgehen sollte. Samantha schaltete das Licht aus, trat ans Fenster und nippte an dem Tee. Ihn herausfordern war keine gute Idee, musste sie einräumen. Wie lange hatte er vor, in der Schweiz zu bleiben? Vier Wochen wolle er in der Schweiz bleiben, hatte er erklärt, als sie ihn zum ersten Mal gesehen hatte. Das wäre bis Ende März. Danach wäre sie ihn los.

ACHT

«Genau solche Leute wie Sie liegen uns auf der Tasche.»

Samantha liess die Hand sinken, mit der sie gerade den Briefkasten öffnen wollte. Die schrille Stimme gehörte zu einer Frau, die Ende vierzig sein musste. Sie war hager, hatte einen grauen Kurzhaarschnitt und trug eine Brille mit goldenem Rahmen.

«Ausländer, die den ganzen Tag herumhängen und nichts für die Gesellschaft beitragen.»

«Auch Ihnen einen guten Morgen», erwiderte Samantha und fragte sich, wie die Frau ins Treppenhaus gekommen war. Hatte wieder jemand die Haustür offen gelassen, oder hatte die Frau jemanden besucht? Aber zu keinem der Einwohner passte diese Frau.

«Das fügt sich genau ins Bild, unhöflich bis zum Gehtnichtmehr. Würden Sie bitte auf die Seite gehen. Ich habe nämlich vor, im Gegensatz zu Ihnen, meinen Beitrag für die Gesellschaft zu leisten.» Sie stiess Samantha auf die Seite und öffnete den Briefkasten, der mit «Charlotte Häfliger» angeschrieben war. Für Samantha war auf einmal alles klar. Christa Ott hatte vor einigen Tagen von der neuen Bewohnerin erzählt.

«Eine richtige Hexe ist das, sage ich dir, die da in die Wohnung von Laura Meier eingezogen ist.» Sie hatte den Wegzug der jungen Lehrerin, die unter den Otts gewohnt hatte, bedauert.

Wie Samantha von Christa Ott erfahren hatte, arbeitete Charlotte Häfliger in dem Schuhgeschäft, das sich im Parterre des Hauses befand – ein beneidenswert kurzer Arbeitsweg.

Das Klingeln ihres Handys war schneller, bevor sie etwas erwidern konnte.

«Ich frage mich, wie man sich vom Nichtstun ein solches Ding leisten kann.»

«Ich wünsche Ihnen auch einen wunderbaren Tag und hoffe, Sie werden nicht an Ihrem eigenen Gift ersticken.»

«Das ist ja die Höhe.»

Samantha wandte sich ab und trat auf die Gasse.

«Das ist ja eine wunderbare Begrüssung», erklang Joels Stimme aus dem Handy.

«Entschuldige. Ich bin gerade unserem neuen Hausdrachen begegnet.» Sie ging einige Schritte vom Hauseingang weg, aus dem Charlotte Häfliger trat und eine Zigarette anzündete. Während sie rauchte, starrte sie zu Samantha herüber.

«Hausdrachen? In Liestal?», fragte Joel.

«Nein, ich bin in Lenzburg.» Samantha warf einen Blick auf ihre Armbanduhr. In Indien musste es gegen halb drei am Nachmittag sein. Joel hatte offenbar Pause und die Chance genutzt, mit ihr zu telefonieren. Sie war froh, seine Stimme zu hören. Das war die Gelegenheit, ihm von dem Zwischenfall mit Matthew zu erzählen.

«Ich habe nur kurz Zeit», kam Joel ihr zuvor. «Gleich geht das Meeting weiter.» Also lieber später, dachte Samantha. «Es läuft alles gut. Unsere Entscheidung, diesen Lieferanten auszuwählen, war richtig. Endlich mal etwas Erfreuliches in der letzten Zeit. Es gibt einem das Gefühl, dass alles in Ordnung kommt, was AarePharm betrifft.»

Sag das Erik, dachte Samantha. Vor ihrem inneren Auge erschien Eriks verkniffener Gesichtsausdruck.

«Wie war es gestern? Warte bitte kurz.» Samantha hörte, wie Joel auf Englisch sagte, er werde gleich kommen.

«Wir können später telefonieren», sagte Samantha.

«Dafür muss Zeit sein. Also, wie war es? Deine WhatsApp-Nachricht hat nicht positiv geklungen.»

«Es war eine Katastrophe.» Knapp fasste Samantha das Gespräch zusammen.

«Mist», antwortete Joel, als sie geendet hatte. «Ich bin überzeugt, mit einer von den anderen Stellen wird es klappen.»

Joel war unermüdlich mit den Versuchen, ihr Mut zu machen.

«Elendes Gestürm», sagte Joel, nachdem er auf Englisch wiederholt hatte, er werde in einer Minute kommen. «Etwas anderes. Ich brauche deine Hilfe.»

«Bei dem Audit?», fragte Samantha erstaunt. Das war definitiv nicht mehr ihr Aufgabenbereich, und sie wollte sich nicht einspannen lassen. Ein kalter Luftzug wehte, und Nieselregen setzte ein. Die Häfliger war zum Glück verschwunden, und Samantha konnte erkennen, wie sie im Schaufenster Schuhe neu gruppierte. Samantha kehrte zum Haus zurück. Sie stieg die Treppe zu ihrer Wohnung nach oben.

«Nein. Wegen meiner Mutter oder besser wegen meines Vaters.»

«Was ist passiert?»

«Mein Vater hatte gestern Abend einen Autounfall und liegt im Spital.»

«Um Himmels willen!», rief Samantha. «Was ist mit ihm?»

«Gemäss Simona wurde er schwer verletzt eingeliefert. Er muss Glück im Unglück gehabt haben. Sie hat etwas von Rippenprellungen und einem gebrochenen Arm erzählt. Hinzu kommt ein Schädeltrauma und eine Prellung des Beckens. Wie gravierend alles ist, konnte Simona nicht sagen. Nach Stand von vor einer halben Stunde ist er nicht bei Bewusstsein.»

Samantha betrat ihre Wohnung und gab der Tür einen Stoss.

«Das klingt nicht gut.»

«Simona sagt, er soll nicht in Lebensgefahr schweben.»

Immerhin das. «Was ist passiert?»

«So genau weiss das keiner. Er war bei Simona und auf dem Rückweg. Auf der Strasse zwischen Wallbach und Rheinfelden ist er bei dem Kreisel von der Strasse abgekommen. Sein Wagen hat sich mehrmals überschlagen.» Samantha hörte Joel tief ein- und ausatmen. «Simona war die ganze Nacht bei meiner Mutter, die völlig durcheinander ist.»

«Das wäre ich auch.»

«Durcheinander trifft es nicht ganz. Sie ist völlig durch den Wind. Simona möchte sie nicht alleine lassen, aber sie muss sich um Nico kümmern, den seit gestern Abend eine heftige Magen-Darm-Grippe erwischt hat. Maik konnte die Nacht überbrücken, doch er hat heute Nachmittag einen Flug.»

«Ich fahre zu deiner Mutter.»

«Danke. Du bist ein Schatz. Ich sehe zu, ob ich früher heimkommen kann, kann aber nichts versprechen.»

«Versuche, dir keine Sorgen zu machen. Ich übernehme das.»

***

Samantha hatte die Route über die A 3 genommen, da es im Belchentunnel einen Unfall gegeben hatte und sich ein langer Stau gebildet hatte.

Sie verliess die Umfahrungsstrasse von Liestal, hielt sich rechts und bog bei dem Kreisel in die Rheinstrasse ab. Samantha erblickte den rosafarbenen Gebäudekomplex des Spitals Liestal zu ihrer linken Seite und wäre zu gerne abgebogen. Sie wollte aus erster Hand erfahren, wie es Beat ging.

Sie folgte weiter dem Strassenverlauf und blickte konzentriert auf die Strasse, als sie am grauen Polizeigebäude Gutsmatte vorbeifuhr, das sich schräg gegenüber dem Spital auf der rechten Seite befand. Ihre Gedanken drifteten zu Matthew. Er war angesichts von Beats Unfall in den Hintergrund getreten, und sie wusste weiterhin nicht, was sie in dieser Angelegenheit unternehmen wollte. Das würde warten müssen. Sie gab zu, froh zu sein, weil etwas geschehen war, das sie ablenkte, und verspürte sofort das schlechte Gewissen.

Samantha bog rechts ab, fuhr unter der Bahnlinie hindurch und den Gymhügel hoch. Drei Minuten später hielt sie vor dem Haus von Joels Eltern. In der Einfahrt stand Simonas Toyota.

Samantha stellte ihren Smart dahinter ab und stieg aus. In den Beeten am Rand des Weges, der zum Haus führte, und auf der Wiese blühten Märzenbecher, Primeln, Krokusse und die ersten Osterglocken. Die bunten Farbtupfer an dem grauen

Tag taten gut. Die Tür öffnete sich nur wenige Sekunden, nachdem Samantha geklingelt hatte.

«Sammy!» Simona sah müde aus. Sie hatte Ringe unter den Augen und war blass. Ihre braunen Haare, die wie Joels einen leichten Kastanienton hatten, hingen strähnig in ihr Gesicht.

«Joel hat dich angekündigt», sagte sie und umarmte Samantha. «Danke, dass du kommst.»

«Gerne», erwiderte Samantha und fügte in Gedanken an: Ich freue mich, wenn ich endlich einmal gebraucht werde. Erneut schlug das schlechte Gewissen zu. Wie konnte sie so etwas denken, wenn Beat schwer verletzt im Spital lag?

Simona führte Samantha ins Wohnzimmer. «Möchtest du etwas trinken. Kaffee? Tee?»

«Danke nein.» Samantha blickte sich um und fragte sich, wo Verena war.

«Sie schläft», antwortete Simona auf ihre unausgesprochene Frage. «Endlich. Sie hat die ganze Nacht kein Auge zugetan und mich gleich mit wach gehalten.» Simona liess sich auf das Sofa fallen. «Ich mache mir Vorwürfe.»

«Du kannst nichts dafür.»

«Bisher habe ich angenommen, mein Vater sei ein sicherer Fahrer. Kaum gilt sein Krebs als geheilt, passiert das. Er war trotz der Nachwirkungen der Behandlungen fit. Ich meine, fit genug, um Auto zu fahren. Das hat der Arzt bestätigt. Sein Alter spiele keine Rolle.»

Samantha begriff erst nach einer Weile, dass Simona auf die Fahrtauglichkeit von Senioren anspielte.

«Ist er schon fünfundsiebzig?», fragte sie.

«Nein, aber es wird genau hingeschaut.» Simona holte ihre Tasche, die auf dem Sofa stand, und durchsuchte sie. «Hätte ich geahnt, er könnte nicht fit sein, hätte ich darauf bestanden, diesen Ausflug nicht zu machen.»

«Welchen Ausflug?»

«Nico und ich waren gestern mit meinem Vater im Basler Zoo.»

«Ohne deine Mutter?»

«Sie hatte wegen einer Migräne kurzfristig abgesagt. Mein Vater wollte trotzdem fahren. Am Abend hat er Nico und mich nach Hause gebracht. Nico war schlecht, und mein Vater ist gleich weitergefahren. Wo ist bloss der verflixte Autoschlüssel?» Sie blickte im Raum umher.

«Du meinst diesen hier.» Samantha reichte ihr den Autoschlüssel, der auf dem Wohnzimmertischchen lag.

«Ja, danke», sagte Simona erleichtert.

«Hat dein Vater inzwischen etwas zum Unfall sagen können?»

«Nein. Gestern war er nicht ansprechbar. Über Nacht hat sich sein Zustand gebessert, und heute Morgen ist er erwacht. Er sei erstaunt, im Spital zu sein.»

«Du meinst, er kann sich nicht erinnern?»

«Nicht an alles. Der Arzt meinte, das könne nach einem Unfall passieren.»

«Gab es Zeugen?»

«Ja. Vor meinem Vater fuhr ein Töff, den er beinahe gerammt hat, und hinter ihm eine Frau in einem Auto. Sie hat die Aussage gemacht, mein Vater sei auf den Kreisel zugefahren, ohne zu bremsen. Er muss das Steuerrad herumgerissen haben und verlor die Kontrolle über den Wagen. Sie haben sogar einen Alkoholtest gemacht.» Simona rubbelte mit den Handballen über ihre Augenbrauen.

«Hat dein Vater auf eurem Ausflug etwas getrunken?», fragte Samantha.

«Wasser und einen Kaffee. Wie gesagt, er hat uns in Mumpf nur abgesetzt und ist gleich weitergefahren. Der Alkoholtest war, wie von mir erwartet, negativ. Es wird vermutet, er könne einen Sekundenschlaf gehabt haben. Als er losgefahren ist, hatte ich nicht das Gefühl, er sei erschöpft, obwohl wir den ganzen Nachmittag unterwegs waren, auf dem Heimweg in diesem ewig langen Stau gestanden sind und mehr als doppelt so lange für den Heimweg gebraucht haben wie normalerweise.» Simonas Handy klingelte. «Das ist Maik», sagte sie und nahm das Gespräch entgegen. «Ich mache mich gleich auf den Weg», sagte sie und beendete das Gespräch. «Ich sollte nach Hause, um Maik abzulösen. Er muss zum Flughafen.»

«Geh nur, ich übernehme.»

«Du bist ein Schatz.»

«Wo muss er hin?», fragte Samantha, als sie Simona zur Haustür begleitete.

«Er hat einen Flug nach Calgary.» Rasche drei Küsschen rechts und links auf die Wange, und Simona eilte zu ihrem Toyota. Samantha lehnte gegen den Türrahmen und beobachtete, wie Simona ihren Wagen an dem Smart vorbeimanövrierte. Sie schloss die Tür und kehrte zum Wohnzimmer zurück, nachdem Simona weg war.

«Wollen wir zum Spital fahren?», erklang in dem Moment eine Frauenstimme hinter Samantha. «Sammy!» Verena eilte auf Samantha zu und umarmte sie fest. «Wie schön, du bist da. Meinst du, wir könnten zum Spital fahren?»

Bevor Samantha antworten konnte, klingelte es an der Tür. Samantha hatte mit Nachbarn und Freunden gerechnet, aber nicht mit Nussbaum und Molina, die Verena kurz darauf ins Wohnzimmer führte. Verena musste es offenbar gleich wie Samantha ergehen. In ihre Züge mischte sich Angst.

«Wir haben mit Ihrem Mann sprechen können», kam Nussbaum gleich zur Sache, nachdem er sich an den Esstisch gesetzt hatte. «Er hat Angaben zum Unfallhergang machen können und hat ausgesagt, er sei auf den Kreisel zugefahren. Vor ihm habe der Töff gebremst. Er sei geblendet worden und habe das Steuerrad herumgerissen, um den Töfffahrer nicht zu rammen.»

Verena gab einen erstickten Laut von sich.

«Geblendet?», fragte Samantha. «Wie ist das möglich?»

«Ausserdem gab er an, das Auto habe sich seltsam verhalten.»

«Was soll das heissen?», fragte Verena.

«Genaue Angaben dazu hat er nicht gemacht.» Nussbaums Augen huschten zur Seite, und Samantha hatte das Gefühl, er verschweige etwas. «Es sei alles so schnell gegangen. Das

Nächste, das er weiss, ist das Spitalzimmer. Ist Ihnen an dem Wagen in der letzten Zeit etwas aufgefallen?»

«Nein», flüsterte Verena. «Der Wagen ist zwar älter, aber gut in Schuss. Beat hat geschaut, dass alles in Ordnung ist. Vor ungefähr einem Monat wurde er vorgeführt. Es gab nichts zu beanstanden.»

***

Beats Gesicht hatte die gleiche Farbe wie die weisse Bettwäsche seines Spitalbetts. Er trug einen Verband um den Kopf. Neben seinem Bett stand ein Infusionsständer, und eine durchsichtige Flüssigkeit lief durch einen dünnen Schlauch zu seinem Handrücken und verschwand in der Vene. An der Stirn hatte er Schürfwunden. Weitere Verletzungen konnte Samantha nicht erkennen. Von Verena hatte sie erfahren, Beat habe eine Gehirnerschütterung und Prellungen an den Rippen und am Becken. Sein Arm sei glücklicherweise nicht gebrochen. Er werde einige Tage im Spital bleiben müssen.

Das zweite Bett war nicht belegt. Zumindest nahm Samantha das an, da die Bettdecke gefaltet darauflag und mit einem Plastikschutz abgedeckt war.

Beats Mundecken deuteten ein Lächeln an, als Samantha mit Verena an sein Bett trat. Verena nahm Beats Hand, in der keine Infusionsnadel steckte, und setzte sich auf den Stuhl. Samantha blieb unschlüssig am Fussende stehen.

Seit den Startschwierigkeiten im letzten Sommer hatte sich Samanthas Beziehung zu Joels Eltern inzwischen recht gut entwickelt, worüber sie froh war. Dennoch war es ihr unangenehm, hier zu sein. Sie hatte das Gefühl, in Beats Privatsphäre einzudringen.

«Wie geht es dir?», fragte Verena. «Hast du starke Schmerzen?»

«So schlimm ist es nicht, was kein Wunder ist, da ich mit Schmerzmitteln vollgepumpt bin.»

Es klopfte, und eine Pflegerin betrat mit einem Tablett den

Raum, auf dem eine Tasse und ein Teller mit Schokoladenkuchen standen. Beats Augen begannen zu leuchten. «Wie du siehst, brauchst du dir keine Sorgen zu machen», sagte er. «Ich werde wunderbar versorgt.»

Verena rutschte auf die Seite. Die Pflegerin klappte den Tisch aus dem Spitalnachttisch aus und stellte den Kuchen darauf. Samantha wunderte sich, dass Beat schon etwas essen durfte. So wie sie es verstanden hatte, war er zum ersten Mal am Vormittag ansprechbar gewesen.

«Möchten Sie ein Stück Kuchen und einen Kaffee?», fragte die Schwester Samantha und Verena.

Sie schüttelten gleichzeitig den Kopf. «Vielen Dank.»

Beat schob sich ein Stück Kuchen in den Mund. «Ist der fein. Wollt ihr wirklich nichts?»

«Nein», sagte Verena.

«Der Arzt meint, meine Schutzengel hätten gut auf mich aufgepasst», sagte Beat, nachdem er die Hälfte des Kuchens gegessen hatte. «Zum Glück fuhr ich nicht schnell.»

«Bei einer Geschwindigkeit von sechzig bis achtzig Kilometern pro Stunde kann einiges passieren.»

«Schon», sagte Beat gedehnt.

«Herr Nussbaum war bei uns und sagte, du hättest angegeben, das Auto habe sich plötzlich seltsam verhalten. Wie ist das möglich?»

«Als ich von Simona aufbrach, funktionierte alles perfekt.» Er blickte auf den leeren Kuchenteller, und Samantha hatte den Eindruck, er sagte ihnen nicht alles. «Den ganzen Tag hatte ich nicht das Gefühl, es könnte was nicht stimmen. Als ich geblendet wurde, wollte ich bremsen. Das funktionierte nicht … ich weiss nicht, wie ich es erklären soll. Es war seltsam.»

«Was hat dich geblendet?», mischte Samantha sich in das Gespräch ein.

«Keine Ahnung, ein helles Licht.»

«Von einem entgegenkommenden Auto, das aufgeblendet hatte?»

«Kann sein. Die Dämmerung hatte gestern früher eingesetzt als normalerweise. Es regnete, und die Sicht war nicht gut. Vor mir fuhr ein Töff. Ich dachte nur, bloss den Töff nicht zu rammen. Danach weiss ich nichts mehr.»

«Was soll mit dem Wagen nicht in Ordnung sein?», fragte Verena schrill. «Du hast alles kontrolliert.»

«Na ja, nicht ich, sondern die von der Garage. Sie haben den Service gemacht und den Wagen vorgeführt.»

«Er wäre nicht durchgekommen, wenn etwas defekt gewesen wäre.»

«Ich denke, eine endgültige Sicherheit gibt es nie.»

«Ich steige nie mehr in ein Auto», sagte Verena. Die Panik war nicht zu überhören.

Verena hatte vor ungefähr zehn Jahren einen Unfall gehabt, an dem sie keine Schuld hatte. Ein anderer Wagen hatte ihre Vorfahrt missachtet. Der Verursacher war auf der Unfallstelle verstorben, wohingegen Verena unverletzt geblieben war. Sie gab sich die Schuld am Tod des anderen und fuhr seitdem nicht mehr selbst Auto. Joel hatte Samantha erzählt, seine Mutter setze sich nicht bei jedem ins Auto und fahre normalerweise nur bei Simona oder Beat mit. Aber das nur, wenn es sich nicht vermeiden liess. Gegen Busfahren hatte sie nichts einzuwenden, was für Samantha ein Widerspruch war. Auch ein Bus konnte verunfallen.

«Ich denke, die Polizei wird den Wagen untersuchen. Dabei wird sich herausstellen, ob die Garage Mist gebaut hat oder –» Er brach ab.

«Oder was?», rief Verena.

«Keine Ahnung.» Beats Augen huschten zur Seite.

Oder was, wiederholte Samantha im Stillen Verenas Frage. Wer sollte an Beats Auto herumgeschraubt haben? Darauf lief es nämlich hinaus, wenn sie Beats Erzählung richtig deutete.

Wie konnte Beat nach Basel und zurück fahren, ohne dass etwas passierte? Konnte man in der heutigen Zeit überhaupt ein Auto so manipulieren, dass erst nach einer Weile die Auswirkungen zu spüren waren?

«Das ist in der Tat seltsam», sagte Joel.

Samantha setzte sich auf das dunkelgraue Sofa im Wohnzimmer von Joels Eltern. Verena war in den ersten Stock gegangen, um das Gästezimmer herzurichten. Sie hatte Samantha gefragt, ob es ihr etwas ausmachen würde, bei ihr zu übernachten. Obwohl Beat auf dem Weg der Besserung war, wäre sie um Gesellschaft froh.

Kaum waren sie bei Verena angekommen, hatte ihr Telefon geklingelt.

«Warum sollte etwas am Wagen meines Vaters defekt sein?», fragte Joel.

«Wenn ich deinen Vater richtig verstehe, funktionierte die Bremse nicht.»

«Das kann ich mir nicht vorstellen, zumal der Wagen gerade erst vorgeführt worden ist. Dort wäre bestimmt aufgefallen, wenn etwas nicht in Ordnung gewesen ist. Ausserdem sind meine Eltern schon lange Kunden bei dieser Garage. Bisher gab es nie einen Grund zur Beanstandung. Und was ist mit diesem Licht, das ihn geblendet haben soll?»

«Du glaubst der Aussage deines Vaters nicht?»

«Frage mich etwas Leichteres. Er ist bisher unfallfrei Auto gefahren. Ich meine, seitdem er den Führerausweis hat.»

«Könnte der Unfall mit seiner Krebsbehandlung zu tun haben?», fragte Samantha und dachte an das, was Simona gesagt hatte.

«Nein. Während der Chemo ist er nicht selber gefahren. Das hat ihm der Arzt untersagt. Inzwischen sind die Behandlungen seit einem halben Jahr abgeschlossen, und er ist vollumfänglich fahrtauglich.»

«Wer sagt das? Er?»

«Nein, sein Arzt.» Damit bestätigte er das, was Simona gesagt hatte. «Ich denke, wir müssen abwarten, was die Untersuchungen ergeben.»

Sie wechselten das Thema und sprachen über Joels Geschäftsreise in Indien. Alles verlief weiterhin zufriedenstellend. «In einer Viertelstunde bin ich zum Essen verabredet», sagte Joel. «Vorher möchte ich wissen, was du mir heute Morgen erzählen wolltest.»

Samantha schwieg.

«Sammy. Was ist passiert?»

«Matthew», sagte Samantha leise.

«Wer? Ach ja, dieser Kanadier. Was ist mit ihm?»

Sie stand auf und blickte in den Gang. Von Verena war nichts zu sehen. Samantha schloss die Wohnzimmertür und berichtete Joel, was gestern Abend vorgefallen war. Als sie geendet hatte, war längere Zeit nur sein Atmen zu hören.

«Du solltest die Polizei kontaktieren.» Samantha war über Joels ruhigen Tonfall froh.

«Ich weiss nicht, ob wirklich er es war, der später vor dem Haus stand.»

«Es ist egal, ob der, der auf der Gasse gestanden ist, Matthew oder jemand anderer war. Der Übergriff auf deinem Heimweg hat stattgefunden. Durch ihn. Das reicht. Egal, wer der andere gewesen ist.»

«Er könnte angenommen haben, ich wolle etwas von ihm. Ich meine, er könnte etwas missverstanden haben.» Warum war ihr diese Möglichkeit nicht früher in den Sinn gekommen? Sogar er sollte es inzwischen begriffen haben und sie in Ruhe lassen. Vermutlich hatte der misslungene Versuch Matthews Selbstwertgefühl einen ordentlichen Knacks gegeben, und er würde sich ohnehin nicht mehr bei ihr melden. Unweigerlich musste Samantha grinsen.

«Falls das so ist, ist er ein dämlicher, von sich eingenommener Idiot!», rief Joel. «Sollte er sich dir nochmals nähern oder dich kontaktieren, rufst du die Polizei.»

«Mache ich», sagte Samantha.

Als sie das Gespräch beendet hatten, blieb Samantha mit dem Handy auf dem Sofa sitzen und liess das Gespräch an sich vorbeiziehen. Zwischen Joels Zeilen hatte herausgeklungen, er würde seinem Vater unterstellen, die Geschichte mit dem Licht und dem nicht mehr steuerbaren Auto erfunden zu haben. Den Grund, warum Beat das getan haben sollte, konnte Samantha sich nicht vorstellen. Genauso wenig konnte sie Joels Argwohn nachvollziehen. Lag der Grund für Joels Zweifel in dem nicht ganz ungetrübten Verhältnis von ihm zu seinen Eltern? Er hatte ihnen nach wie vor nicht verziehen, was vor über zehn Jahren mit seiner damaligen Verlobten passiert war. Allerdings hatte Samantha das Gefühl, er bemühe sich, über seinen Schatten zu springen, obwohl es ihm schwerfiel. Dazu passte nicht, seinen Vater der Falschaussage zu verdächtigen. Ausserdem musste Beat davon ausgehen, es würde auffliegen, wenn er die Unwahrheit gesagt hatte.

Das Klingeln des Festnetztelefons riss Samantha aus den Gedanken.

«Kannst du das bitte übernehmen?», rief Verena aus dem oberen Stock.

Samantha nahm das Gespräch entgegen. Niemand antwortete. Sie konnte nur das Atmen am anderen Ende hören.

«Hallo? Wer ist dran?», fragte Samantha ein weiteres Mal.

Schweigen.

Sie legte auf. Verena tauchte im Türrahmen auf. Sie reichte Samantha ein Badetuch.

«Wer war es?»

«Keine Ahnung. Er hat sich nicht gemeldet.»

«Schon wieder», knurrte Verena. «In der letzten Zeit ist es schlimm.»

«Was? Weil sich keiner meldet?»

«Momentan hat es vermehrt Werbe-, Umfrage- und Kontrollanrufe. Also diese Anrufe, bei denen sich keiner meldet und die meiner Meinung nach dazu dienen, herauszufinden, ob jemand zu Hause ist.»

Erneut klingelte das Telefon.

«Die Person könnte verunsichert gewesen sein, weil ich abgenommen habe.»

Verena nahm das Gespräch entgegen und lauschte. Schliesslich zuckte sie mit den Schultern und stellte das Telefon zurück auf die Station. «Es nervt», sagte sie.

«Was für Werbeanrufe?», hakte Samantha nach. «Krankenkasse?»

«Nicht nur. Einmal wollten sie mir Olivenöl andrehen, ein anderes Mal wissen, ob wir einen Hund haben oder ob wir eine Alarmanlage gebrauchen können. In der letzten Zeit gab es häufig die, bei denen sich der Anrufer nicht gemeldet hat, wenn ich das Gespräch entgegengenommen habe. Nur anhand des Atemgeräusches wusste ich, dass wirklich jemand dran war.»

Unbehagen breitete sich in Samanthas Innerem aus.

«Wann begannen diese Anrufe?»

«Werbeanrufe haben wir das ganze Jahr über.»

«Ich meine, wann hat zum ersten Mal keiner geantwortet?»

«Vor zwei Wochen. Die reinste Schikane ist das.»

Das Unbehagen vertiefte sich. «Hast du der Polizei davon erzählt?»

«Warum sollte ich das? Wir sind schliesslich nicht die Einzigen, die belästigt werden, wenn ich an die Erzählungen vom Frauenmorgen denke.»

«Welchem Frauenmorgen?»

«Eine Gruppe von zehn bis fünfzehn Frauen trifft sich einmal in der Woche vormittags zu einem Kaffeeklatsch mit Kuchen im Kirchgemeindehaus. Alle klagen, wie schlimm es in der letzten Zeit mit diesen Anrufen ist.»

Stimmt, dachte Samantha. Von diesen Treffen hatte Beat am Montag beim Frühstück erzählt.

«Gab es in der letzten Zeit Einbrüche in der Umgebung?»

«Warum fragst du?»

«Du sagtest, es könnten Kontrollanrufe sein.»

«Eingebrochen wurde bisher im Quartier nicht. Davon wüsste ich.»

Samantha war sich unsicher, ob sie in die anonymen Anrufe in dieser Situation zu viel hineininterpretierte. Das Unbehagen blieb hartnäckig, und sie beschloss, Simona darauf anzusprechen.

«Apropos Kuchen», fuhr Verena fort. «Was möchtest du essen? Ich habe eingefrorene Käsewähe.»

«Du meinst die, die du am Chienbäseabend gemacht hast?»

«Ja. Und Salat dazu?»

«Das klingt gut.»

Bevor Verena in die Küche ging, klingelte es an der Tür. Kurz darauf betrat sie mit zwei Männern das Wohnzimmer.

«Ihr kennt euch wahrscheinlich nicht», sagte sie und deutete abwechselnd auf die beiden Männer. «Das ist Hans, und das ist Walter. Sie sind Jasskollegen von Beat.»

Verena stellte Samantha vor, und die beiden reichten ihr nacheinander die Hand.

«Wir haben von Beats Unfall gehört», sagte Hans.

«Er hatte grosses Glück gehabt. Möchtet ihr etwas trinken?»

«Gerne einen Kaffee», sagte Hans, und Walter nickte.

«Wir haben einen riesigen Schrecken bekommen, als wir davon gehört haben», wandte Walter sich an Samantha, nachdem Verena Richtung Küche verschwunden war. «Erst Ruedi und nun das.»

«Weisst du, ich habe mich gefragt, ob es ein Zufall ist», sagte Hans.

«Ein Zufall?», fragte Samantha und überlegte, ob sie Walters Aussage richtig verstanden hatte.

«Du siehst Gespenster, Walti», erwiderte Hans. «Ich denke, er war mit den Gedanken bei Ruedis Tod und hat nicht aufgepasst.»

«Du hast Vreni gehört. Irgendwas hat mit dem Auto nicht gestimmt.»

«Es wird sich herausstellen, ob das der Grund für den Unfall ist. Allerdings muss ich dir recht geben, es ist ein grosser Zufall, wenn etwas mit dem Auto nicht in Ordnung war und Beat so kurz nach dem Mord an Ruedi verunfallt.»

***

Samantha schreckte aus dem Schlaf. Es war stockfinster um sie herum, und sie brauchte eine Weile, bis sie wusste, wo sie sich befand. Samantha starrte in die Dunkelheit und fragte sich, was sie geweckt hatte. Es musste dieser wirre Traum gewesen sein, in dem sie durch einen düsteren Wald gerannt war. Deutlich klang das Atmen ihres Verfolgers in den Ohren nach. Ein Luftzug strich über ihr Gesicht, und Samantha fröstelte. Sie blickte zum Fenster, vor dem sich der Vorhang bauschte. Unheimlich. Wie in einem Geisterschloss.

Samantha beschloss, das gekippte Fenster zu schliessen, und stand auf. Als sie es zudrückte, glaubte sie, im Garten etwas gesehen zu haben, und hielt inne. Obwohl das Licht der Strassenlaterne ausreichte, den Weg von der Haustür über den Vorplatz zur Garage zu erkennen, blieb der Rest des Gartens im Dunkeln. Samantha wollte sich abwenden, als sie meinte, eine Bewegung auszumachen. Sie kniff die Augen zusammen und hatte das Gefühl, hinter dem Busch beim Baum einen Schatten zu sehen. Als ob sich dort jemand duckte. In dem Moment schaltete der Bewegungsmelder die Lampe vor der Haustür an. Eine Katze huschte aus dem Licht in den Garten. Es gab also für alles eine logische Erklärung.

Sie konnte sich trotzdem nicht abwenden. Es war, als hielte sie etwas Magisches fest. Das Unbehagen blieb und wechselte zum Gefühl, beobachtet werden. Ihr Blick wanderte zurück zum Busch. Ein kleiner orangener Punkt leuchtete auf, und sie erstarrte. Das war unmöglich, redete sie sich ein. Erneut glomm der Punkt auf. Gleich darauf fiel er zu Boden. Für mehrere Sekunden passierte nichts, bis auf einmal kurz ein fahles Licht aufflammte, bevor es wieder dunkel wurde. War das ein Handy gewesen? Dort war definitiv jemand. Auf dem Grundstück. Deutlich hatte Samantha in dem Lichtschein den Umriss einer Person erkannt.

Gebannt starrte Samantha weiter auf die Stelle. Nichts war mehr zu sehen. Keine Bewegung. Kein Schatten. Kein Umriss einer Person. Nur der Büsche und des Baumes. Wohin war die Gestalt verschwunden? Oder hatte sie sich alles eingebildet?

Wer sollte das sein? Ein Landstreicher? Eher weniger. Ein Einbrecher? Beruhige dich, dachte Samantha. Solange er dort draussen ist, kann dir nichts passieren.

Wirklich? Du solltest die Polizei verständigen.

War die Haustür abgeschlossen? Samantha konnte sich nicht erinnern, dass Verena dies getan hatte, nachdem Walter und Hans gegangen waren. Samantha rang mit sich. Sie musste nachschauen. Leise öffnete sie die Zimmertür. Es war still im Haus. Schemenhaft konnte sie den Gang erkennen.

Sie war für einen Moment versucht, das Licht einzuschalten, liess es aber lieber bleiben. Samantha schlich zur Treppe. Die Holzstufen knarrten, als sie die Treppe nach unten eilte. Sie hoffte, Verena höre es nicht. Im Erdgeschoss war es ein wenig heller. Ein Lichtstreifen, der von der Strassenlaterne vor dem Haus stammen musste, zeichnete vor der Küchentür einen schmalen hellen Streifen auf den Plättliboden. Die Plättli waren kalt, und Samantha fröstelte, als sie darüber zur Haustür schlich. Vorsichtig rüttelte sie an der Tür und atmete auf. Sie war verschlossen. Samantha huschte ins Wohnzimmer und fand die Terrassentür ebenfalls verschlossen vor. Sie hatte das Gefühl, die Tür war nicht wirklich einbruchsicher. Samantha überlegte, ob sie die Store herunterkurbeln sollte. Sie liess es aber, da sie annahm, das Geräusch, das sich in der Nacht lauter als am Tag anhören würde, könnte Verena erschrecken.

Samantha ging in die Küche, die sich unter ihrem Zimmer befand, und schaute aus dem Fenster zu den Büschen. Aus diesem Blickwinkel waren die Äste des Baumes nicht im Weg, und sie hatte freie Sicht. Da die Büsche nicht belaubt waren, konnte sie die Strasse dahinter erkennen. In den Büschen sass keine Person. Der Garten war leer. Hatte sie sich den Schatten vorhin tatsächlich nur eingebildet?

NEUN

Samantha betrat die Küche und unterdrückte ein Gähnen. Nachdem sie in der Nacht in ihr Zimmer zurückgekehrt war, hatte sie oben aus dem Fenster geschaut, bevor sie sich ins Bett gelegt hatte. Aber auch von dort hatte sie keinen verräterischen Schatten oder das Aufglimmen einer Zigarette oder den Lichtschein eines Handydisplays gesehen.

Sie hatte schlecht geschlafen und war wiederholt aus dem Schlaf aufgeschreckt. Als sie gehört hatte, wie Verena am Morgen die Treppe nach unten gegangen war, hatte sie ihr einen Vorsprung von einer halben Stunde gegeben, bis sie ihr gefolgt war.

Verena stellte zwei Teller auf den Küchentisch. Sie schaute auf, als Samantha eintrat.

«Hast du gut geschlafen?», fragte sie.

«Es geht so», antwortete Samantha. «Ein wenig unruhig. Das ist normal. Die erste Nacht an einem neuen Ort schlafe ich grundsätzlich nicht so gut.»

«Das geht mir genauso. Setz dich.» Sie wies auf den gedeckten Tisch, und Samantha fragte sich, wen sie sonst zum Morgenessen einladen wollte. Brot, Konfitüre, Käse, Flocken, Milch, Früchte und Joghurt standen bereit. «Kaffee? Oder lieber einen Cappuccino?»

«Letzteres gerne.»

Samantha schaute zum Fenster. Der Himmel war wie gestern wolkenverhangen, und einzelne Schneeflocken schwebten zu Boden. Samantha musterte die Büsche und den Baum. Nichts sah verdächtig aus.

«Ist was draussen?» Verena stellte sich neben Samantha und folgte ihrem Blick.

«Was? Nein. Ich dachte nur, es wäre an der Zeit, dass endlich Frühling wird. Der Winter muss nicht unbedingt nachholen, was er versäumt hat.»

«Dem stimme ich zu.» Verena stellte zwei Tassen auf den Tisch und setzte sich Samantha gegenüber. «Bediene dich.» Sie machte eine ausladende Handbewegung über den Tisch. «Ich bin dir dankbar, weil du bei mir geblieben bist.»

«Das mache ich gerne.» Samantha nahm Flocken und Joghurt.

«Meinst du, es gibt einen Zusammenhang zwischen Ruedis Tod und Beats Unfall?», griff Verena das Gesprächsthema vom Vorabend wieder auf.

«Ich finde es weit hergeholt», sagte Samantha. «Es könnte einzig sein, dass Beat den Kopf nicht beim Fahren hatte und über Ruedi nachgegrübelt hat.»

«Beat hat gesagt, einige Tage vor dem Chienbäse habe er Ruedi bei den Besen angetroffen. Als er ihn fragte, was er da mache, sei er aufbrausend geworden. So kenne er ihn gar nicht.»

«Du willst sagen, Ruedi hatte sich verändert?»

«Ja. In der letzten Zeit war er reizbar. Was er bei den Besen zu suchen hatte, hat Beat nicht aus ihm herausbekommen. Alles war fertig. Beat hatte ihn gefragt, ob er mit ihm etwas trinken wolle. Ruedi hatte abgelehnt. Beat solle ihn in Ruhe lassen. Das war eine weitere untypische Reaktion.»

«Hat Beat das der Polizei erzählt?»

«Das weiss ich nicht. Als ich ihn darauf angesprochen habe, ist Beat ärgerlich geworden. Ich solle mich nicht einmischen, hat er gesagt.» Sie legte ihre Hände um die Tasse und starrte auf einen Punkt vor Samanthas Flockenschale. «Ich fürchte, das ist nicht alles, was an dem Tag zwischen ihnen gelaufen ist. Ich mag mich erinnern, wie verstimmt Beat war, als er heimkam.»

«Beat hat nicht gesagt, worüber sie sonst gesprochen haben?»

«Nein. Ich habe mich nicht getraut nachzuhaken, da ich Beat so nicht kenne.»

Samantha kaute nachdenklich und fragte sich, was zwischen den beiden Männern vorgefallen sein könnte. «Hatten die beiden Streit?», fragte sie. So etwas konnte jedem passieren. Logischerweise war die Laune nach einem solchen Zwischenfall nicht die beste. Normalerweise würde sie dem, was Verena erzählte, nicht zu viel beimessen. Aber heute war einer der beiden tot, und der andere lag im Spital.

«Streit?», sagte Verena. «So dramatisch würde ich es nicht nennen. Walti, Ruedi, Beat und Hans waren eine Einheit. Sie sind zusammen in den Kindergarten gegangen. Später haben sie sich aus den Augen verloren. Erst seit der Pensionierung oder kurz davor sind sie wieder in engeren Kontakt getreten. Sie haben ihre Jassrunde gegründet und sich seitdem regelmässig getroffen.»

«Zum Jassen?»

«Nicht nur. Manchmal haben sie einen Ausflug, eine Wanderung oder etwas anderes zusammen unternommen. Natürlich gab es hin und wieder eine Meinungsverschiedenheit, aber das halte ich für normal. So wie Beat nach dem Gespräch mit Ruedi zwei Tage vor dessen Tod war, habe ich ihn allerdings noch selten erlebt. Beat war unausstehlich.»

Wollte Verena damit andeuten, Beat kannte oder ahnte zumindest den Grund für Ruedis Tod? Knapp konnte Samantha diese Frage zurückhalten. Sie war davon überzeugt, Verena damit zu verstören. Wenn Beat den Grund kannte oder das Gefühl hatte, ihn zu kennen, musste er es der Polizei sagen. Oder hatte er das bereits getan?

Samantha ging eher davon aus, er hatte es für sich behalten. Der Unfall musste etwas mit dem Mord an Ruedi zu tun haben. Doch: Wie passte der zweite Tote dazu? Wenn sie das richtig verstanden hatte, gab es keine Verbindung von Thomas Fehr zu der Jassclique. Ausserdem war er Ende fünfzig und passte vom Alter her nicht.

Als Samantha sich gestern Abend zurückgezogen hatte, hatte sie die Onlinemedien durchforstet, aber keine Informationen zu dem Toten in der Altstadt gefunden. Sie wurde das Gefühl nicht los, die Polizei halte Informationen zurück.

Samantha schlang die Jacke fester um die Schultern. Sie zog den Kopf ein und eilte zum Briefkasten. Schneeregen schlug ihr ins Gesicht. Sie öffnete den Milchkasten und nahm die Tageszeitung heraus. Rasch kehrte sie zum Haus zurück. Bevor sie die Tür erreichte, fiel ihr Blick auf die Büsche am Grundstücksrand.

Deutlich erschien vor ihrem inneren Auge das orangefarbene und fahle Licht, das zwischen den Ästen der kahlen Büsche aufgeleuchtet war. Wieder sah sie den Schatten unter dem Baum vor sich, und Wind und Wetter waren ihr egal. Wie magisch angezogen, setzte sie den Fuss auf die Wiese. Der Boden gab schmatzende Geräusche von sich, als sie über die Wiese auf die Büsche zuging. Sie blieb vor ihnen stehen. Es sah alles normal aus. Wie sollte sie einen Beweis ausmachen, ob hier in der vergangenen Nacht einer gestanden war? Samantha schaute auf den Boden und hatte das Gefühl, etwas wahrzunehmen, das sich ihr nicht endgültig erschloss. Sie spürte die Anwesenheit von jemandem und fuhr herum. Keiner stand hinter ihr. Der Schneeregen hatte nachgelassen, nur der Wind blies nach wie vor kräftig. «Du hast es dir nur eingebildet», murmelte sie.

Sie sollte zum Haus zurückkehren, aber sie konnte sich nicht von der Stelle rühren. Sie liess den Blick über die Büsche und den Boden schweifen. Etwas war hier, das ihr Angst einjagte. Wenn hier jemand gewesen war, musste sie … Samantha erstarrte. War das neben dem Baumstamm der Umriss eines Fussabdruckes im Schlamm? Die Blütenkelche der Krokusse und der Osterglocken waren abgeknickt. Das Gleiche galt für die Blätter und Blüten der Primeln. Das hatte nichts damit zu tun, dass die Blumen die Köpfe wegen des nassen Wetters hängen liessen.

Hier hatte einer gestanden. Wer sollte das gewesen sein? Sie rief sich den Schemen der Gestalt in Erinnerung. Die Person, die sie meinte gesehen zu haben, war klein gewesen. Oder täuschte das, weil derjenige am Boden gekauert hatte? Samanthas Augen wanderten weiter.

Im Beet neben dem Weg lagen einige der Frühlingsboten platt gedrückt am Boden. Sie sollte die Polizei anrufen. Würden sie ihr glauben? Neuer Regen setzte ein, und Wind drückte die restlichen Schneeglöckchen, die aufrecht standen, nach unten. War das der Grund? Samantha schaute zum Baum zurück. Interpretierte sie zu viel hinein? Machte sie sich lächerlich, wenn sie Nussbaum ihren Verdacht meldete?

«Sammy?» Verena stand in der Haustür. Sogar auf diese Entfernung konnte Samantha Verwunderung in ihrem Gesicht erkennen.

«Ich komme», rief sie zurück.

Sie ging langsam auf das Haus zu und beschloss, Verena nichts zu sagen. Das Gleiche galt für Nussbaum. Sie würde erst mit Simona sprechen. Simona konnte bestimmt abschätzen, ob Samanthas Schilderung wahrscheinlich oder nur ein Produkt ihrer Phantasie war.

Samantha hatte sich mit der Tageszeitung ins Wohnzimmer zurückgezogen, als es an der Haustür klingelte. Den Stimmen nach zu urteilen, bat Verena zwei Männer herein.

«Möchten Sie etwas trinken?», fragte sie.

«Nein danke.»

Nussbaum. Samantha richtete sich auf. Keine Sekunde später führte Verena Molina und Nussbaum ins Wohnzimmer. Die Gesichter der beiden waren ernst, und Unbehagen machte sich in Samantha breit.

Sie stand auf und reichte den Beamten zur Begrüssung die Hand. Sie setzte sich neben Verena an den Esszimmertisch.

«Wie geht es Ihrem Mann?», fragte Nussbaum, der mit Molina gegenüber von ihnen Platz nahm.

«Es geht ihm besser. Wenn er Glück hat und gesundheitlich weiter so schnell Fortschritte macht, darf er in einigen Tagen nach Hause.»

«Ich bin froh, weil alles glimpflich ausgegangen ist.»

Samantha konnte sich nicht erklären, weshalb, aber das klang unheilverkündend. Molina holte ein Notizbuch und einen Stift hervor und legte beides auf den Tisch.

«Wir haben mit Ihrem Mann gesprochen, und ich würde Ihnen gerne zusätzliche Fragen stellen.»

«Ich war bei dem Unfall nicht dabei.» Verena klang schrill. «Ich kann Ihnen nur sagen, was mein Mann mir gesagt hat.»

«Es geht nicht direkt um den Unfalltag. Ich möchte beispielsweise wissen, ob Ihnen etwas aufgefallen ist, als Sie mit dem Wagen gefahren sind.»

«Sie meinen, wenn ich selber gefahren bin?»

«Ja.»

«Ich fahre nicht Auto. Seit längerer Zeit nicht mehr.»

Nussbaum sah für einen Moment verdutzt aus. «Sie haben den Führerausweis nicht mehr?»

«Doch, aber nach einem Unfall vor etwas mehr als zehn Jahren habe ich beschlossen, nicht mehr selber zu fahren.»

Molina machte eine Notiz, bevor Nussbaum fortfuhr. «Ist Ihnen am Fahrverhalten Ihres Mannes in der letzten Zeit etwas aufgefallen?»

Was sollte diese Frage?

«Wie meinen Sie das?», fragte Verena, und Samantha konnte ihre Verunsicherung deutlich heraushören.

«Fuhr er zum Beispiel verkrampfter, aggressiver, unsicher oder etwas in dieser Art?»

«Nein, so wie immer.»

«Wie würden Sie seinen Fahrstil beschreiben?»

Sag nichts Falsches, beschwor Samantha Verena im Stillen und musterte sie eindringlich. Verena blickte sie nicht an, sondern konzentrierte sich weiter auf die Beamten.

«Nicht zu schnell. Eher langsam, was mir recht ist.»

«Fuhr er anders, wenn Sie nicht dabei waren?», fragte Nussbaum.

«Das kann ich nicht beurteilen. Da bin ich ja nicht dabei.»

Knapp konnte Samantha sich ein Grinsen verkneifen, als sie Nussbaums verdutztes Gesicht sah.

«Sind Sie bereits mit Herrn Gyger gefahren?», wandte sich Nussbaum an Samantha.

«Sein Fahrstil ist ruhig und besonnen», erwiderte Samantha

und verschwieg dabei, erst ein- oder zweimal bei Beat mitgefahren zu sein. «Er fuhr generell langsamer als die erlaubte Geschwindigkeit, was nicht unbedingt auf die Gegenliebe anderer Verkehrsteilnehmer stiess. Das hat ihn nicht gestört. Er war ein defensiver Fahrer.»

«Hat sich daran etwas geändert?», fragte Nussbaum.

Verena und Samantha schauten einander an und schüttelten synchron die Köpfe.

«Hat er sich beschwert, dass das Fahrverhalten des Wagens sich in der letzten Zeit verändert habe?»

«Wie bitte?», fragte Verena.

«Worauf wollen Sie hinaus?», setzte Samantha nach.

Nussbaum sah aus, als wäge er ab, was er sagen sollte. «Also gut», gab er sich offenbar einen Ruck. «Es hat sich eine erhebliche Menge an Wasser in der Bremsflüssigkeit befunden, wie die Untersuchungen ergeben haben. Dazu passen die Angaben von Ihrem Mann, dass das Bremspedal sich immer weiter durchdrücken liess, bis die Bremswirkung eintrat.»

«Was?», entfuhr es Samantha.

«Davon hat mein Mann mir nichts gesagt, als ich mit ihm gesprochen habe», fügte Verena an. «Was hat das Wasser damit zu tun?»

«Die Eigenschaften der Flüssigkeit ändern sich. Das heisst, der Siedepunkt sinkt. Wird der Siedepunkt dieses Gemisches erreicht, geht die enthaltene Feuchtigkeit in Dampf über, was zu einem Ausfall des Bremssystems führen kann. Da der Wagen vor Kurzem im Service war, gehe ich davon aus, dass nicht mangelnde Wartung der Grund war.»

Simona legte die Hand auf Nicos Kopf. Der neun Monate alte Bub hatte sich aufgerichtet und stand wacklig vor dem Sofa. Er wandte den Kopf und strahlte Samantha an. Dabei hätte er beinahe das Gleichgewicht verloren.

«Gestern ist er zum ersten Mal aufgestanden», sagte Simona, und der Stolz, der in der Stimme mitschwang, war nicht zu überhören.

«Er dehnt seinen Aktionsradius offenbar auf obere Bereiche aus», erwiderte Samantha, und Simona musste lachen. «Der Inhalt von Schubladen und Regalen gelangt in seine Reichweite.»

«Wie wahr», sagte Simona. «So schön es ist, dass er aufstehen kann, es wird um eine Portion anstrengender. Er liebt es, alles Mögliche auszuräumen. Man muss alles in Sicherheit bringen und aufpassen, dass nichts Gefährliches herumliegt.» Sie hob Nico hoch und setzte ihn auf ihren Schoss. Das schien dem Buben nicht zu passen, und er rutschte hin und her. Er gab ein freudiges Quietschen von sich, als Simona ihm seinen Willen liess und ihn zurück auf den Boden setzte.

«Zum Glück war die Magen-Darm-Grippe nur von kurzer Dauer», sagte sie.

Nico krabbelte ein Stück vom Sofa weg, bis er auf einige Klötzchen stiess. Er setzte sich und untersuchte sie. Im gesamten Wohnzimmer waren Babyspielsachen wie Stofftiere, Rasseln, Klötzchen und Holzautos verteilt. Samantha hatte aufpassen müssen, nirgendwo draufzutreten. An den Türen der Schränke waren Kindersicherungen angebracht und die Pflanzen aus dem Raum geschafft worden.

«Du bist nicht hier, um mit mir über den Fortschritt von Babys in diesem Alter zu sprechen, nehme ich an.»

«Na ja.»

«Sag, wo drückt der Schuh?» Simona war erstaunt gewesen, als Samantha unangemeldet vor ihrer Tür gestanden war.

«Hat Herr Nussbaum mit dir gesprochen?»

«Ja.»

«Wann?»

«Gleich nach dem Unfall von Vati. Was ist passiert?»

Samantha berichtete von Nussbaums und Molinas Besuch und was sie über die Bremsen gesagt hatten.

«Das heisst, die Bremsen wurden doch manipuliert?», fragte Simona. «Es gab bereits Andeutungen, die ich nicht ernst genommen hatte. Ich dachte, die Erinnerungen meines Vaters seien durch einen möglichen Schock verfälscht.»

«Das mit den Manipulationen haben sie so nicht gesagt. Sie haben uns gefragt, ob uns am Fahrverhalten deines Vaters etwas aufgefallen ist.»

«Wenn er das Gefühl gehabt hätte, die Bremsen würden nicht mehr funktionieren, hätte er das gesagt und den Wagen sofort wieder zur Garage gebracht. Sicherheit hat bei ihm oberste Priorität.»

«Kann man feststellen, ob jemand sich an den Bremsen zu schaffen gemacht hat?», fragte Samantha.

«Ich kenne mich da nicht aus.»

«Hattest du auf der Fahrt nach Basel das Gefühl, es stimme etwas nicht?»

«Nein. Wobei er auf dem Rückweg verkrampft wirkte. Das kann aber an dem Stau liegen, in dem wir von Basel bis zur Autobahnausfahrt gestanden sind.»

«Wer könnte deinem Vater etwas antun wollen?»

Simona sah hilflos aus. «Niemand. Meine Eltern haben keine Feinde.»

Das Gleiche hatte Samantha bereits Ruedi betreffend gehört.

«Sie könnten jemandem auf die Füsse getreten sein.»

«Wem bitte? Wie gesagt, sie kommen mit allen gut aus. Ein gutes Nachbarschaftsverhältnis steht in dem Wohnquartier an erster Stelle. Die Leute unterstützen sich gegenseitig.»

«Ich meine nicht das nähere Umfeld. Hat dein Vater jemanden im Spital kennengelernt?»

«Du meinst, während der Krebsbehandlung, und denkst, sein ehemaliger Zimmergenosse will ihm etwas antun? Nein.»

«Ruedi Herzog war ein enger Freund deiner Eltern. Ihm wurde etwas angetan.»

«Was hat das mit meinem Vater zu tun und ob er Feinde hat?»

Simonas Verwirrung war deutlich.

«Gestern kamen zwei Männer vorbei: Hans und Walter.»

«Das sind Vatis Jasskollegen.»

«Einer von dem Quartett ist tot, und ein anderer ist kurz darauf verunfallt.»

«Willst du behaupten, jemand habe es auf die Jasskollegen abgesehen?», fragte Simona. «Das ist zu weit hergeholt.»

Simona setzte Nico in den Kindersitz ihres Autos und schnallte ihn an.

«Es tut mir leid, wenn ich mich überstürzt verabschiede», sagte sie zu Samantha und umarmte sie. Vor zehn Minuten war sie entsetzt aufgesprungen. «Himmel, beinahe hätte ich Nicos Kontroll-Arzttermin vergessen», hatte sie gerufen und Nico hastig fertig gemacht.

«Kein Problem», sagte Samantha.

«Wenn mir etwas einfällt, lass ich es dich wissen», sagte sie und stieg in den Wagen.

Samantha hob grüssend die Hand. Als Simonas Wagen um die Kurve verschwunden war, kam Samantha in den Sinn, weshalb sie sonst mit Simona hatte sprechen wollen. Der Schatten, den sie meinte, in der vergangenen Nacht in Verenas Garten gesehen zu haben, bekam eine andere Dimension.

Sie sollte die Polizei verständigen. Doch was würde das bringen? Inzwischen hatte bestimmt der Dauerschneeregen mögliche Spuren im Garten vernichtet. Die umgeknickten und am Boden liegenden Blumen reichten nicht als Beweis. In Simonas Garten lagen die ersten Frühlingsboten wie in Verenas Garten flach gedrückt am Boden.

Samantha sah wieder den Schatten in Verenas Garten vor sich. Der Schemen veränderte sich in ihrem Kopf und wurde zu Matthew. Ihr Atem beschleunigte sich. Sie spürte den groben Griff um ihre Brust und merkte, wie Panik in ihr aufstieg. Sie hatte gedacht, es geschafft zu haben, seinen Übergriff in Lenzburg nach dem Gespräch mit Joel erfolgreich in den Hintergrund gedrängt zu haben. Offenbar hatte sie sich getäuscht. «Solche Reaktionen sind normal», würde Lorena sagen. «So etwas geht an keinem spurlos vorbei.»

Ich hätte vorgestern die Polizei verständigen sollen, dachte

Samantha. Jetzt war es zu spät. War es das? Samantha senkte den Kopf und starrte auf die Füsse.

«Wenn er sich dir nochmals nähert, kontaktierst du Nussbaum», hallten Joels Worte in ihrem Kopf nach. Er hatte es mehrmals wiederholt, als sie heute Morgen ein weiteres Mal auf Matthew zu sprechen gekommen waren.

Aus ihrer Tasche erklang ein Pling und brachte Samanthas Gedanken zurück in die Gegenwart. Sie holte ihr Handy hervor.

Ich bin auf dem Weg nach Delhi, schrieb Ranjana. *Ich hoffe, ich finde Joel auf dem Flughafen.*

Es klappt bestimmt, antwortete Samantha. *Du hast seine Handynummer.*

Wir haben telefoniert und abgemacht, wo wir uns treffen wollen. Ich bin total aufgeregt.

Ich auch, tippte Samantha zurück. *Ich freue mich.*

Als Antwort erschien ein Herz.

Samantha versuchte, ihre Zweifel auszuklammern, ob es der richtige Zeitpunkt war, wenn Ranjana jetzt, während den Vorfällen im engeren Umfeld, in die Schweiz kam.

Ihre Gedanken drifteten zur vergangenen Nacht zurück. Welche weiteren Beweise könnte es geben, dass sich letzte Nacht jemand im Garten aufgehalten hatte. Du könntest nachschauen, ob die Person Zigarettenstummel auf den Boden fallen gelassen hat. Daran hatte Samantha am Morgen nicht gedacht.

Regen setzte ein, und sie stieg in ihren Smart. Morgen um diese Zeit war Joel zurück. Wenn es nur schon so weit wäre. Zu der Freude mischten sich Zweifel und Unsicherheit. Ihre Schwester würde ebenfalls im Flugzeug sein. Wie würde Ranjana auf die Schweiz und ihren Lebensstil reagieren? Bisher kannte sie nichts anderes als das indische Leben.

Samantha hatte das Gefühl, heute werde es überhaupt nicht hell. Sie meinte sogar, die Dämmerung setze bereits ein, als sie vor Verenas Haus hielt. Sie blieb im Wagen sitzen. Bevor sie hergefahren war, hatte sie einen Abstecher zu Joels Haus gemacht und überprüft, ob alles vorbereitet war. Da ihre Lenzburger Wohnung zu klein war, hatte Joel angeboten, Ranjana könne bei ihm wohnen. Erneut fragte Samantha sich, wie Ranjana auf das Leben hier reagierte. Für sie musste es den Anschein machen, Joel und Samantha würden zusammenwohnen. Unverheiratet. In indischen Augen ein Tabu.

Samantha stieg aus und zog den Reissverschluss ihrer Jacke zu. Der Regen hatte nachgelassen, und es nieselte nur noch. Die Jacke konnte die feuchte Kälte nicht abhalten. Samantha begann zu zittern. Sie ging den Weg entlang und bog auf halber Strecke zum Haus auf die Wiese ab. Die Erde war von Wasser gesättigt, und jeder Schritt verursachte ein quatschendes Geräusch. Bei den Büschen angekommen, ging Samantha in die Hocke. Das, was sie am Morgen als möglichen Schuhabdruck identifiziert hatte, war eine kleine runde Senke, in der sich Wasser gesammelt hatte. Von den Blumen lagen mehr am Boden als am Morgen.

Samantha suchte nach einem Zigarettenstummel. Nichts. Langsam, ermahnte sie sich. Schritt für Schritt. Sie definierte einen Stein als Ausgangspunkt und scannte Zentimeter für Zentimeter den Boden. Dabei strich sie Gras und Frühlingsblumen zur Seite. Sie wischte altes Laub weg und hob heruntergefallene Äste auf. Nichts.

Falls hier einer gestanden war und geraucht hatte, konnte er den Stummel eingesteckt haben. Oder er hatte ihn weggeschnippt. Samantha richtete sich auf. Sie musste den Suchradius ausdehnen. Konzentriert schritt sie in grösser werdenden Kreisen um die Stelle, von der sie meinte, er sei dort gestanden. Als sie fast bei der Strasse angekommen war, entdeckte sie zwischen dem alten Laub einen Zigarettenstummel, und ihr Atem setzte aus. Also doch. Sie schlang die Arme um ihren Körper und blickte abwechselnd zum Baum und zur Strasse, die einen Meter neben dem Fundort entlanglief. Es musste nicht sein, ging es ihr auf. An dieser Stelle konnte ein Passant seine aufgerauchte Zigarette fortgeschnippt haben, oder der Wind hatte sie in den Garten geweht.

Frust machte sich breit. Ihre Suchaktion hatte nichts gebracht. Im Gegenteil, ihre Verunsicherung hatte zugenommen. Samantha merkte, wie sie stärker zitterte. Ob vor Angst oder wegen der Kälte, konnte sie nicht sagen.

ZEHN

Es war Samantha, als schwirre ein Bienenschwarm durch das Gebäude. Vor der Absperrung der Milchglastür in der Ankunftshalle am Flughafen Zürich herrschte ein riesiges Gedränge. Es war erstaunlich so früh am Morgen. Allerdings kamen viele Langstreckenflüge aus Fernost um diese Zeit an. Englisch, Deutsch, Französisch, Schweizerdeutsch und andere Sprachen, die Samantha nicht zuordnen konnte, wirbelten um ihren Kopf und vermischten sich zu einem Rauschen.

Sie stellte sich an den Rand, wo sie gute Sicht auf die Tür hatte, durch die die Reisenden kamen. Sie beobachtete die Leute: Familien, ältere Ehepaare, einzelne Frauen und Männer. Alle warteten auf die Angehörigen. Samantha schaute zur Ankunftstafel. Der Swiss-Flug aus Delhi war gerade mit halbstündiger Verspätung gelandet. Es würde also eine Weile dauern, bis Joel und Ranjana bei ihr waren.

In Gedanken ging sie die Strecke durch, die Ranjana und Joel noch vor sich hatten. Sie mussten die Skymetro nehmen und gelangten, nachdem sie die steilen Rolltreppen hochgefahren waren, zur Passkontrolle. Für Joel ein Einfaches, bei Ranjana würde es länger dauern. Im Anschluss führte sie ihr Weg zu den Förderbändern. Hinter den grossen Fenstern konnte Samantha einige der Förderanlagen erkennen. Mehrere Kinder drängelten sich an das Fenster und drückten ihre Nasen am Glas platt.

Samantha unterdrückte ein Gähnen. Sie hatte schlecht geschlafen. Das hatte nicht nur an der Freude, Joel wiederzusehen, und der Aufregung, Ranjana in der Schweiz zu begrüssen, gelegen. Wiederholt war sie aufgewacht und hatte aus dem Fenster geschaut. Aber sie hatte keine Gestalt am Baum bei den Büschen ausmachen können. Gegen fünf Uhr war sie aufgestanden. Zu ihrer Überraschung hatte sie Verena in der Küche vorgefunden. Sie habe nicht schlafen können, hatte sie ihr erklärt. Samantha hatte einen Cappuccino getrunken und war losgefahren. Pünktlich um halb sieben war sie im Parkhaus angekommen.

Zuerst nahm Samantha das Kribbeln im Rücken nicht wahr, bis es sich verstärkte. Das unbestimmte Gefühl, beobachtet zu werden, machte sich breit. Sie drehte sich um und bemerkte einen dunkelblonden Mann, der sich abwandte. Er entfernte sich und ging zur Rolltreppe. Samantha hatte das Gefühl, ihn zu kennen.

Die Erkenntnis schlug ein wie ein Blitzschlag. Matthew! Wut löste den Schrecken ab. Er stellte ihr nach. Ihm würde sie die Meinung sagen. Und zwar hier und jetzt. Bei der Menschenmenge würde er ihr nichts tun. Sie eilte ihm hinterher und drängelte sich an einzelnen Personen vorbei die Rolltreppe nach oben. Samantha überhörte die Flüche und Verwünschungen und eilte oben angekommen dem Mann hinterher, der rechts abbog und über die verglaste Brücke Richtung Parkhaus ging. Es war nicht einfach, ihm zu folgen, und Samantha kam sich wie bei einem Slalomparcours vor. Sie wich Personen mit Rollkoffern und Kinderwagen aus. Bei den Parkautomaten holte sie den Mann ein. Sie hob die Hand und wollte ihn gerade an der Schulter packen, als er sich umdrehte.

Das «Matthew!» blieb Samantha im Hals stecken, als sie in das verwirrte Gesicht eines ihr unbekannten etwa vierzigjährigen Mannes blickte.

«Ja?», fragte er.

«Oh … Entschuldigung», stammelte Samantha. «Ich habe Sie verwechselt.»

Er musterte sie kurz, bevor er sich abwandte und das Parkbillett in den Automaten schob. Er ging zu den Aufzügen und warf einen Blick zu Samantha, bevor er einstieg. Deutlich konnte sie seine Gedanken lesen: so eine Verrückte.

Samantha lief über die Brücke zurück. Wie peinlich. Trotzdem wurde sie das Gefühl nicht los, es folge ihr jemand. Sie blieb stehen und schaute in die Richtung des Panflötenspielers, der sich am Ende der Brücke positioniert hatte. Er hob seine Flöte an den Mund, und die melancholisch anmutende Melodie drängte alle anderen Geräusche in den Hintergrund. Samantha blickte durch die verglaste Aussenwand nach unten. Auf der Strasse schoben sich Autos im Schritttempo vorbei. Einzelne ergatterten eine der Flächen, die für Kurzparker reserviert waren. Leute stiegen aus. Ein Taxi hielt in der zweiten Reihe an. Der Autofahrer hinter ihm hupte. Samantha setzte sich in Bewegung.

«Passen Sie gefälligst auf», rief ein dunkelblonder Mann mit Bart ärgerlich, der ihr knapp ausweichen konnte. Samantha erblickte einen weiteren Mann, der dem Panflötenspieler Geld in eine Büchse warf. Matthew. Samantha zwinkerte zweimal, und der vermeintliche Matthew wurde zu einem schwarzhaarigen Mann Anfang zwanzig.

Wurde sie langsam paranoid, oder wurde sie sogar verrückt, wenn sie überall Matthew sah? Verfolgungswahn nennt man das, dachte sie. Ein weiterer Mann ging an ihr mit abgewandtem Gesicht vorüber. Von der Statur her konnte es … Nein, ermahnte sich Samantha. Reiss dich zusammen. Lass es nicht zu, dass er sich in dein Leben drängt.

Der Panflötenspieler spielte ein neues Stück. Die weichen Klänge beruhigten Samantha. Sie sollte sich lieber zurück in die Ankunftshalle begeben. Joel und Ranjana mussten jeden Augenblick kommen.

Samantha ging an dem Panflötenspieler vorbei und bemerkte einen blonden Mann, der in ihre Richtung schaute. Ihre Blicke begegneten sich für den Bruchteil einer Sekunde, bevor er sich abwandte und zur Rolltreppe eilte. Das war nicht Matthew, aber Samantha hatte das Gefühl, ihm bereits einmal begegnet zu sein. Allerdings konnte sie sich nicht erinnern, wo.

Nachdem sie die Rolltreppe nach unten gefahren war, erkannte sie Joel und eine dunkelhäutige Frau, die gerade nebeneinander durch die Tür schritten. Verwundert blieb sie stehen. Ranjana trug keinen Sari, sondern Jeans und eine dunkle Jacke.

Samantha eilte auf die beiden zu. Joel umarmte sie und gab ihr einen langen Kuss. Tief atmete Samantha ein. Joel roch nach Indien – einem Gemisch aus Gewürzen und Abgasen – und nach Hotel und Flugzeug. Aber das störte sie nicht. Hauptsache, er war zurück.

Ranjana lächelte verlegen, als Samantha sich von Joel löste. Samantha ignorierte es und schloss ihre Schwester in die Arme. «Wie schön, du bist hier», sagte sie in Englisch.

Samantha nahm Ranjanas Rollkoffer. «Wie geht es euch?»

«Müde», erwiderte Joel. «Wenigstens habe ich etwas schlafen können.»

«Im Gegensatz zu mir», sagte Ranjana. «Ich habe fast kein Auge zugemacht.»

«Fahren wir nach Liestal», sagte Samantha. «Dort kannst du dich etwas hinlegen, wenn du möchtest.»

«Wahrscheinlich bin ich dazu zu aufgeregt», erwiderte Ranjana und hakte sich bei Samantha unter.

***

Nach dem Mittagessen wollte Joel zu seiner Mutter fahren und seinen Vater im Spital besuchen. Als Samantha ihm erzählt hatte, was sie von der Polizei in Bezug auf die Bremsen erfahren hatte, hatte Joel erschrocken reagiert.

Samantha beschloss, mit Ranjana einen Spaziergang durch die Liestaler Altstadt zu machen. Draussen unterwegs zu sein würde hoffentlich gegen den Jetlag helfen, der Ranjana deutlich zu schaffen machte. Sie gingen durch das Obere Tor, und Ranjana blieb stehen.

«Ist das schön», sagte sie und machte eine ausladende Bewegung mit der Hand, die die gesamte Rathausstrasse einbezog. «Kannst du mir etwas über diese Stadt berichten?»

Samantha war froh, ein wenig im Internet recherchiert zu haben, damit sie nicht ganz unwissend war, was die Sehenswürdigkeiten betraf.

«Gerade sind wir durch das Obere Tor gegangen», begann

sie. «Es gehörte zu der im 13. Jahrhundert entstandenen Stadtbefestigung. Das heisst, in dieser Zeit wurde Liestal gegründet oder zumindest das erste Mal in Urkunden erwähnt.»

«Haben die Bilder auf dem Tor eine Bedeutung?»

«Die drei Männer sollen den Rütlischwur darstellen.»

«Was ist das?», fragte Ranjana und hob die Hand, als Samantha antworten wollte. «Ist das nicht, wie hat es dort gestanden, der Geburtstermin der Schweiz?»

Samantha schaute sie erstaunt an, und Ranjana musste lachen. «Nachdem ich erfahren habe, eine Schwester in der Schweiz zu haben, habe ich mich ein wenig schlaugemacht über dieses Land, das so klein ist, dass man auf der Weltkarte genau hinschauen muss. Dieser Schwur ist lange her, nicht wahr?»

«Ja, das war 1291.»

«War dieser Schwur hier?» Ranjana deutete auf das Gemälde.

«Nein, in der Innerschweiz. Als loses Bündnis haben sich als Erste die Kantone Uri, Schwyz und Unterwalden zusammengeschlossen.»

«Heisst das, die Schweiz ist nicht auf einmal, sondern erst nach und nach entstanden?»

«Meinst du damit, ob die Kantone nacheinander beigetreten sind?»

«Ja.»

«So ist es. Ich glaube, der Kanton Baselland ist erst vor etwas mehr als fünfhundert Jahren zur Eidgenossenschaft dazugestossen.»

«Welcher Kanton war der letzte, der sich anschloss?»

Samantha blieb stehen. «Du fragst Sachen.»

Ranjana erwiderte nichts, aber ihr Interesse war deutlich. Samantha grub in ihrem Gedächtnis. In der Schule hatten sie die Schweizer Geschichte detailliert thematisiert. Es war eine Schande, wie wenig davon hängen geblieben war.

«Ich glaube, der Kanton Jura. Der Jura hat sich von Bern abgespalten und wurde so der sechsundzwanzigste Kanton der Schweiz. In welcher Reihenfolge die Kantone der Schweiz beigetreten sind, kann ich dir nicht sagen. Wenn du möchtest, kann ich zu Hause gerne nachschauen.»

«Das ist nicht so wichtig», sagte Ranjana und hakte sich bei Samantha unter. Sie schlenderten die Rathausstrasse entlang.

«Für eine Hauptstadt ist Liestal recht klein.»

Samantha unterdrückte ein Grinsen. Für indische Verhältnisse musste sogar Zürich, einwohnermässig die grösste Stadt der Schweiz, wie ein Dorf erscheinen.

«Alles ist sauber hier», fuhr Ranjana fort. «Kein Dreck liegt auf der Strasse. Die Luft ist sauberer als bei uns und riecht besser. Sogar das Leitungswasser kann man trinken. Und alles ist weniger hektisch. Ich kann dich verstehen, wenn du hierbleiben und nicht zurück nach Indien kommen möchtest.» Ranjana blieb vor einem roten Haus mit Wandgemälden stehen. «Das ist schön. Ist das ein besonderes Haus?»

«Das ist das Rathaus», antwortete Samantha.

Ranjana holte ihr Handy hervor und begann, Fotos zu machen. Samantha musterte ihre Schwester. Sie war erstaunt gewesen, als Ranjana weitere westliche Kleidung ausgepackt und in den Schrank gelegt hatte. «Nilay hat gemeint, das sei besser für die Ferien», hatte Ranjana erklärt und damit Samantha in erneutes Erstaunen versetzt. Das war keine typische Äusserung für einen indischen Mann. Sie hatte es sowieso erstaunlich gefunden, dass Nilay mit der Reise einverstanden gewesen war.

«Mum und Dad haben einen guten Mann für mich ausgesucht», war Ranjanas einfache Erklärung gewesen.

Ein Windstoss liess Samantha aufschauen. Graue Wolken schoben sich über den Himmel. Neue Regenschauer waren für den Nachmittag vorausgesagt worden.

«Möchtest du einen Kaffee trinken, bevor wir zurückgehen?», fragte Samantha.

Kurze Zeit später betraten sie die Bäckerei Strübin – gerade rechtzeitig, da von der einen Sekunde auf die andere Starkregen einsetzte. Sie gingen an der Verkaufsauslage vorbei zum kleinen Raum am anderen Ende. Der Tisch am Rand wurde zum Glück gerade frei. Sie bestellten beide einen Cappuccino, und Samantha wählte ausserdem ein Meitlibei und einen Halbmond. Als sie Ranjana die Namen ins Englische übersetzte, lachte ihre Schwester auf. «Ein spezieller Name für Essen.»

«Mit Phantasie kannst du darin die schlanken Beine eines Mädchens erkennen.»

«Samantha?», fragte eine Frauenstimme neben ihr.

Samantha war überrascht, Regula am Nebentisch zu erblicken. Ihr gegenüber sass Matthew, und Samantha verkrampfte sich augenblicklich. Sein Blick wechselte von Samantha zu ihrer Schwester und zurück.

«Lass uns den Tisch ein Stück hinüberschieben», sagte Regula.

Bitte nicht, dachte Samantha, willigte aber ein. Sie wechselte ins Englische und stellte sie einander vor.

Samantha war froh, weil Regula und nicht Matthew neben ihr sass, und rutschte ein Stück nach hinten, damit seine Beine nicht ihre berührten, die er am Tischbein vorbei ausgestreckt hatte.

«Wir haben einen Spaziergang gemacht und haben Zuflucht gesucht, als der Himmel seine Schleusen geöffnet hat», sagte Regula, nachdem sie beide einen Café Crème bestellt hatten.

«Uns ist es ähnlich gegangen.» Verstohlen musterte Samantha Regula. Sie trug Schwarz, was die Blässe in ihrem Gesicht verstärkte.

Sie machten Small Talk, und Regula fragte Ranjana, wo sie in Indien lebte, wie lange sie in der Schweiz bleiben würde und welche Pläne sie für ihren Besuch hatte. Zu Samanthas Erstaunen verhielt Matthew sich distanziert und höflich. Regula schien das Gespräch gutzutun.

«Es hat aufgehört zu regnen», sagte Samantha und machte der Kellnerin ein Zeichen, zahlen zu wollen.

«Ich übernehme das», sagte Regula, was Samantha nicht recht war. «Die Polizei hat Ruedi freigegeben», sagte Regula und wechselte ins Schweizerdeutsch. Sie steckte das Portemonnaie zurück in ihre Handtasche. «Wir waren vorhin bei Herrn Nussbaum. Er hat gesagt, wir könnten uns um die Beerdigung kümmern.» Tränen schimmerten in ihren Augen. «Einen Hinweis, wer Ruedi das angetan hat, hat er nach wie vor nicht.»

Matthew versteifte sich. Samanthas Verdacht ihm gegenüber verstärkte sich. Mussten sie gar nicht so weit entfernt nach dem Mörder suchen, da er sich gerade ihr gegenüber befand?

***

Samantha sass Joel gegenüber am Küchentisch und legte die Hände um die Tasse. Joel nippte am Kräutertee, den Samantha zubereitet hatte.

Sie hatten früh zu Nacht gegessen. Ranjana hatte sich wegen des Jetlags fast nicht mehr auf den Beinen halten können und sich im Anschluss an das Essen früh zurückgezogen. Joel sah müde aus und hatte Ringe unter den Augen. Er erweckte gleichzeitig den Eindruck, zu aufgedreht zu sein, um schlafen zu können.

«Mein Vater wird wohl bis auf Weiteres im Spital bleiben müssen», sagte er. «Er hat wiederholt Schwindelanfälle und starke Kopfschmerzen. Der Arzt meinte, das läge an der Gehirnerschütterung. Ausserdem ist sein Blutdruck recht hoch. Die Ärzte wollen ihn dabehalten, bis abgeklärt ist, was der Grund dafür sein könnte. Wenigstens ist Vati guter Dinge. Alle verwöhnen ihn. Zum Beispiel hat er heute Nachmittag ein Extrastück Kuchen bekommen. Er geniesst das in vollen Zügen.»

Das konnte Samantha sich bildlich vorstellen.

«Das mit den Bremsen ist nach wie vor seltsam.»

«Hat dein Vater nicht realisiert, mit den Bremsen stimme etwas nicht? Ich meine, hat er erste Warnzeichen nicht bemerkt?»

«Das habe ich ihn gefragt. Er bleibt hartnäckig dabei, die Bremsen seien in Ordnung gewesen. Sowohl bei der Fahrt von Basel nach Mumpf als auch beim Aufbruch von Simona. Für ihn war es völlig unerwartet, obwohl ich es ihm nicht abnehme. Inzwischen hat er zugegeben, dass zwischendurch das Kontrolllämpchen aufgeleuchtet hat, wenn er gebremst hat. Vermutlich hat er es Simona nicht sagen und sie nicht beunruhigen wollen. Die Geschichte klingt für mich unglaubwürdig. Aber er besteht darauf: Er wurde von einem entgegenkommenden Wagen geblendet, der das Fernlicht eingeschaltet haben musste, und hat, als er vor dem Kreisel bremsen wollte, ins Leere getreten.»

«Was sagt die Polizei hierzu?»

«Sie hat sowohl in der Garage als auch bei der Prüfstation nachgefragt. Sie haben den Prüfer gefunden, der das Auto meines Vaters kontrolliert hat. Sowohl Garage als auch Prüfer sagen, die Bremsen seien intakt gewesen. Es habe keine Anzeichen gegeben, sie könnten in naher Zukunft versagen. Falls sie etwas in dieser Richtung bemerkt hätten, wäre das Auto nicht durchgekommen.»

«Materialschwäche?»

«Keine Ahnung.»

«Würde man erkennen, wenn das Material Mängel aufweist?», fragte Samantha.

«Ich bin kein Automechaniker. Nur der Wassergehalt in der Bremsflüssigkeit war zu hoch. Keiner kann sich erklären, wo das Wasser herkam.»

«Manipulation?»

«Die Frage stellt sich, wer ein Interesse daran haben könnte, damit mein Vater verunfallt. Immerhin hätte diese Person seinen Tod in Kauf genommen.»

«Also ein Mordversuch?»

«An meinem Vater?»

«Oder an deiner Mutter? Ursprünglich war geplant, dass sie bei dem Ausflug dabei ist. Oder galt der Anschlag sogar Simona?»

«Wieso sollte es jemand auf meine Eltern oder meine Schwester abgesehen haben? Das macht keinen Sinn. Sie haben mit keinem Streit.»

Na ja, dachte Samantha. Die Beziehung zu dir ist nicht ungetrübt. Obwohl für sie Joel nicht als Täter in Frage kam, konnte durchaus jemand anderer seinen Eltern etwas übel genommen haben.

«Du weisst von keinem Streit», sagte sie und überlegte, wie sie ihre Vermutung am besten formulieren konnte, ohne Joel auf sein persönliches Verhältnis zu seinen Eltern hinzuweisen. Sie wollte auf keinen Fall den langsamen Annäherungsprozess stoppen. «Das muss nicht bedeuten, sie haben keinen.»

«Was unterstellst du meinen Eltern?», rief Joel.

«Nichts. Erzählst du deinen Eltern alles, was du machst? Alles, was gut oder nicht gut läuft?»

Joel starrte in seinen Tee.

«Ich will keinem zu nahe treten», sagte Samantha. «Deine Eltern könnten sich nicht bewusst sein, etwas gemacht zu haben und dadurch die Mordgedanken von jemandem auf sich gezogen zu haben.»

«Das kann auf jeden von uns zutreffen», murmelte Joel. «Obwohl ich mir nicht vorstellen kann, was das bei meinen Eltern sein könnte.»

«Genau das macht es schwierig.»

«Willst du Polizistin spielen? Ich frage mich, warum ausgerechnet meine Eltern?»

«Das fragt sich jeder, der in eine solche Situation gerät.» Samantha stand auf und räumte die Tassen in den Geschirrspüler. «Es würde passen.»

«Was würde passen?»

«Der Schatten unter dem Baum.»

Joel, der im Begriff war aufzustehen, sank zurück auf den Stuhl. «Wovon sprichst du?»

Samantha berichtete von der Nacht, als sie gemeint hatte, jemand habe sich beim Kirschenbaum in den Büschen versteckt und das Haus beobachtet.

«Hast du das der Polizei gesagt?», fragte Joel, nachdem sie geendet hatte. Sein Entsetzen stand ihm deutlich ins Gesicht geschrieben.

«Ich wusste nicht, ob es nur Einbildung war. Wie gesagt, als ich am Morgen aus dem Küchenfenster geschaut habe, war nichts zu sehen, und ich nahm an, die Schatten der Nacht hätten mir einen Streich gespielt. Am nächsten Tag war dort nichts, das auf eine Person hingedeutet hätte, die sich dort aufgehalten hätte.»

«Eben klang es anders.»

«Man kann einiges hineininterpretieren und falsche Rückschlüsse ziehen, was ich gefährlich finde. Ich möchte damit nicht die Polizei von der Arbeit abhalten.»

«Was sagt meine Mutter dazu?»

«Ich habe es ihr nicht gesagt, weil ich sie nicht beunruhigen wollte.»

«Gab es keine besonderen Vorkommnisse? Zum Beispiel Anrufe?»

«Ich weiss von nichts.» Sobald Samantha das ausgesprochen hatte, kam ihr in den Sinn, wie Verena von den wiederholten Anrufen, bei denen sich keiner meldete, erzählt hatte.

«Ich würde Herrn Nussbaum informieren», sagte Joel, bevor sie ihre Antwort korrigieren konnte. Er kam zu Samantha, die an der Küchenanrichte stehen geblieben war. «Heute ist es zu spät. Und wir können etwas anderes machen.» Er zog sie an sich. Während er sie küsste, strich er mit dem Zeigefinger ihren Hals entlang.

Samanthas Körper reagierte sofort. «Nicht hier», flüsterte sie. Sie nahm Joels Hand und zog ihn hinter sich her die Treppe nach oben zum Schlafzimmer.

ELF

Ein Telefon klingelte. Samantha versuchte es auszublenden. Es klingelte hartnäckig weiter. Samantha drehte sich auf die andere Seite. Wieso ging niemand ran? Das Klingeln hörte auf, setzte aber einige Sekunden später wieder ein. Samantha schlug die Augen auf und erblickte Dunkelheit. Joel neben ihr gab ein unzufriedenes Brummen von sich. Die digitale Anzeige zeigte kurz vor sechs Uhr.

Wenn um diese Zeit das Telefon klingelte, bedeutete es nichts Gutes. Besonders, wenn der Anrufer so hartnäckig war.

Samantha schlug die Bettdecke zurück. Die kühle Luft, die im Schlafzimmer herrschte, liess sie zusammenzucken. Samantha realisierte, nackt zu sein. Rasch tastete sie nach den Kleidungsstücken, die sie gestern Abend achtlos auf den Boden geworfen hatte. Sie hoffte, Joel dabei nicht zu wecken. In der Dunkelheit kein einfaches Unterfangen. Endlich hatte sie die Hose und den Pulli gefunden.

Das Klingeln des Telefons hörte auf. Samantha schlüpfte aus dem Schlafzimmer und tastete sich den Gang entlang zur Treppe. Sie huschte nach unten. Im Wohnzimmer schaltete sie das Licht ein und musste im ersten Augenblick die Augen zusammenpressen. Als diese sich einigermassen an das Licht gewöhnt hatten, begann das Telefon von Neuem zu klingeln.

Auf dem Display stand Verenas Name. Hoffentlich war nichts mit Beat, dachte Samantha und nahm das Gespräch entgegen.

«Sammy, ist Joel da?», fragte Verena atemlos.

«Er schläft. Was ist passiert?»

«Es …» Verena brach ab.

Aus dem Hintergrund konnte Samantha Stimmen vernehmen. Mindestens zwei verschiedene Männer.

«Vreni?» Samantha bekam es mit der Angst zu tun.
«Es ist ... Es hat einer versucht, bei mir einzubrechen.»

***

Samantha stellte einen Cappuccino vor Verena auf den Küchentisch. Vor fünf Minuten war Joel mit seiner Mutter zurückgekommen.

Nachdem Samantha ihn geweckt hatte, war Joel sofort zu Verena gefahren. Die zwei Stunden, bis er zurückgekehrt war, waren Samantha ewig vorgekommen. Sie hatte mit Ranjana gefrühstückt und ihr mitgeteilt, was passiert war.

Kurz hatte Verena Ranjana neugierig gemustert, bis sich ihre Miene gleich wieder zu der eines verschreckten Rehs geändert hatte. Ranjana hatte sich in das Gästezimmer zurückgezogen.

«Es wollte definitiv jemand einbrechen», sagte Joel und setzte sich zu ihnen an den Tisch.

Samantha senkte den Kopf. Ihr Bauchgefühl hatte recht gehabt, und der Schatten im Garten war keine Einbildung gewesen. Sie machte sich Vorwürfe, nicht gehandelt zu haben.

«Ich bin wach geworden und zur Toilette gegangen. Dabei habe ich von unten Geräusche gehört», sagte Verena. Samantha konnte sie fast nicht verstehen.

«Du bist nachschauen gegangen?», fragte Samantha, als Verena nicht weitersprach.

«Ja. Rückblickend weiss ich, es wäre vielleicht nicht so glimpflich ausgegangen, wenn ich dem Einbrecher begegnet wäre.»

«Ich muss dem zustimmen», sagte Joel. «Zum Glück hast du ihn verjagt, indem du Licht gemacht hast.»

«Er hätte einbrechen können, wenn niemand da ist.»

«Offenbar hat er angenommen, es sei keiner daheim. Ich bin froh, weil ihr letzten Herbst eure Fenster und Türen ausgetauscht habt. Die sind eindeutig einbruchssicherer als die,

die ihr vorher gehabt habt.» Joel wandte sich Samantha zu. «An der Terrassentür hat man Einbruchspuren gefunden.»

«Ich hätte den Kontrollanrufen mehr Beachtung schenken sollen», flüsterte Verena.

«Welchen Kontrollanrufen?», fragte Joel.

«Seit ein oder zwei Wochen ruft in unregelmässigen Abständen jemand an und meldet sich nicht. In der letzten Zeit bin ich nicht immer drangegangen, wenn auf dem Display ‹Anonym› stand.»

«Das hast du nicht erzählt.»

«Du warst weg und hattest genug mit deinem Job und mit deiner Reise um die Ohren.»

Aber ich habe es gewusst, dachte Samantha, und ich habe nicht reagiert. Ich habe ihn sogar gesehen, wie er die Lage ausgekundschaftet hat. Doch ich glaubte an Einbildung und hatte das Gefühl, mich damit lächerlich zu machen. Sie dachte an ihr Gespräch mit Joels Mutter, als Verena die Anrufe als harmlos heruntergespielt hatte, weil ihr Bekanntenkreis allgemein mit solchen Anrufen belästigt worden war. Ich hätte es besser wissen müssen, dachte Samantha ein weiteres Mal. Besonders nach allem, was in den letzten Tagen geschehen ist. Die Schuldgefühle nahmen zu. Wenn Verena etwas passiert wäre, hätte sie sich das nie verziehen.

«Gab es diese Anrufe nur bei dir oder auch in der Nachbarschaft?», fragte Joel.

«Keine Ahnung.» Verena starrte Samantha an. «Jeder wird regelmässig mit Werbe- und anonymen Anrufen genervt.»

«Hat es bei dir im Umfeld in letzter Zeit Einbrüche gegeben?»

«Nein», sagte Verena und hielt Samanthas Blick fest. Ihr war es, als beschwöre Joels Mutter sie, nichts von ihrem Gespräch von vorgestern zu erzählen. Wäre die Situation nicht so ernst gewesen, hätte Samantha darüber gelacht. Verena hatte offenbar keine Lust, von Joel Vorhaltungen gemacht zu bekommen, weil sie es verschwiegen hatte.

«Er hätte abwarten können, bis du tagsüber das Haus verlässt. Wieso versucht er es nachts, wenn er davon ausgehen muss, dass jemand zu Hause ist?», fragte Samantha.

«Normalerweise schlafen um diese Zeit alle.»

«Wozu die Kontrollanrufe?», fragte Joel. «Das heisst, er hat vorsondiert. Inzwischen passieren häufig Einbrüche am Tag, wenn die Leute bei der Arbeit sind.»

«Frag mich nicht, was in seinem Kopf vor sich gegangen ist.» Verena klang defensiv. Sie war sichtlich bemüht, das Thema von den Kontrollanrufen wegzulenken, aber Joel blieb hartnäckig.

«Ist dir jemand aufgefallen, der im Quartier herumspaziert ist und dabei den Anschein erweckt hat, er gehöre dort nicht hin? Oder ist dir jemand aufgefallen, der Fotos gemacht hat?»

«Nein.»

«Vielleicht war der Schatten keine Einbildung», sagte Samantha.

«Welcher Schatten?», fragte Verena.

Als Samantha von ihren Beobachtungen erzählte, wurde Verena blass. «Warum hast du nichts gesagt?»

«Ich wollte dir keine Angst einjagen.»

«Du solltest sofort mit der Polizei sprechen», sagte Joel.

«Und Ranjana?»

«Ich bleibe solange hier», sagte Joel. «Ich habe bei Aare-Pharm angerufen und gesagt, ich wisse nicht, ob ich heute komme.»

«Warum haben Sie Ihre Beobachtungen nicht früher gemeldet?», fragte Nussbaum. Die Schärfe in seiner Stimme erschreckte Samantha. Sie hatte sich gewundert, weil er die Befragung übernommen hatte, und fragte sich, ob Einbruch zu seinem Bereich gehörte.

«Können Sie bitte detailliert schildern, wann das war?»

«Die genaue Uhrzeit weiss ich nicht, aber es muss nach Mitternacht gewesen sein.»

Nussbaum hatte sie gebeten, ihm die Stelle zu zeigen, und sie waren zum Haus von Joels Eltern gefahren. Nun lehnte er gegen seinen Wagen, den er auf dem Vorplatz abgestellt hatte. Männer von der Spurensicherung streiften durch den Garten. Samantha hatte bewusst ausgelassen, die Stelle selbst abgesucht zu haben. Sie wollte sich Nussbaums Reaktion nicht ausmalen, wenn er davon erfuhr. Was nicht der Regen an möglichen Spuren fortgespült hatte, hatte sie bestimmt bei ihrer Suche vernichtet.

«Haben Sie einen Schlüssel?», fragte er und deutete auf das Haus.

Samantha hielt ihren Schlüsselbund hoch. Sie wusste nicht, ob sie froh sein sollte, den Schlüssel, den Verena ihr gegeben hatte, ihr nicht zurückgegeben zu haben, oder nicht.

Im Gang streifte Samantha die Schuhe von den Füssen. Sie wusste, dass Nussbaum bei Joel angerufen und Verena gefragt hatte, ob sie in ihrer Abwesenheit ins Haus durften.

«Können Sie mir bitte das Zimmer zeigen, in dem Sie übernachtet haben?»

Samantha führte Nussbaum die Treppe in den oberen Stock hoch und öffnete die Tür zum Gästezimmer. Sie trat hinter Nussbaum ans Fenster. Er sagte kein Wort, sondern musterte die Beamten bei der Arbeit. Zu gerne hätte Samantha gewusst, was in seinem Kopf vor sich ging.

«Es war dunkel, und ich nahm an, meine Phantasie habe mir einen Streich gespielt», sagte Samantha, da sie das Schweigen nicht aushielt.

«Später haben Sie in der Küche aus dem Fenster geschaut?», fragte er.

«Ja.»

Nussbaum verliess das Zimmer, und Samantha folgte ihm in die Küche. Auch hier trat er ans Fenster und betrachtete schweigend, was draussen vor sich ging.

«Im Vorfeld ist Ihnen nichts aufgefallen?», fragte er.

«Ich habe nichts beobachtet. Am Vorabend gab es nur diesen Anruf, bei dem sich keiner meldete, als ich fragte, wer dran sei.»

«Davon hat uns Frau Gyger berichtet. Ihnen ist keine Person aufgefallen, die sich im Quartier herumgetrieben hat?»

«Natürlich habe ich im Verlaufe des Tages Leute gesehen. Hundehalter. Mütter mit Kindern. Jugendliche. Doch ob sie hier wohnen, kann ich nicht sagen. Ich habe, ehrlich gesagt, nicht darauf geachtet, ob sie sich verdächtig verhielten oder nicht.»

Nussbaum schwieg und blickte weiter aus dem Fenster. Das Schweigen dehnte sich aus und gab Samanthas Gedankenmaschinerie Raum, sich zu entfalten. War es Zufall, dass zuerst Beat verunfallte und einige Tage später jemand in das Haus von Joels Eltern eindringen wollte? Bedeutete das, die Vorfälle hingen zusammen? Falls das so war, schwebten Joels Eltern in Lebensgefahr. Hielt die Polizei das für möglich? Hatte Nussbaum deshalb den Fall übernommen?

«Wir lassen keine Möglichkeit ausser Betracht», sagte Nussbaum und drehte sich um.

Konnte er Gedanken lesen, oder hatte sie laut gedacht?

Samantha setzte sich in ihren Smart, startete ihn aber nicht. Nussbaum fuhr rückwärts aus der Einfahrt und verschwand aus Samanthas Blickfeld. Die Beamten von der Spurensicherung hatten ihre Sachen zusammengepackt und stiegen in ihre Wagen. Ob sie etwas gefunden hatten, wusste Samantha nicht. Nach einigen Sekunden waren sie fort, und alles sah friedlich aus – wenn da nicht die zertrampelten Frühlingsblumen auf der Wiese und die schlammigen Fussabdrücke im Gras gewesen wären.

Samanthas Unruhe nahm zu. Warum hatte es jemand auf Joels Familie abgesehen? Moment, dachte sie. Bisher waren nur Joels Eltern betroffen. Würde das heissen, Joel und seine Schwester schwebten ebenfalls in Gefahr?

Beats Wagen war bis zu dem Ausflug in den Zoo intakt gewesen. Mögliche Manipulationen an den Bremsen konnten bei Simona passiert sein. Oder das Wasser war zu einem früheren Zeitpunkt in den Bremsflüssigkeitstank gefüllt worden, also zwischen dem Vorführen und dem Zoobesuch. Solange die Temperatur nicht zu hoch war, geschah nichts, wie sie inzwischen wusste. Das passte, da Joels Vater normalerweise nur kurze Strecken fuhr. Allerdings musste der Täter Zugang zum Wagen gehabt haben. Der war leicht möglich, kam Samantha in den Sinn. Sie erinnerte sich, wie Joel kopfschüttelnd erwähnt hatte, sein Vater würde den Wagen nicht abschliessen, wenn er ihn in die Garage stellte. Die Seitentür zur Garage war ebenfalls in der Regel unverschlossen.

«Die perfekte Einladung, um das Auto entweder zu stehlen oder daran herumzuschrauben», hatte Joel gesagt.

Du solltest keine Vermutungen anstellen und lieber nach Hause fahren, dachte sie. Joel wartete mit Ranjana.

Warum musste das alles ausgerechnet zum Zeitpunkt des Besuches ihrer Schwester passieren?

Samantha wollte den Wagen starten, hielt aber erneut inne. Ihre Gedanken drifteten zu Ruedi Herzog. War es ein Zufall, dass alles kurz nach seiner Ermordung passierte? Hatte es wirklich jemand auf die Jassclique abgesehen? Hier gab es ebenso kein Motiv. Die Männer waren Rentner, die ihr Leben genossen.

Wie passte Thomas Fehr zu dem Ganzen? Er war jünger, arbeitete als Arzt und stand in keinem Zusammenhang mit den Jasskollegen.

Der Gedanke liess sie nicht los. Es musste eine Verbindung zwischen den Männern bestehen. Was übersah sie?

Ermittelte die Polizei in diese Richtung? Zu Fehrs Tod gab es weiterhin keine neuen Mitteilungen. Das musste nichts heissen. Zu gerne hätte Samantha Nussbaum gefragt, was es mit seinem Tod auf sich hatte.

Nussbaum war leider schon abgefahren. Zudem bezweifelte sie, dass er mit ihr über die Fälle sprechen würde.

Heute Abend kam Simona mit ihrer Familie. Sie wollte es sich nicht nehmen lassen, Samanthas Schwester kennenzulernen. Es gab einiges vorzubereiten, und Samantha sollte zusehen, zu Joel zu kommen.

Hoffentlich ergab sich eine Gelegenheit, mit Simona über ihre Überlegungen zu sprechen.

Als Samantha den Wagen startete, schaltete sich das Radio ein.

«… gibt neue Hinweise zum Tod des Liestaler Arztes», sagte der Radiosprecher gerade. «Wie der Mediensprecher der Polizei verlauten liess, wurden Ermittlungen wegen Mord aufgenommen, da der Arzt mutmasslich vergiftet worden ist.»

***

Samantha schob einen Bissen des indischen Currygerichtes in den Mund. Sogleich breitete sich die Schärfe in ihrem Gaumen aus und jagte ihr Tränen in die Augen. Ranjana hatte darauf bestanden, indisch zu kochen. Die Gewürze hatte sie aus Indien mitgebracht.

Als Samantha nach Hause gekommen war, waren sie und Joel fort gewesen. Zunächst hatte Samantha beunruhigt das Haus abgesucht. Da sie keinen der beiden vorgefunden hatte, hatte sich diese Unruhe in Panik gesteigert, bis sie auf die Idee gekommen war, auf ihrem Handy nachzuschauen. Dort hatte sie den Grund für die Abwesenheit entdeckt.

Ranjana hat das Zepter in die Hand genommen, und wir kaufen für heute Abend ein, hatte Joel ihr in einer WhatsApp-Nachricht geschickt.

Samantha hatte lachen müssen. Inzwischen sah sie überall Gespenster.

Belustigung blitzte in Ranjanas Gesicht auf, als Samantha die Tränen aus den Augenwinkeln tupfte.

«Ich habe mich extra mit dem Würzen zurückgehalten», sagte sie.

«Wir Europäer sind dies einfach nicht gewohnt», sagte Simona und wischte sich ebenfalls Tränen aus den Augen. «Aber es ist fein.»

Es hatte sich bisher keine Gelegenheit ergeben, ungestört mit Simona zu sprechen. Simona schien ihre Unruhe zu spüren. Wiederholt warf sie Samantha einen fragenden Blick zu.

Als Samantha nach dem Essen aufstand, um die Teller in

die Küche zu bringen, erhob Simona sich. «Ich helfe dir.» Sie folgte Samantha in die Küche. «Was ist los mit dir? Du wirkst rastlos.»

«Können wir fünf Minuten alleine sprechen?»

Simona schloss die Tür. «Ist zusätzlich etwas passiert, das ich nicht weiss?», fragte sie.

«Nein, das nicht. Ich habe darüber nachgedacht und brauche den Rat von einer Fachfrau.»

Simona runzelte die Stirn. «Du meinst Polizeirat? Wenn du Hinweise hast, solltest du mit Herrn Nussbaum sprechen.»

«Mir wird er keine Details erzählen.»

«Nachvollziehbar. Spuck aus, was liegt dir auf dem Herzen?»

«Mir ist der Gedanke gekommen, Ruedis Tod, der tote Arzt und der Unfall deines Vaters könnten zusammenhängen.»

«Wie um alles in der Welt kommst du darauf?», rief Simona.

«Bauchgefühl», erwiderte Samantha.

«Wieso gefällt mir das nicht?» Simona lehnte sich gegen die Anrichte und schaute Samantha dabei zu, wie sie die Teller in den Geschirrspüler räumte.

«Ich weiss, es gibt keine Gemeinsamkeiten …»

«Wenn du Ideen, Vermutungen oder einen Verdacht hast, bin ich die falsche Adresse, und du solltest dringend mit Herrn Nussbaum Kontakt aufnehmen», wiederholte sie.

«Er wird nicht erfreut sein.»

«Durchaus möglich. Nein, nicht nur möglich, sondern ziemlich sicher.» Samantha schaute Simona beschwörend an. «Also, schiess los», sagte sie.

Samantha bemühte sich, ihre Gedanken möglichst kurz zusammenzufassen. «Okay, jeder Vorfall ist anders. Der eine wird erschossen und der andere vergiftet – mit welchem Gift überhaupt? Davon haben sie in den Medien nichts gesagt.»

«Die Polizei hat wohlweislich nichts verlauten lassen. Es würde die Spekulationen weiter anheizen.»

«Du weisst also mehr?»

«Wieso sollte ich mehr wissen?»

«Du hast nach wie vor Kontakt zu deinen ehemaligen Kollegen.»

Simona schwieg. Nur mit Mühe konnte Samantha ihrem Blick standhalten. Blöde Idee, dachte sie. Simona würde ihr genauso wenig sagen wie Nussbaum.

«Okay», sagte Simona, als Samantha dachte, sie werde nicht antworten. «Ich sage dir, was ich gehört habe. Das ist nur das, was man sich so erzählt und keine fundierte Info aus den Ermittlungen. Aber es gibt eine Bedingung.»

«Ja?»

«Du erzählst das, was ich dir gleich anvertraue, keinem weiter. Ausserdem hörst du mit deinen privaten Nachforschungen auf und überlässt das Ganze den Fachleuten.»

«Das sind drei Bedingungen», rutschte es Samantha heraus.

Simona lachte laut auf. «Mensch, Sammy!»

«Ja, ja. Einverstanden.»

Simona zog einen Stuhl heran und setzte sich an den Küchentisch. «Die Tatwaffe bei Herrn Fehr soll ein Fugu gewesen sein.»

«Ein was?»

«Der Fugu ist ein giftiger Kugelfisch.»

Stimmt, dachte Samantha. Sie erinnerte sich, wie sie während des Studiums über verschiedene tierische Gifte gesprochen hatten.

«Obwohl es nicht unbedingt der Fisch selber war, mit dem er vergiftet worden ist. Die Zubereitung ist in der Schweiz verboten.»

«Worauf willst du hinaus?»

«Das Fleisch des Fugu ist eine japanische Spezialität und wird roh gegessen.» Das brauchte Simona ihr nicht zu erklären, aber Samantha unterbrach ihre Ausführungen nicht. «Das Problem ist das Gift Tetrodotoxin. In geringen Mengen – und das sind wirklich geringe Mengen. Es reichen bereits ein halbes bis eineinhalb Milligramm auf oralem Weg, um einen Erwachsenen ins Jenseits zu befördern. Hierbei handelt es sich um eins der stärksten Nicht-Protein-Gifte.»

«Das stimmt», sagte Samantha. «Ich frage mich, wieso man das Risiko eingeht und das isst.»

«Gewisse Leute finden den Kick des Kribbelns und des tauben Gefühls auf der Zunge cool. Das ist bereits der erste Grad der Vergiftung.»

«Das ist richtig», sagte Samantha. «Dabei bleibt es nur, solange man nicht zu viel davon erwischt. Sonst geht es in ein Taubheitsgefühl mit Lähmungserscheinungen und Koordinationsstörungen über. Man kann nicht mehr gehen, sich schliesslich nicht mehr bewegen und hat Krämpfe.»

Simona nickte und sah dabei aus, als erzähle Samantha ihr nichts Neues.

«Eventuell kommt Erbrechen hinzu. Die Vergiftung schreitet weiter fort, bis der Kreislauf zusammenbricht und die Atmung ihren Dienst verweigert», fuhr Simona fort. «Dann ist Ende und aus. Der Tod bei einer Vergiftung mit Tetrodotoxin kann schnell eintreten. Wenn ich das richtig im Kopf habe, kann es schon nach siebzehn Minuten vorbei sein. Ein Gegenmittel gibt es nicht. Es ist eine recht qualvolle Angelegenheit.»

Wow, dachte Samantha. Simona wusste gut und detailliert Bescheid.

«Woher hast du diese gute Kenntnis zu der Vergiftung?», fragte Simona, bevor Samantha sich ihrerseits erkundigen konnte.

«Der Fugu wurde in einer meiner Vorlesungen ausführlich behandelt, da der Dozent Liebhaber von japanischem Essen war. Einmal hat er sogar Sushi an seinem Geburtstag mitgebracht», antwortete Samantha und wollte ein «Und du?» anfügen, doch Simona unterbrach sie.

«Stimmt, du hast Biologie studiert. Zwar habe ich es nicht ausprobiert, aber ich habe das Gefühl, man bekommt mit, wie man stirbt, oder?», fragte Simona.

«Ja.» Samantha fand das Gespräch irritierend. Nicht nur das Gespräch, sondern die Art, wie Simona über das Thema sprach. Sie stand auf und begann, in der Küche herumzugehen.

«Herr Fehr hat Kugelfisch gegessen?», fragte Samantha. In dem Fall sollte man herausfinden, wo er ihn gekauft hatte. Gleich darauf kam ihr in den Sinn, was Simona eben über den Verkauf von Kugelfisch in der Schweiz erzählt hatte. Also musste er ihn illegal beschafft haben.

«Jein», beantwortete Simona die Frage. «Wie gesagt, es ist in der Schweiz nicht einfach, diesen Fisch zu bekommen. Es gibt eine andere Möglichkeit, um an das Gift zu kommen. Tetrodotoxin wird in der experimentellen Pharmakologie verwendet.»

Natürlich, dachte Samantha. Darauf hätte sie selbst kommen können. «Der Täter muss nur Zugang zu einem solchen Labor haben», rief sie und fragte sich, woher Simona wusste, dass Thomas Fehr mit Pulver vergiftet worden sei. «Das dürfte aber nicht einfach sein.»

Es klopfte an der Küchentür, und Joel streckte den Kopf herein. «Hier seid ihr. Wir warten auf das Dessert.» Er stutzte. «Was ist mit euch los?»

«Nichts», sagte Samantha und drückte ihm die Dessertschalen in die Hand. «Das Mousse au Chocolat kommt gleich.»

ZWÖLF

Samantha setzte sich an Joels Schreibtisch und klappte den Deckel ihres Laptops auf. Die ganze Nacht hatte ihr das Gespräch mit Simona keine Ruhe gelassen. Leider hatten sie keine Gelegenheit gehabt, es fortzusetzen. Zu gerne hätte sie gewusst, wie die Polizei auf das Gift gestossen war. Hatten sie vergiftete Lebensmittel in der Wohnung gefunden, Speisereste im Magen nachgewiesen oder Tetrodotoxinpulver in der Wohnung sichergestellt?

Joel hatte beim Frühstück gesagt, er müsse zu AarePharm nach Egerkingen. Da er gestern nicht bei der Arbeit war, wollte Lisa Bürgi ihn sprechen – persönlich, nicht nur am Telefon. Obwohl Samstag war.

Eben hatte Ranjana gefragt, ob sie ein Bad nehmen könne – in Indien besass sie keine Badewanne und war fasziniert von Joels modernem und grossem Badezimmer. Samantha hatte die Gelegenheit ergriffen, mehr Informationen über die Fugu-Vergiftung zu suchen.

Das, was sie im Internet las, stimmte mit dem überein, an das sie sich aus ihrer Vorlesung erinnern konnte. Sie fand sogar einen älteren Zeitungsartikel, in dem ein in Zürich lebender japanischer Koch porträtiert wurde, der die Lizenz für die Zubereitung von Fugu-Fisch besass, aber dieses Gericht nicht seinen Gästen anbot, da die Lebensmittelgewinnung in der Schweiz verboten war. Wenn Samantha den Artikel richtig verstand, durfte Fugu für den privaten Konsum importiert werden. Das dürfte allerdings nicht einfach sein.

Sie klickte einen anderen Link an. In dem Artikel stand, es gebe nur wenige Köche, die diese Speise zubereiten könnten oder besser durften. Vorwiegend fanden sich diese Personen in Japan und einige wenige in den USA. In anderen Ländern war der Import komplett verboten.

Das Gift befand sich vorwiegend in der Haut, der Leber

und während der Laichzeit in den Eierstöcken. Allerdings konnten heute ungiftige Fische gezüchtet werden. Samantha las den Satz nochmals. Reichte das als Garantie aus? Sie würde jedenfalls nicht darauf vertrauen. Samantha fuhr mit der Lektüre fort. Auf die richtige Zerlegung des Fisches kam es an, damit kein Gift in die Speise geriet.

Selbst bei der Zubereitung durch einen Profi blieb es eine Gratwanderung, und Samantha fragte sich, ob es das wirklich wert war, sich freiwillig in Gefahr zu begeben. Schliesslich gab es genügend andere exklusive und wohlschmeckende Speisen.

Sie lehnte sich nach hinten und verschränkte die Hände im Nacken. Wer das Wissen hatte und es darauf anlegte, konnte bewusst den giftigen Teil unterschieben. Hiess das, Fehr war von einem japanischen Koch getötet worden?

Eine neue Frage tauchte aus dem Nichts auf. Wieso hatte Simona so gut über das Thema Fugu-Gift Bescheid gewusst? Rückblickend kam Samantha das Gespräch beinahe wie Fachsimpeln vor. Samantha wurde ausserdem das Gefühl nicht los, als liesse der Tod des Mannes Simona kalt. Obwohl es sich um ihren Gynäkologen handelte, wie Simona ihr gesagt hatte. Sie kannte den Mann. Samantha selbst wäre entsetzt, wenn ihr Arzt ermordet worden wäre. Ging es Simona nahe, und sie zeigte es nicht? Falls das so war, wieso? Oder war der Grund ihres für Samantha irritierenden Verhaltens ihr ehemaliger Beruf? Simona hatte bestimmt gelernt, keine Gefühle zu zeigen und eine professionelle, nichtssagende Maske aufzusetzen. In Büchern hatten Polizisten öfter einen lockeren Umgangston, wenn es um den Tod ging. Ob das der Realität entsprach, konnte Samantha nicht sagen.

Ein schaler Nachgeschmack blieb. Hätte Simona einen Grund haben können, ihren Gynäkologen zu vergiften?

Simona hatte Samantha einmal gesagt, falls sie nach Liestal ziehen würde, könnte sie ihr gute Ärzte empfehlen. Das schloss ihren Gynäkologen ein. Sie hatte eine schwere Schwangerschaft gehabt, und die Geburt war nicht ohne gewesen. «Ohne meinen Arzt hätte ich heute keinen gesunden Sohn», hatte sie Samantha erklärt.

Konnte später zwischen ihr und ihrem Arzt etwas vorgefallen sein, was sie zum Mord verleitete? Samantha erschrak über sich selbst. Was unterstellte sie Joels Schwester? Gleichzeitig kam ihr in den Sinn, was Simona ausserdem angedeutet hatte. Tetrodotoxin wurde in der experimentellen Pharmakologie verwendet. Dort versuchte man, die Eigenschaften der Wirkung eines Medikamentes zu simulieren. Es gab Krankheiten, die mit Lähmungserscheinungen einhergingen. Als Samantha bei dem Pharmaunternehmen in Lausanne gearbeitet hatte, waren Versuche mit Medikamenten gegen Lähmungen durchgeführt worden. Selbst war sie nicht daran beteiligt gewesen. Dazu war Tetrodotoxin einem Muskel, der in eine Apparatur gespannt worden war, verabreicht worden. Anschliessend hatte man die zu testende Substanz gegeben und geschaut, ob der Muskel besser arbeitete.

Es lag durchaus im Bereich des Möglichen, dass Tetrodotoxinpulver in anderen Labors zu finden war. Für einen Laien würde es nicht einfach sein, ein solches Labor zu betreten. Kannte Simona jemanden, der in der experimentellen Pharmakologie arbeitete und ihr das Pulver organisiert hätte? Eher nein, fand Samantha. Fehr dagegen hatte bestimmt genügend Kontakte zu Pharmakonzernen.

Es stellte sich die Frage, wie Fehrs Mörder an das Mittel gekommen war. Ob er selbst in einem solchen Labor arbeitete oder jemanden gebeten hatte, es zu organisieren. Das wurde immer unübersichtlicher. Wo war die Verbindung zu Ruedi und Beat? In Samanthas Kopf wirbelten die Gedanken durcheinander, vermischten sich und verursachten mehr Chaos. Nochmals langsam von vorne, sagte sie sich. Sie nahm ein Blatt und schrieb Fehrs Name in die Mitte. Fehr war Gynäkologe. Wie sah es mit Beat aus? Weder er noch Verena hatten einen Medizinberuf ausgeübt. Ruedi? Verena hatte gesagt, er sei Elektriker gewesen, und Regula hatte als kaufmännische

Angestellte gearbeitet. In dem Fall war Medizin nicht das Verbindungsglied zwischen den drei Personen.

«Bist du dich am Bewerben?», fragte hinter ihr Ranjana und erschreckte Samantha zu Tode.

«Nein. Oder besser indirekt», erwiderte sie, klappte den Laptop zu und versorgte das Blatt in der Schublade.

«Hast du etwas in Aussicht?»

«Nein. Es ist wie verhext. Inzwischen habe ich sogar mehr oder weniger aufgegeben, in der Pharmabranche etwas zu finden.»

«Das tut mir leid.»

«Lass uns versuchen, uns mit angenehmeren Dingen zu beschäftigen. Wozu hättest du Lust?» Samantha zählte mehrere Möglichkeiten auf, die sie als Sightseeingprogramm für Ranjana ins Auge gefasst hatte.

«Schloss Lenzburg?», hakte Ranjana nach. «In diesem Ort ist deine Wohnung, wenn du nicht hier bist, oder?»

«Genau.»

«Zeigst du sie mir?»

«Okay. Fahren wir nach Lenzburg, besuchen das Schloss und machen einen Abstecher in meine Wohnung.»

Samantha und Ranjana stützten sich nebeneinander auf der dicken Mauer ab, die das Schloss umgab, und blickten auf die Lenzburger Altstadt. Heute war der erste Tag, an dem das Schloss nach der Winterpause geöffnet hatte. Die Bäume und Büsche am Hügel und auf dem Schlosshof waren kahl. Keine Spur von Grün, das den Frühling ankündigte. Die Sonne schien. Ein kräftiger, frischer Wind blies. Samantha hatte den Reissverschluss ihrer Jacke ganz hoch- und die Kappe bis tief ins Gesicht gezogen.

«Das ist ein nettes Städtchen», sagte Ranjana. «Da unten wohnst du?»

«Ja. Siehst du den Turm dort?» Samantha hob ihre Hand und deutete auf das grüne Dach des Turmes. «Nicht ganz einfach, weil alles so klein erscheint. Du musst geradeaus schauen.»

«Ich glaube, ich weiss, wo du meinst», sagte Ranjana nach einer Weile.

«In diesem Gebäude ist die Stadtverwaltung. Das Haus, in dem meine Wohnung ist, befindet sich ungefähr in der Hälfte zwischen der Verwaltung und der Häuserzeile, die am Rand der Altstadt quer verläuft.»

«Aha.» Ein Zittern durchlief Ranjanas Körper. Sie hatte den Schal bis zum Mund hochgezogen, und die Kappe liess nur knapp ihre Augen frei.

«Es ist kalt», sagte Samantha. «Lass uns zu meiner Wohnung fahren und einen warmen Tee trinken.»

Sie kehrten zum Hof zurück, auf dem in der Mitte vier Personen standen. Samantha und Ranjana liefen an der Kasse vorbei über die kurze Hängebrücke und folgten der steilen, mit Kopfsteinpflaster belegten Strasse den Weg zurück zum Parkplatz. Ausser Samanthas Smart standen zehn bis fünfzehn Autos dort.

Samantha fand unweit der Altstadt einen Parkplatz. Sie legte die Anwohnerparkkarte auf das Armaturenbrett. Ranjana war ausgestiegen und schaute zum Schloss. «Von hier sieht es näher aus», sagte sie und deutete auf den Schlosshügel, der von der Sonne angestrahlt wurde. Das Gebäude leuchtete strahlend weiss vor dem dunkelblauen Himmel.

Nachdem Ranjana mit dem Handy einige Fotos gemacht hatte, führte Samantha ihre Schwester zur Rathausgasse. Sie lag im Schatten, und der Wind schien hier noch kälter zu sein.

Vereinzelt kamen ihnen Leute entgegen. Die Gesichter verschwanden wie Samanthas und Ranjanas fast hinter den hochgestellten Kragen, Schals und Kappen. Vor einigen Cafés und Restaurants standen Tische mit Stühlen auf der Gasse, um Passanten zum Verweilen einzuladen. Einzelne Personen trotzten dem kühlen Wind und tranken einen Kaffee, und andere rauchten.

Bevor Samantha das Haus betrat, erblickte sie Charlotte Häfliger im Schuhladen. Sie hielt einer Kundin Schuhe hin. Die Kundin sah nicht gerade angetan von dem aus, was ihr präsentiert wurde. Der Mund von Charlotte Häfliger wurde zu einem schmalen Schlitz. Die Kundin schüttelte den Kopf, sagte etwas und wandte sich ab. Sie verliess den Laden.

«Ich würde Ihnen nicht raten, dort Schuhe zu kaufen», sagte sie zu Samantha. «So eine unfreundliche Bedienung. Die frühere war besser.» Sie hängte sich die Handtasche über die Schulter und marschierte die Gasse entlang Richtung Tor.

Samantha beschloss, diesen Laden in Zukunft zu meiden, in dem sie früher hin und wieder ein Paar Schuhe gefunden hatte.

Sie hielt Ranjana die Haustür auf, und sie stiegen die Treppe nach oben. Als Samantha die Tür zu ihrer Wohnung aufschliessen wollte, öffnete sie sich von selbst. Verdutzt starrte sie für einen Moment den entstandenen Spalt an. Wieso war die Tür nicht abgeschlossen? Samantha achtete immer genau darauf, sie richtig zu verschliessen. Besonders, wenn sie ihre Wohnung verliess.

«Was ist?», fragte Ranjana.

Nichts anmerken lassen, dachte Samantha und stiess die Tür auf. Alles sah aus wie immer. «Alles in Ordnung», brachte sie mühsam hervor.

«Wie schön», rief Ranjana entzückt. Sie trat ans Fenster.

Als ihre Schwester nach unten zur Gasse blickte, nutzte Samantha die Chance und inspizierte das Türschloss. Es sah intakt aus. Keine Kratzspuren rundherum. Ihr Blick schweifte weiter durch den Wohnessbereich und zur Küche. Hier sah es so aus, wie sie die Wohnung verlassen hatte.

Der Sekretär war aufgeklappt. Das passte nicht. Normalerweise schloss sie ihn, wenn sie wusste, länger bei Joel zu bleiben.

«Du wohnst mitten in der Stadt, und trotzdem ist es ruhig.» Ranjana kehrte zu Samantha zurück. «Keine Autos in der Stadt. Es ist gemütlich hier. Wenn auch ein wenig klein für eine Familie.»

«Familie ist bis jetzt nicht geplant», sagte Samantha abwesend.

«Das ist nicht die ganze Wohnung, oder?»

Samantha musste alle Willensanstrengung aufbringen, um sich ganz auf Ranjana zu konzentrieren, während sie ihr das Schlafzimmer und das Bad zeigte. Als sie ins Wohnzimmer zurückkehrten, klopfte es an der Wohnungstür.

«Du bist es», sagte Christa Ott. «Ich meinte, ich hätte Schritte gehört, und dachte, ich schaue lieber nach, weil du gesagt hattest, du würdest die ganze Woche bei Joel sein.»

«Meine Schwester wollte meine Wohnung sehen», sagte Samantha und stellte sie einander vor.

Christa Ott war erfreut, Ranjana kennenzulernen. Sie entschuldigte sich für ihr schlechtes Englisch und bat Samantha, bei der Übersetzung zu helfen. Sie setzten sich an den Wohnzimmertisch, und Samantha bereitete Tee zu.

«Wie gefällt es dir in der Schweiz?», fragte Christa Ott.

«Es ist schön hier. Es ist ruhig und sauber», sagte Ranjana.

«Na ja, es ist nicht mehr so wie früher.»

«Im Vergleich zu Indien sind es Welten», sagte Samantha.

«Warst du schon mal in Indien?», wollte Ranjana von Christa Ott wissen.

Christa verneinte. «Bleibt ihr heute Nacht hier?», fragte sie, nachdem sie eine Weile weiter geplaudert hatten und Ranjana von Agra und ihrer Familie erzählt hatte.

«Nein. Ist dir in den letzten Tagen etwas seltsam vorgekommen?», fragte Samantha in Mundart, als Ranjana auf das WC gegangen war.

«Seltsam?», wiederholte Christa Ott erstaunt. «Nein, warum?»

«Nur so», wich Samantha aus.

«Du meinst, ob alles in Ordnung war?»

«So in etwa.»

«In den letzten Tagen habe ich keinen Mann vor dem Haus herumlungern gesehen, wenn du das meinst. Norbert hat gesagt, meine Phantasie sei mit mir durchgegangen, was daran liegen könnte, dass ich auf einmal alleine bin.»

Dem musste Samantha in Gedanken widersprechen. Sie

dachte an die Gestalt auf der Gasse, die sie beobachtet hatte. War es positiv zu werten, wenn keiner mehr das Haus beobachtete? Eine andere Erklärung nahm in ihrem Kopf Gestalt an. Derjenige, der das Haus beobachtet hatte, hatte es wegen Samantha getan.

«Das beruhigt mich.» Samantha gelang ein Lächeln.

Christa sah aus, als würde sie mit sich ringen, etwas zu sagen, wüsste aber nicht, wie sie es formulieren sollte.

«Es gibt da was. Ich musste dir beinahe beichten, deinen Schlüssel verloren zu haben.»

«Du hast meinen Wohnungsschlüssel verloren?», fragte Samantha.

«Er ist zum Glück heute Morgen wiederaufgetaucht. Er lag neben meiner Fussmatte. Ich denke, ich habe ihn dort fallen gelassen, als ich vor zwei Tagen nach deinen Pflanzen geschaut und den Briefkasten geleert habe.»

Vor zwei Tagen? So lange sollte er neben der Fussmatte gelegen haben? Sogar Christa würde ihn bemerkt haben, wenn sie die Wohnung verlassen hatte. Oder als sie ihn später gesucht und nachgeschaut hatte, ob sie ihn eventuell im Schloss von Samanthas Wohnungstür stecken lassen hatte.

«Hattest du die Tür abgeschlossen?»

«Natürlich.» Das klang entrüstet. «Mir ist bewusst, wie wichtig dir das ist. Ich rüttle extra an der Tür, um sicher zu sein, dass sie zu ist.» Der aufgeklappte Sekretär … Es war jemand in der Wohnung gewesen. Eindeutig.

«Ich gebe zu, allmählich vergesslich zu werden, aber nicht bei allem. Die Post habe ich, wie üblicherweise, auf der Küchenanrichte deponiert.»

Dort lagen keine Briefe, wie Samantha auffiel. Dafür lagen drei Couverts und die Migros- und Coopzeitung auf dem Sekretär. Warum liess sie das Gefühl nicht los, etwas anderes als Christa Otts Zerstreutheit könnte der Grund dafür sein. Sie war versucht zu fragen, wie viele Briefe es gewesen waren, aber sie wollte Christa Ott nicht beunruhigen.

Samantha zog an der Wohnungstür. Sie war definitiv verschlossen. Gemeinsam mit Ranjana ging sie die Treppenstufen nach unten. Am Briefkasten machte sie halt und entnahm ihm zwei Briefe. Ein Couvert trug das Logo des Regionalen Heilmittelinspektorats in Basel. Eine Absage, dachte Samantha. Im Fall einer Zusage hätten sie bestimmt angerufen.

Ranjana trat auf die Strasse, und die Haustür fiel ins Schloss. Samantha öffnete das Couvert und holte das Blatt heraus.

«Es tut uns leid, Ihnen mitteilen zu müssen …», las sie. «Wir danken Ihnen für Ihr Interesse und wünschen Ihnen für die Zukunft alles Gute.»

Samantha sackte in sich zusammen und musste sich gegen die Wand lehnen. Standardabsage. Wieder einmal ohne Begründung. Anfangs hatte sie die jeweilige Firma kontaktiert, um zu erfahren, was der Grund war. In der Regel waren es fadenscheinige Begründungen gewesen. Fünf- oder sechsmal hatte zwischen den Zeilen durchgeklungen, Samanthas Herkunft würde eine Rolle spielen, weil man nicht wisse, wie Kunden auf eine farbige Angestellte reagierten.

Nach der letzten derartigen Begründung vor zwei Monaten hatte Samantha es aufgegeben nachzuhaken. Es brachte eh nichts. Das Ergebnis blieb gleich.

Am liebsten hätte Samantha den Brief zerknüllt und auf den Boden geworfen. Sie zwang sich zur Beherrschung. Sie stopfte ihn in ihre Handtasche und folgte Ranjana nach draussen. Sie fand ihre Schwester vor dem Schaufenster des Schuhladens.

«Schöne Schuhe sind das.» Ranjana deutete auf ein Paar hellbraune Pumps. «Zum Glück ist der Laden geschlossen, wenn ich das Schild in der Tür richtig verstehe. Das ist hier alles so teuer. Ich dachte, alle Schweizer sind reich, weil sie viel Geld verdienen. Das ist aber wohl nicht so.»

«Viel Geld verdienen sie im Vergleich zu andern Ländern schon, aber Ende Monat ist wie überall auf dem Konto nichts davon übrig.»

«Das wollte ich damit sagen. Hast du schlechte Nachrichten in der Post gehabt?»

Samantha überlegte zu verneinen, rang sich aber zu einem Ja durch und erzählte Ranjana von der weiteren Absage. Ihre Schwester berührte sie am Arm. «Das tut mir leid.»

«Irgendwann werde ich einen Job finden.»

Samantha wollte Ranjana folgen, aber eine Bewegung im Laden zog ihre Aufmerksamkeit auf sich. Ein Mann schob Charlotte Häfliger gegen den Tisch. Ein Überfall, dachte Samantha und wollte in den Laden stürmen, als Charlotte Häfliger ihn umarmte und er sie auf den Ladentisch hob. Er öffnete ihre Bluse und schob seine Hand unter den BH auf die Brust. Charlotte Häfliger lehnte sich nach hinten. Samantha konnte es nicht fassen. Mitten am Tag, gut einsehbar von der Gasse. Charlotte schlang ihre Beine um den Mann, der mindestens zehn Jahre jünger als sie sein musste. Er hob sie hoch und trug sie zum anderen Ende des Raumes. Bevor er mit Charlotte Häfliger durch eine Tür hinter der Kasse verschwand, konnte Samantha das Profil seines Gesichtes erkennen. Er kam ihr vage bekannt vor.

«Was ist?», fragte Ranjana, die einige Schritte vorausgegangen war und anscheinend nichts von dem mitbekommen hatte, was sich im Laden abspielte.

«Nichts», sagte Samantha.

Als sie mit Ranjana zu ihrem Smart ging, überlegte sie, wo sie den Mann schon einmal gesehen hatte. Ohne Erfolg.

DREIZEHN

Samantha warf Münzen in die Parkuhr des Parkplatzes am Dornachweg in Arlesheim. Nachdem sie das Ticket hinter die Windschutzscheibe gelegt hatte, hakte sie sich bei ihrer Schwester unter.

Den Sonntag und Montag hatten sie nicht mehr als Spaziergänge in Liestal und der näheren Umgebung unternommen, da Ranjana nach wie vor unter dem Jetlag litt.

Samantha und Ranjana überquerten die Strasse und bogen rechts in die Domstrasse ein. Wow, dachte Samantha und blieb stehen. Da sie sich im Baselbiet nicht auskannte und keine Ahnung hatte, welche Ausflugsmöglichkeiten es gab, hatte sie Joel gefragt. Er hatte die Domkirche von Arlesheim vorgeschlagen.

Wenn man davorstand, sah sie imposanter aus als die Aufnahmen im Internet. Das Wetter spielte mit. Die Sonne schien auf das gelbe Gotteshaus und liess es vor dem blauen Himmel erstrahlen. Das Gleiche galt für die an den Platz angrenzenden Gebäude, in denen sich unter anderem das Bezirksgericht, das Pfarramt und das Gemeindehaus befanden.

Zwei Männer und eine Frau kamen über den Platz auf sie zu.

«Kann man da einfach rein?», fragte Ranjana. «Darf ich diese Kirche als Nichtchristin betreten?»

«Natürlich», antwortete Samantha und öffnete die Tür. Sie war überwältigt. Neben ihr sog Ranjana die Luft ein. «Ist die schön», flüsterte sie Samantha zu. «Wie kommt so eine kleine Ortschaft zu einer so grossen und prächtigen Kirche?»

Samantha war froh, sich ein wenig vorbereitet zu haben. «Am Ende des 17. Jahrhunderts kehrte das Basler Domkapitel aus dem Exil zurück und liess sich in Arlesheim nieder. Im Frühling 1679 wurde der Grundstein für den Bau gelegt. Nach fast zweijähriger Bauzeit war der Dom fertig.»

«Das ist schnell.»

Die Kirchenglocke schlug zur vollen Stunde. Ranjana schaute zur Decke und schien verzückt zu lauschen. Samantha zählte die Schläge mit. Drei Uhr.

Nebeneinander schlenderten sie durch den Mittelgang zum Altar und drehten sich auf der Hälfte des Weges um. In der mittleren Nische auf der linken Seite hatte eine grauhaarige Frau Platz genommen und betete.

«Ich habe zwar Fotos von Orgeln gesehen. Aber mir war nie bewusst, wie gross dieses Instrument ist», flüsterte Ranjana.

«Du hast …» Du hast noch nie eine Orgel gesehen, hatte Samantha Ranjana fragen wollen. Im gleichen Augenblick wurde ihr bewusst, dass es Ranjanas erste Auslandsreise war.

Ein Mann in Joels Alter, vielleicht ein wenig älter, betrat die Kirche. Er blickte kurz in ihre Richtung und wandte sich schnell ab. Samantha hatte das Gefühl, ihm bereits einmal begegnet zu sein, konnte aber nicht sagen, wo. Der Mann lief vornübergebeugt an den Nischen vorbei. Dabei zog er die Kappe tiefer ins Gesicht und steckte die Hände in die Jackentasche. Mit den hochgezogenen Schultern sah er aus, als sei ihm kalt. Dabei herrschte draussen eine frühlingshafte, milde Temperatur, die einen dazu verleitete, die Jacke auszuziehen. Der Mann bog in die vorderste Nische ab und verschwand aus Samanthas Blickfeld.

Sie verliessen die Kirche. «Hast du Lust auf einen kurzen Spaziergang?», fragte Samantha, als sie vor dem Eingang in der Sonne standen. Eine Frau mit einem Kinderwagen, aus dem unzufriedenes Babygeschrei erklang, und zwei kleinen schwarzen Hunden, dessen Rasse Samantha nicht zuordnen konnte, überquerte den Platz. Danach war alles menschenleer und ruhig.

«Gerne», antwortete Ranjana.

«Gehen wir zur Ermitage?»

«Zu wem?»

«Das ist der grösste englische Landschaftsgarten der

Schweiz, in den die von der Natur gegebenen Elemente wie der Burghügel, auf der die Ruine Birseck steht, Höhlen und Grotten einbezogen worden sind.» So hatte es zumindest im Internet gestanden.

«Höhlen und Grotten!» Ranjanas Begeisterung war deutlich.

Als sie nach einem kurzen Spaziergang den Hügel auf den Wegen, die durch die kleinen Höhlen führten, hochstiegen, bemerkte Samantha einen Mann. Sie stutzte. Es war der aus der Domkirche. Er stellte den Kragen seiner Jacke hoch und bog ab.

Sie blickte ihm nach. Warum wurde sie das Gefühl nicht los, er folge ihr? Das Gefühl verstärkte sich, als sie vor der Burgruine standen und er einige Meter von ihnen entfernt anhielt und in Samanthas Augen so tat, als betrachte er das Panorama. Er begann Fotos mit seinem Handy zu machen. Samantha hatte Zweifel, ob er die Aussicht fotografierte oder Fotos von ihr und Ranjana schoss. Samantha überlegte, ob sie ihn ansprechen sollte.

Er steckte das Handy ein und machte sich an den Abstieg. Samantha kam in den Sinn, wo sie ihn gesehen hatte. In Charlotte Häfligers Schuhgeschäft. Verdutzt starrte sie zu der Stelle, an der der Mann gerade verschwunden war. War das wirklich Charlotte Häfligers Liebhaber vom Samstagnachmittag? Vermutlich bildete sie sich das nur ein, genauso wie dass er ihnen gefolgt war. Er war bestimmt wie sie Tourist und hatte zufällig die gleiche Route gewählt. Ranjana holte ihr Handy hervor und machte einige Fotos.

Samantha schloss die Augen und genoss die Wärme auf ihrem Gesicht. Ein milder Windhauch strich über ihre Haut. Endlich erste Anzeichen vom Frühling. Doch die Ruhe, die dieser Ort ausstrahlte, drang nur halb in ihr Inneres vor.

Als Samantha und Ranjana dem schmalen Weg bergab folgten, kamen ihnen zwei Männer und ein Mann mit einer Frau und Zwillingen im Kindergartenalter entgegen.

«Wann sind wir oben?», quengelten die Kinder synchron.

Samantha und Ranjana traten auf die Seite, damit sie vorbeikonnten.

Der Weg zurück zum Parkplatz führte sie durch die schmalen Strassen des verschlafen wirkenden Dorfkerns an der Domkirche vorbei. Auf dem Platz hatte sich dieses Mal eine Gruppe von zwanzig Leuten versammelt. Samantha schnappte einige Sätze des Guides auf, der über den Bau der Kirche erzählte.

Die beiden bogen in den Dornachweg ein und folgten ihm zum Parkplatz. Samantha holte den Schlüssel von Joels Auto hervor und blieb verdutzt stehen. Unter der Motorhaube lugten Beine hervor. Eine Hand erschien und tastete in einer Tasche, die vor dem Wagen lag. Sie holte etwas heraus, das Samantha aus dieser Entfernung nicht erkennen konnte.

«He!», rief sie und rannte los. Die Person rutschte unter dem Auto hervor. Als Samantha nur wenige Meter von ihm entfernt war, packte er die Tasche und rannte los. Samantha blieb stehen und schaute ihm nach. Ihn zu verfolgen würde nichts bringen. Er war schneller. Der Mann verschwand aus Samanthas Blickfeld, und sie versuchte, im Gehirn eine Personenbeschreibung abzuspeichern. Die Kleidung war ähnlich der des Mannes, den sie in der Domkirche und bei der Ruine gesehen hatte. Jeans und dunkle Jacke. Allerdings hatte dieser hier eine Schirmkappe getragen, die er beim Laufen tiefer ins Gesicht gezogen hatte. Sie meinte, von der Seite einen dunkelblonden Dreitagebart erkannt zu haben.

«Wollte er das Auto stehlen?», fragte Ranjana.

«Ich weiss nicht.» Nein, er hatte anderes vorgehabt. Samantha bückte sich und erblickte neben dem linken Vorderrad einen Schraubenschlüssel. Sie holte ein Taschentuch hervor und hob ihn auf. Sie tastete den Boden unter dem Wagen ab. Alles war trocken. Was der Mann auch immer vorgehabt hatte, sie waren rechtzeitig zurückgekehrt, um ihn daran zu hindern.

***

Joel kehrte mit einem braunhaarigen Mann Anfang vierzig zurück. Er stellte ihn als Luca vor, der einige Häuser weiter wohnte. Er war Automechaniker und arbeitete in einer Garage in Liestal.

Luca legte sich auf den Boden und rutschte unter den Wagen. Die Minuten verstrichen.

Joel war nicht erfreut gewesen, weil Samantha nach Hause gefahren war. «Du hättest vor Ort den TCS anrufen sollen», hatte er gesagt.

Samantha musste zugeben, wie unüberlegt es gewesen war, einfach nach Hause zu fahren. Sie wusste nicht, wie lange der fremde Mann bereits mit dem Auto beschäftigt gewesen war. Er hätte genug Zeit für Manipulationen haben können, damit sie auf dem Heimweg verunfallten.

Der Wind frischte auf, und die Temperatur war gegenüber der vom Nachmittag gefallen. Ranjana zitterte.

«Es ist kalt. Möchtest du im Haus warten?», fragte Samantha.

Ranjana schien hin- und hergerissen, ging aber schliesslich ins Haus.

Luca tauchte unter dem Wagen auf. Er stand auf und klopfte die Hosenbeine und Jacke ab. «Auf den ersten Blick sieht alles in Ordnung aus. Ich würde ihn vorsichtshalber in einer Garage durchchecken lassen. Die können ihn auf die Hebebühne nehmen und sehen mehr, als ich es so kann.»

«Das mache ich», antwortete Joel und bedankte sich.

Nachdem Luca verschwunden war, hielt ein dunkelblauer Mazda vor dem Haus. Bevor Joel Luca geholt hatte, hatte er Nussbaum verständigt.

Nussbaum war alleine gekommen. Ranjana musterte ihn reserviert, als sie ins Wohnesszimmer kamen. Joel stellte sie einander vor, und aus ihrer zurückhaltenden Haltung wurde Ablehnung pur. Demonstrativ hielt sie sich im Hintergrund.

Nussbaum stellte Samantha Fragen zum Ablauf ihres Besuches in Arlesheim, und er sah enttäuscht aus, als sie ihm keine genaueren Angaben zur Person machen konnte.

«Mir gegenüber hast du erwähnt, es könnte Matthew gewesen sein», sagte Joel.

«Ich kann es nicht beschwören», erwiderte Samantha ausweichend. «Rückblickend kann er es durchaus gewesen sein, aber ich bin mir nicht sicher, ob er es wirklich war oder ob die Erinnerung mir einen Streich spielt.»

«Matthew? Sie meinen den Neffen von Ruedi Herzog aus Kanada?», hakte Nussbaum nach. «Welchen Grund sollte er haben, Ihnen zu folgen und Ihren Wagen zu manipulieren?»

Joels Blick war auf Samantha gerichtet und die Aufforderung, die darin lag, mehr als deutlich.

Samantha gab sich einen Ruck und berichtete vom Vorfall in Lenzburg. Allerdings liess sie die Rosenblätter auf ihrer Fussmatte aus. Am Morgen nach Matthews Übergriff hatte sie beim Verlassen ihrer Wohnung vor dem Haus einige Blütenblätter auf dem Kopfsteinpflaster gesehen. Rückblickend war es nicht erwiesen, dass jemand sie vor ihrer Wohnungstür deponiert hatte.

«Warum haben Sie ihn nicht angezeigt?», fragte Nussbaum, als sie geendet hatte. Sie senkte den Kopf, da ihr sein Blick unangenehm war. Und es war ihr unangenehm, mit ihm – einem fremden Mann – darüber zu sprechen. Sie wappnete sich, dass er mehr Details wissen wollte – wie weit Matthew gegangen und ob es zu einer Vergewaltigung gekommen war.

«Es ist nichts passiert», sagte Samantha, als Nussbaum schwieg. «Später habe ich ihn nicht mehr gesehen.»

Nussbaum lehnte sich zurück. «Wenn wir davon ausgehen, das Versagen der Bremsen bei Ihrem Vater sei auf Manipulation zurückzuführen, und nun jemand versucht hat, an Ihrem Auto herumzuschrauben, stellt sich die Frage, wer ein Motiv dazu haben könnte. Warum waren Sie überhaupt mit Herrn Gygers Wagen in Arlesheim und nicht mit Ihrem eigenen?»

«Mein Smart musste vorgeführt werden. Joel hat das übernommen, bevor er zur Arbeit gefahren ist, weil meine Schwester zu Besuch ist.»

Nussbaum machte einige Notizen und schaute zu Ranjana.

Sie führten das Gespräch auf Schweizerdeutsch, und Ranjana konnte kein Wort verstehen, was in dieser Situation unfair war.

Trotzdem war Samantha froh darüber. Über den Vorfall mit Matthew musste sie nicht Bescheid wissen.

Nussbaums Handy klingelte. Er entschuldigte sich und verliess an Samantha vorbei den Raum. Zunächst konnte Samantha, die nach wie vor neben der Tür lehnte, nur Gemurmel hören, bis Nussbaum rief: «Das ist mir egal. Ich will wissen, wer das mit der Vergiftung den Medien weitergeleitet hat!» Pause. «Ich will, dass es herausgefunden und die Person zur Rechenschaft gezogen wird. Es hat seinen Sinn, wenn wir gewisse Dinge aus ermittlungstechnischen Gründen zurückhalten.» Er senkte seine Stimme, und Samantha konnte nichts mehr verstehen.

Joel stand an der Terrassentür und schien nichts von Nussbaums Gespräch mitzubekommen.

Kurz darauf betrat Nussbaum das Wohnzimmer und steckte das Handy in die Jackentasche.

Er massierte mit Daumen und Zeigefinger die Nasenwurzel und sah dabei aus, als müsse er sich erinnern, wo sie stehen geblieben waren. «Wenn wir davon ausgehen, dass es beim Wagen Ihres Vaters Manipulation war», nahm er den Faden wieder auf, «stellt sich die Frage, wer Ihrer Familie etwas antun möchte, Herr Gyger.»

«Oder Samantha», erwiderte Joel.

«Ich glaube, es ging nicht primär um Frau Kälin. Er hat Ihren Wagen in Arlesheim gesehen und nicht den Smart.»

«Wenn ich Samantha richtig verstanden habe, ist er ihr und Ranjana gefolgt.»

Als Joel Ranjanas Namen aussprach, schoss der Kopf ihrer Schwester in die Höhe, und in ihren Augen erkannte Samantha Panik. Ihre Unterhaltung auf Schweizerdeutsch war nach wie vor unfair, und sie sollten endlich ins Englische wechseln. Bevor sie das sagen konnte, erhob sich Nussbaum.

«Ich werde mich mit Matthew Lewis unterhalten, obwohl

ich denke, dass er keine Verantwortung für die Manipulation beziehungsweise den Manipulationsversuch trägt.»

«Wieso nicht?», fragte Joel. «Kriminelle Energie hat er, wenn ich das so sagen darf. Immerhin hat er Samantha gestalkt und sie sexuell bedrängt. Seit wann ist er überhaupt in der Schweiz?»

«Er ist zwei oder drei Tage vor dem Chienbäse-Umzug angereist.»

«Drei Tage vor Ruedis Tod», sagte Samantha und biss sich im gleichen Augenblick auf die Lippen.

«Wir haben es überprüft. Er konnte zu jedem Zeitpunkt seinen Aufenthaltsort nachweisen. Ausserdem finde ich es weit hergeholt, dass er sich die Waffe von seinem Onkel nimmt, in die Wohnung von Herrn Fehr eindringt, ihn tötet und seinen Onkel erschiesst.»

Hiess das, es war erwiesen, dass Ruedi mit seinem eigenen Gewehr getötet worden war? Matthew konnte die Waffe zufällig im Keller gefunden haben, und ich würde ihm alles zutrauen, dachte Samantha, sprach es aber nicht aus.

VIERZEHN

Samantha stellte den Racletteofen auf den Tisch. Sie holte das Verlängerungskabel und legte es auf den Stuhl. Ranjana hatte sich Raclette zum Nachtessen gewünscht. Samantha war froh darüber, da sie nicht kochen musste. Immerhin waren sie den ganzen Tag in Basel im Zoo gewesen. Ausserdem war es etwas Spezielles und würde Ranjana hoffentlich schmecken. Mit dem Schweizer Essen hatte ihre Schwester Mühe. Es war ihr nicht scharf genug.

Samantha ging in die Küche und füllte den Topf mit Kartoffeln. Sie würde den Herd einschalten, wenn Joel mit Ranjana da war.

«Sie soll den Käse selber aussuchen», hatte er erklärt.

Gleich war es achtzehn Uhr. Die beiden sollten jeden Augenblick kommen. Samantha legte das gefrorene Vermicelles auf die Küchenanrichte und kehrte ins Wohnzimmer zurück. Sie liess sich auf das Sofa fallen, lehnte den Kopf nach hinten und streckte die Beine aus.

Samantha merkte, wie ihr Körper angenehm schwer wurde. Sie schloss die Augen. Es war schön, Ranjana hier zu haben, aber der Besuch war anstrengend. Wenigstens lenkte er von ihrer Stellensuche ab, und es tat gut, etwas anderes zu tun, als Bewerbungen zu schreiben oder die E-Mail-Inbox oder das Handy zu beschwören, den Eingang einer Nachricht zu vermelden, dass sie die Stelle hatte. Heute war ihr das Glück nicht hold gewesen. Das Forschungslabor in Brugg hatte eine Absage geschickt. Standardtext. Eine andere Person habe besser auf die Stelle gepasst. Wieder einmal. Den Abschlusssatz, man wünsche ihr für die Zukunft Glück, empfand Samantha allmählich wie Hohn. Dabei hatte das Labor einen Tag nach dem Vorstellungsgespräch eine Nachricht geschickt, die die Hoffnung aufkommen liess, Samantha stünde in der engeren Auswahl. Samantha hatte bereits begonnen, sich vorzustellen, wie sie die neue Herausforderung angehen würde und wie es wäre, in diesem Labor zu arbeiten.

Ein Zucken durchlief Samanthas Körper, und sie schreckte hoch. Verwirrt schaute sie sich um und brauchte einen Moment, um zu realisieren, in Joels Wohnzimmer zu sein. Es war dunkel geworden. Dunkel? Das hiess, es musste um die halb acht sein.

Wo blieben Joel und Ranjana? Samantha rappelte sich auf und schaltete das Licht ein. Sie schaute auf die Uhr und bekam einen Schreck. Nicht halb acht, sondern kurz nach drei in der Nacht. Waren Joel und Ranjana zurückgekehrt und waren, da sie Samantha schlafend vorgefunden hatten, in die Küche gegangen, um dort das Raclette zu essen, weil sie Samantha nicht wecken wollten? Unwahrscheinlich. Samantha schnupperte. Es hing kein Käsegeruch in der Luft.

Samantha ging in die Küche. Niemand befand sich darin. Der Topf mit den ungekochten Kartoffeln stand auf dem Herd, wie sie ihn zurückgelassen hatte. Das Vermicelles, das inzwischen aufgetaut war, lag weiterhin auf der Küchenanrichte. Sie blickte aus dem Fenster. In der Einfahrt stand kein Wagen. Nur ganz am Rand ihres Blickfeldes konnte sie ihren Smart sehen. Das musste nichts heissen. Joel konnte den Wagen in die Garage gefahren haben.

Samantha öffnete die Haustür. Kalter Wind schlug ihr entgegen. Das Licht der Strassenlaterne erhellte die Einfahrt. Als sie den Weg entlangging, schalteten sich die Lampen am Haus und an der Garage an. Samantha öffnete die Seitentür. Von Joels Wagen keine Spur. Samantha starrte die leere Fläche an und versuchte zu verarbeiten, was das bedeuten konnte. Ein Unfall? Bitte nicht. Samantha eilte ins Wohnzimmer, aber ihr Handy war nicht dort. Sie kehrte zur Garderobe zurück. Auch in ihrer Jackentasche und in der Handtasche fand sie es nicht.

«Wo habe ich das verflixte Ding hingetan?», murmelte sie und lief in die Küche. Samantha fand es neben der Kaffeemaschine.

Keine Nachricht. Samantha wählte. Nach dem sechsten Klingelzeichen schaltete sich die Combox ein. Samantha drückte die Wahlwiederholung. «Der Teilnehmer ist zurzeit nicht erreichbar», kam es dieses Mal gleich nach dem ersten Klingelzeichen.

Hatte Joel ihren Anruf weggedrückt?

Samantha rief WhatsApp auf. *Wo seid ihr?*, tippte sie.

Sie starrte die Nachricht an, hinter der nur ein Häkchen erschienen war. Das bedeutete, Joels Handy musste ausgeschaltet sein, da die Nachricht nicht zugestellt worden war.

Panik machte sich breit. Sollte sie die Polizei anrufen? Inzwischen war es Viertel nach drei.

Denk nach, befahl sie sich. Bestimmt sind sie oben. Schon im Bett. Aber wo war der Wagen?

Samantha rannte die Treppe in den ersten Stock hoch. Es war still. Im Arbeitszimmer war es dunkel. Sie klopfte an die Tür vom Gästezimmer. Auch hier war niemand. Die Bettdecke lag ordentlich gefaltet auf dem Bett. Samantha schaute im Badezimmer nach. Leer. Sie eilte in den Dachstock, der ausgebaut worden war und in dem sich Joels Schlafzimmer und ein Bad befanden. Weder im Bad noch im Schlafzimmer war jemand. Samantha setzte sich auf das gemachte Bett.

Waren Joel und Ranjana nach Hause gekommen und hatten beschlossen, auswärts etwas zu essen, weil sie Samantha schlafend auf dem Sofa vorgefunden hatten? Selbst in diesem Fall sollten sie längst zurück sein.

Samantha eilte in die Küche zurück und öffnete den Kühlschrank. Kein Käse.

Doch ein Unfall? Sollte sie im Spital anrufen und fragen, ob Joel und Ranjana eingeliefert worden waren? Würde man ihr Auskunft geben? Sie war nur Joels Freundin, und das lief nicht unbedingt unter Familie.

Simona! Samantha wählte die Telefonnummer von Joels Schwester.

«Ja», kam Maiks Stimme aus dem Hörer. Er klang verschlafen.

«Ist Simona da?», fragte Samantha.
«Sie schläft.»
«Sie schläft», wiederholte Samantha.
«Weisst du, wie spät es ist?», fuhr er sie an.
«Joel ist weg.»
«Ruf morgen an.»
«Maik, er ist nicht nach Hause gekommen.»
Keine Antwort, nur das Freizeichen.

FÜNFZEHN

Ein schmaler heller Streifen erschien am Horizont. Samantha starrte ihn gebannt an, wie er breiter wurde und die Sterne verblassten. Nachdem sie bei Maik abgeblitzt war, hatte sie es bei Lorena versucht. Dort hatte keiner das Gespräch entgegengenommen. Kurz hatte sie überlegt, Verena anzurufen. Bei der Vorstellung, was sie mit diesem Anruf bei Joels Mutter auslösen würde, hatte sie es lieber sein gelassen.

Seitdem verharrte sie mehr oder weniger in der gleichen Position und war nicht fähig gewesen, sich zu rühren.

Die Polizei. Du solltest die Polizei anrufen.

Würde man sie ernst nehmen? Sie dachte an die Geschichte, die ihr eine Studienkollegin erzählt hatte. Der Freund ihrer Schwester war ähnlich wie Joel am Abend nicht nach Hause gekommen. Die Polizei hatte gesagt, sie solle sich beruhigen. Er werde wiederauftauchen. Das war er – im Bett einer anderen Frau.

Der Streifen verfärbte sich rötlich. Wie lautete die Polizeinotrufnummer? Als Samantha die Nummer in den Sinn kam, klingelte das Telefon, das sie weiterhin in ihren Händen hielt. Samantha liess es vor Schreck fallen, und das Klingeln des Mobilteils verstummte. Vier weitere Klingelzeichen von der Festnetzstation, und danach herrschte Stille. Samantha kniete auf den Boden und fand den Akku. Mit der Hand tastete sie weiter den Holzboden ab. Sie fand den Deckel des Batteriefaches. Das Klingeln setzte von Neuem ein, und Samantha unterdrückte einen Fluch. Wo war das verflixte Mobilteil des Telefons hingefallen? Wenn es Joel war. Oder das Spital, das ihr mitteilen wollte, Ranjana und Joel seien eingeliefert worden. Oder die Polizei versuchte sie zu erreichen. Kam die normalerweise nicht direkt zu der Familie nach Hause, wenn sie ihnen mitteilen wollte, ihr Angehöriger sei verunglückt? Oder war das nur im Film so?

Samantha schaltete die Stehlampe neben dem Sofa ein und musste wegen des Lichtes für einige Sekunden blinzeln. Der Anrufbeantworter sprang an, und Simonas Stimme hallte durch den Raum.

«Samantha? Du hast mitten in der Nacht angerufen und Maik gesagt, Joel sei weg. Was hast du damit gemeint? Kannst du bitte zurückrufen?»

Samantha kroch weiter auf dem Boden herum und stiess sich den Kopf am Glastischchen. Sie setzte sich auf und drückte die Hand auf die Stelle oberhalb der Augenbraue. Samantha setzte ihre Suche fort, nachdem der Schmerz abgeebbt war, und entdeckte das Mobilteil unter dem Sofa. Sie legte den Akku ein und befestigte den Deckel des Batteriefaches. Das Display blieb dunkel. Samantha schüttelte den Hörer und schlug leicht mit ihm gegen ihre Handfläche. Ohne Erfolg. Sie öffnete das Fach und drehte den Akku um. Kurz flackerte Licht im Display auf, das gleich darauf erlosch.

«Mist», entfuhr es Samantha.

Das Handy. Samantha eilte zur Garderobe und durchsuchte die Taschen ihrer Jacke. Sie durchwühlte ihre Handtasche. Nichts.

Denk nach, befahl sie sich. Wo hast du es zuletzt gesehen? In der Küche.

Samantha fand es dort auf dem Küchentisch und rief Simona an. Joels Schwester nahm nach dem dritten Klingelzeichen ab.

«Hattet ihr Streit?», fragte sie.

«Nein.»

«Warum rufst du nicht von Joel zu Hause aus an?»

«Ich bin bei ihm zu Hause. Mir ist sein Telefon auf den Boden gefallen, und es funktioniert nicht mehr.»

«Was meinst du mit: ‹Er ist weg›?»

Samantha berichtete von gestern Abend und der Nacht.

«Du sagst, er habe deinen Anruf abgelehnt und danach das Handy ausgeschaltet?»

«So ist es mir vorgekommen.»

«Hast du die Polizei verständigt?»

«Ich wollte es gerade, aber ich denke, sie werden nichts unternehmen.»

«Wieso das?»

«Die Polizei wird nicht davon ausgehen, es sei etwas passiert. Immerhin ist er nur gestern Abend nicht nach Hause gekommen. Sie werden die gleiche Frage wie du stellen, ob wir Streit hatten, und ich mache mich lächerlich, wenn –»

«Ganz so ist es nicht. Es wird von Fall zu Fall beurteilt, ob Handlungsbedarf angesagt ist», sagte Simona. «In eurem Fall wird reagiert werden.»

«Glaubst du?»

«Mein Vater hatte den Unfall, und du hast jemanden überrascht, wie er in Arlesheim am Auto herumgefummelt hat.»

Woher wusste sie das? Samantha hatte nicht mitbekommen, dass Joel Kontakt mit seiner Schwester hatte und es ihr erzählt hatte.

Samantha realisierte, wie Simona weitergesprochen hatte. «Was hast du gesagt?»

«Hast du im Spital nachgefragt?»

«Ich bin keine direkte Angehörige. Daher bezweifle ich, dass sie mir Auskunft geben würden.»

«Ranjana ist deine Schwester.»

Natürlich! Samantha kam sich dumm vor. Sie fragte sich, ob Ranjana ihre Ausweispapiere mitgenommen hatte.

«Ich komme zu dir», sagte Simona.

«Was ist mit Nico?»

«Den kann Maik übernehmen. Das ist das Mindeste, das er tun kann, nachdem er dich so schroff abgewiesen hat. Seine Begründung, er sei hundemüde vom Flug, von dem er gestern spät heimgekehrt war, lasse ich nicht als Entschuldigung gelten.»

Samantha eilte ins Gästezimmer und fand Ranjanas Handtasche auf dem Nachttisch. Als sie diese durchsuchte, fiel ihr der Pass in die Hände. Falls sie einen Unfall gehabt hatten, würde das ihre Identifizierung erschweren. Joel würde sicher Auskunft geben können, wenn er ansprechbar war. Inzwischen ging Samantha nicht davon aus, sie hätten einen Unfall gehabt. Sonst hätte Joel ihren Anruf nicht ablehnen und gleich darauf das Handy abschalten können.

Langsam begann durchzusickern, was dies bedeuten konnte. Jemand anderer musste im Besitz von Joels Handy sein. Wieso nahm diese Person das Gespräch nicht entgegen? Samantha selbst hatte einmal ein Handy gefunden. Es hatte plötzlich geklingelt. Samantha hatte das Gespräch entgegengenommen und der erstaunten Frau am anderen Ende erklärt, wie sie in den Besitz des Handys gekommen war. Der Besitzer war dankbar gewesen und hatte ihr einen Gutschein für ein Nachtessen in einem Restaurant geschickt.

Die Frage war, ob jeder Finder so ehrlich war, falls Joel das Handy verloren hatte. Wo sollte er es verloren haben? Vor dem Käseladen? Das passte alles nicht zusammen. Draussen wurde es heller, und Samantha konnte an der Farbe des Himmels erkennen, dass es ein sonniger Tag werden würde.

Das Klingeln an der Haustür liess Samantha zusammenfahren. Sie eilte die Treppe nach unten und fand Simona vor.

«Ich habe im Spital angerufen. Joel ist nicht eingeliefert worden», sagte sie anstelle einer Begrüssung. «Von einer Inderin haben sie nichts gewusst. Ausserdem habe ich mit Herrn Nussbaum gesprochen. Er hat versprochen, gleich zu kommen.»

Nussbaum. Ihn hätte Samantha selbst anrufen können.

Es klingelte ein zweites Mal.

«Ich übernehme das», sagte Simona und kehrte mit Nussbaum ins Wohnzimmer zurück. Die Art, wie die beiden miteinander sprachen, legte die Vermutung nahe, das Verhältnis der beiden sei eins auf freundschaftlicher Ebene. Samantha meinte sich zu erinnern, dass Simona erzählt hatte, weiterhin Kontakt zu Nussbaum zu haben, und sie und Maik seien bei Nussbaum und seiner Frau zum Essen eingeladen gewesen.

Zum zweiten Mal schilderte Samantha, wie Joel und Ranjana losgezogen und nicht mehr zurückgekehrt waren.

«Hatten sie ausser dem Einkauf etwas anderes unternehmen wollen?»

«Nein. Wir wollten uns einen gemütlichen Abend machen und Raclette essen.» Samantha schaute zu dem nach wie vor gedeckten Tisch.

«Zusätzlichen Besuch haben Sie keinen erwartet?»

Samantha verneinte.

«Haben sich Herr Gyger und Ihre Schwester gestern seltsam verhalten? Ich meine, fällt Ihnen rückblickend etwas ein, das seltsam gewesen sein könnte?»

Auf diese Idee war Samantha bisher nicht gekommen. Sie durchforstete ihr Gedächtnis, konnte aber nichts feststellen. Sie schilderte ihren Tagesablauf und ein weiteres Mal das, was sie in den Tagen davor unternommen und für die nächsten Tage geplant hatten.

Sie wies auf Matthew hin, als Nussbaum fragte, wer Interesse haben könnte, dass Joel nicht mehr nach Hause kam.

«Kollegen haben bereits mit ihm gesprochen. Wir werden wohl oder übel ein weiteres Mal mit Herrn Lewis reden müssen.»

«Was hat er gesagt, als Sie ihn auf die Manipulationsversuche an dem Wagen angesprochen haben?», fragte Simona. Sie war tatsächlich über alles informiert.

«Er konnte nachweisen, zu diesem Zeitpunkt nicht in Arlesheim gewesen zu sein. Ich muss zugeben, es weiterhin für unwahrscheinlich zu halten, er könnte der Mann gewesen sein.»

«Wie hat er reagiert, deswegen verdächtigt zu werden?», hakte Simona nach.

Nussbaum schaute sie lange an, und Samantha war überzeugt, er werde darauf keine Antwort geben. Sie war daher erstaunt, als Nussbaum antwortete: «Sein Ärger war nicht zu übersehen.» Er blickte in Samanthas Richtung, und sie wusste, Matthews Wut auf sich gezogen zu haben. «Ich glaube nicht, dass er sich zu unüberlegten Handlungen verleiten lassen wird. Er ist ortsfremd und hat keine Kontakte, von seiner Tante abgesehen. Das macht es für ihn schwer, solche Taten begangen zu haben oder in Zukunft zu begehen. Allerdings ist das meine persönliche Meinung.»

Samantha war anderer Ansicht. Er hatte es geschafft, sie in Lenzburg anzutreffen, und sie war inzwischen davon überzeugt, er war ihr gefolgt. Aber sie schwieg. Sie hatte Matthew abblitzen lassen, und er musste das Gefühl haben, sie habe die Polizei auf ihn gehetzt.

«Gibt es etwas ausser Herrn Lewis, das Ihnen, wie soll ich sagen, seltsam erschienen ist?», fragte Nussbaum weiter.

«Gestern? Nein.» Samantha überlegte, ob sie Nussbaum erzählen sollte, was sie ihm vorgestern verschwiegen hatte: Wie sie das Gefühl gehabt hatte, von Arlesheim nach Liestal verfolgt zu werden. Mehrfach hatte sie in den Rückspiegel geschaut. Sie hatte keinen Wagen ausmachen können, der ihnen bis nach Liestal gefolgt war. Es musste Einbildung gewesen sein und würde nur Verwirrung stiften. Verwirrung, die sich als hinderlich erweisen würde.

«Und in den Tagen davor? Haben Sie beispielsweise Ihrer Aussage zu dem Vorfall in Arlesheim etwas hinzuzufügen, weil Ihnen nachträglich etwas eingefallen ist?» Nussbaum musste hellseherische Fähigkeiten haben, was ihre Gedanken betraf.

«Ein älteres Ehepaar ist vorbeigekommen und hat mich gefragt, was passiert sei. Sie meinten, in den vergangenen ein oder zwei Monaten sei es ein- oder zweimal vorgekommen, dass jemand auf diesem Parkplatz Autos habe knacken wollen. Er sagte, die Polizei vermute eine Bande aus Osteuropa. Ich denke, mein Wagen war zufällig ausgewählt worden, und das Ganze hat nichts mit Joels und Ranjanas Verschwinden zu tun.» Das traf bestimmt nicht auf den Mann zu, den sie überrascht hatte. Wenn er das Auto hatte stehlen wollen, hätte er nicht unter den Wagen kriechen müssen.

«Überlassen Sie uns das», sagte Nussbaum.

«Ausgerechnet ein Smart», mischte sich Simona ein. «Nichts gegen dein Auto, das ich praktisch finde. Aber als Autodieb würde ich ein teureres Modell bevorzugen.» Sie wusste offenbar nicht alles.

«Ich war mit Joels Auto dort.»

«Okay, das ändert einiges.»

Nussbaum sah irritiert aus. «Der Audi ist nicht Ihr Wagen?»

«Es ist Joels Geschäftswagen.»

In Nussbaums Gesicht arbeitete es. Er schlug sein Notizbuch auf und überflog einige Zeilen. «Mein Fehler, ich habe das falsch aufgeschrieben.» Er strich etwas durch und machte Notizen. «Können Sie mir bitte das Kennzeichen geben, damit ich es weiterleiten kann?»

«BL 35... keine Ahnung, wie weiter.» Samantha hatte grundsätzlich Mühe, sich die lange Ziffernfolge der Autokennzeichen zu merken. Sie konnte nicht einmal die Nummer ihres eigenen Wagens nennen.

Nussbaums Blick wanderte zu Simona.

«Ich weiss es auch nicht», sagte sie.

«Gibt es ein besonderes Merkmal an dem Wagen?»

«Sie meinen eine Beule oder einen Kratzer oder etwas in dieser Art?», fragte Samantha.

«Zum Beispiel.»

«Nicht dass ich wüsste. Joel hat den Wagen vor ungefähr zweieinhalb Jahren bekommen, kurz nachdem er bei Aare-Pharm angefangen hat. Es handelte sich damals um einen Neuwagen.»

«Ich werde bei der Firma nachfragen», sagte Nussbaum. Er legte den Stift in das Notizbuch und klappte es zu. «Ich werde die notwendigen Massnahmen in die Wege leiten und mich bei Ihnen melden, sobald ich Neuigkeiten habe. Wo wollte Herr Gyger das Raclette kaufen?»

«Im Milch Hüsli. Sie haben eine grosse Auswahl.»

Samantha blieb sitzen, als Simona Nussbaum nach draussen begleitete. Sie hörte das Gemurmel der beiden, die sich offenbar bemühten, leise zu sprechen, damit Samantha die Worte nicht verstand. Zweifel schoben die Zuversicht, die sich mit Nussbaums Erscheinen eingestellt hatte, zur Seite. Gehörten Vermisstenfälle überhaupt zu seinem Arbeitsbereich? Er hatte mit den beiden Morden genug zu tun. Soweit Samantha wusste, waren sie hier keinen Schritt weitergekommen. Simona musste der Grund sein, weshalb er sich der Sache annahm. Sie dachte an Nussbaums betont unbeteiligt wirkende Miene, während er sie befragt hatte. Auf einmal hatte Samantha das Gefühl, Joels und Ranjanas Verschwinden würden in Nussbaums Augen keine Priorität haben.

Samantha wurde unruhig. Sie würde nicht untätig herumsitzen können.

***

Samantha fand gegenüber dem Milch Hüsli ein freies Parkfeld. Sie stieg nicht gleich aus, sondern blickte sich um. Bereits zweimal war sie mit Joel hier gewesen. Einmal hatten sie Raclette und einmal Käsefondue gekauft. Sie erinnerte sich, wie schwer ihr die Wahl gefallen war. Ihre Favoriten waren der Trüffel-, Lavendel- und der Wildkräuterkäse gewesen.

Zwei Frauen kamen gerade aus dem Geschäft und hielten einem älteren Mann die Tür auf, der den Laden betrat. Ein dunkelgrüner Kombi fuhr an Samantha vorbei – offensichtlich auf der Suche nach einem freien Parkplatz. Am Ende der Strasse bog er in die Amtshausgasse ab und verschwand aus Samanthas Blickfeld.

Sie stieg aus. Bevor sie sich im Laden nach Joel erkundigte, wollte sie schauen, ob sie seinen Wagen entdeckte, da sie annahm, er war direkt zum Laden gefahren und hatte ihn hier abgestellt. Es war nicht die Rede davon gewesen, mit Ranjana durch die Altstadt zu spazieren.

Samantha lief den Zeughausplatz entlang, bog links in die Kanonengasse ein und folgte ihr, bis sie in die Zeughausgasse überging. Beim Museum.BL folgte sie dem Strassenverlauf links, bog links in den Zeughausplatz ab und stand wieder vor der Chesi. Von Joels Wagen keine Spur.

Samantha fragte sich, ob er überhaupt hier gewesen war, und hoffte, im Milch Hüsli würde ihr jemand dazu Auskunft geben können.

Samantha betrat den Laden und ging zur Käsetheke, hinter der ein Mann stand und sie freundlich grüsste.

«Was darf ich Ihnen geben?», fragte er.

«Ich bin mit einem anderen Anliegen hier», sagte Samantha und holte ein Foto von Joel und Ranjana hervor, das sie ausgedruckt hatte, bevor sie losgezogen war.

Der Mann warf einen kurzen Blick auf die beiden Bilder. «Ihre Kollegen waren vor», er machte eine kurze Pause, «zwei oder drei Stunden hier.»

Samantha wurde heiss. Nussbaum hatte wie versprochen sofort Untersuchungen in die Wege geleitet. Sie sollte es also lieber der Polizei überlassen und überlegte, wie sie einen guten Abgang hinbekommen konnte.

«Ich wollte gerade anrufen, da mir noch was eingefallen ist.»

«Was ist Ihnen in den Sinn gekommen?», fragte Samantha und steckte die Bilder ein. Sie wollte sich nicht ausmalen, was passierte, wenn Nussbaum erfuhr, was sie hier tat.

«Sie sind in einen dunkelblauen Wagen eingestiegen, der dort parkiert war.» Er wies auf Samanthas Smart. Durch die grossen Fenster hatte man einen guten Blick auf die Gasse.

«Obwohl, das stimmt nicht ganz», fuhr der Mann fort. «Bevor der Mann eingestiegen ist, wurde er von einem anderen angesprochen. Das hatte ich ebenfalls vergessen, als Ihre Kollegen mich befragt haben.»

Samantha bekam weiche Beine und hätte sich am liebsten gesetzt. «Können Sie den Mann beschreiben?»

«Schlank oder besser drahtig. Graue, kurze Haare, wenn ich mich nicht täusche. Er ist mit einem anderen Mann gekommen, der dunkelblond, gross und schlank war. Allerdings hat dieser sich von dem Grauhaarigen verabschiedet und ist eilig davongegangen, als der, nach dem Sie sich erkundigt haben, den Laden verliess.»

Zwei Männer. Einer dunkelblond und gross. Das traf auf viele Männer zu. Samantha konnte nicht verhindern, dass Matthew vor ihrem inneren Auge auftauchte.

Inzwischen hatten Joel und Matthew sich kennengelernt. Joel hatte mit seiner Mutter am Samstag seinen Vater im Spital besucht. Regula und Matthew waren ihnen vor dem Eingang begegnet. Gemäss Joel hatten sie nicht mehr als einen kurzen Gruss gewechselt. Es würde also passen, wenn Matthew die Flucht ergriffen hatte, als er Joel erblickte. Wer war der grauhaarige Mann? Matthew war erst seit ungefähr zwei Wochen in der Schweiz. Er konnte jemanden kennengelernt haben, der bereit war, ihm zu helfen. Wie wahrscheinlich war das? Hatte Matthew aktiv gesucht und Geld angeboten? Versteife dich nicht nur auf diese eine Möglichkeit, ermahnte sie sich.

«Hatten Sie das Gefühl, die beiden würden sich kennen, oder wirkte es eher, als hätte der Mann zum Beispiel nach dem Weg gefragt?»

«Erstes. Sie haben einander die Hände gereicht und sich eine Weile unterhalten.»

«Hatten Sie das Gefühl, die beiden führten ein normales Gespräch, oder sah es nach einem, wie soll ich sagen, Konflikt aus?»

«Genau habe ich nicht darauf geachtet, da eine Kundin den Laden betreten hat.»

Ging es zu weit, wenn sie fragte, ob er die Kundin persönlich kannte und ob er ihr sagen konnte, wer sie war und wo sie wohnte? Die letzte Angabe würde er aus Datenschutzgründen nicht machen, nahm Samantha an. Oder würde er das tun, weil er davon ausging, Samantha sei Polizistin? Besser, sie liess es nicht darauf ankommen.

«Ohne etwas hineininterpretieren zu wollen, für mich verhielten die beiden sich normal. Sie haben einander zum Abschied die Hände gereicht, und er ist in den Wagen zu der Frau eingestiegen.»

«Wie haben die beiden sich bei Ihnen im Laden verhalten?», fragte Samantha. «Waren sie beispielsweise angespannt und haben sich wiederholt umgeschaut?»

«Weder noch. Der Mann hat der Frau auf Englisch die Käsesorten erklärt, und sie haben sich beraten, welchen sie nehmen wollen. Das nehme ich zumindest an. Die Unterhaltung, die sie geführt haben, kann ich nicht wiedergeben, da ich so gut wie kein Englisch verstehe. Dabei machten sie einen gelösten und entspannten Eindruck.» Er musterte Samantha. «Die Frau hatte eine gewisse Ähnlichkeit mit Ihnen», sagte er, und Samanthas Herz setzte einen Schlag aus. Wenn er erfuhr, dass sie keine Polizeibeamtin war und Nussbaum über ihre Nachforschungen informierte, wollte sie sich nicht ausmalen, was passierte.

«Entschuldigung. Ich wollte Ihnen nicht zu nahe treten.»

«Kein Problem.» Samantha zwang sich zurückzulächeln. «Was geschah, nachdem der Mann in den Wagen gestiegen war? Sind sie normal weggefahren?»

«Ja.»

«Ist ihnen ein anderer Wagen gefolgt?»

«Nein», antwortete der Mann. «Oder besser, ich weiss es nicht. Nachdem sie abgefahren waren, parkierte ein anderer Wagen in der Parklücke. Das ist alles, woran ich mich erinnere. Wie gesagt, ich hatte eine Kundin.»

Obwohl er sich mit der Kundin beschäftigt hatte, konnte er viele Details liefern. Samantha verkniff es sich, dies anzumerken. Sie bedankte sich und verabschiedete sich.

Samantha schloss die Haustür und blieb im Gang stehen. Es war ruhig. Zu ruhig, um von der Angst um Joel und Ranjana abzulenken, die sich mehr und mehr vertiefte, seit sie von der Chesi abgefahren war.

Sie hatte überlegt, wie sie Nussbaum die Information weiterleiten konnte, die sie erhalten hatte. Sie konnte kaum sagen, eigene Ermittlungen getätigt zu haben, um ihn zu unterstützen.

Die Türklingel liess Samantha zusammenfahren, und sie machte vor Schreck einige Schritte von der Haustür weg.

Er muss den sechsten Sinn haben, dachte sie, als sie Nussbaum in Begleitung von Molina draussen vorfand.

Sie bat die Beamten ins Haus und führte sie zum Wohnesszimmer.

«Darf ich Ihnen etwas zu trinken anbieten?», fragte sie und hoffte, die beiden Männer bemerkten ihre Nervosität nicht.

Die Beamten lehnten ab. Ihre Mienen waren ernst, und Samantha machte sich innerlich auf schlechte Neuigkeiten gefasst.

«Wir haben Herrn Gygers Wagen gefunden», sagte Nussbaum, nachdem Samantha sich ihnen gegenübergesetzt hatte.

«Wo?», stiess Samantha hervor.

«Auf dem Park and Rail Parking.»

Samantha musste ihn verständnislos angesehen haben.

«Bei der Sichternstrasse in der Nähe vom Bahnhof», präzisierte Nussbaum, aber Samantha hatte weiterhin kein Bild vor Augen.

«Mit dem Auto ...» Fragend schaute er Samantha an. Sie nickte. «... fahren Sie durch die Unterführung die Oristalstrasse entlang, die unter den Bahnlinien durchgeht, und biegen danach rechts ab. Der Parkplatz ist direkt am Gleis beim Bahnhof.»

Nun wusste Samantha ungefähr, wo. Dort war sie mehrmals vorbeigefahren.

«Einem von unserer Streife, die dort vorbeigekommen ist, ist der Wagen aufgefallen.»

Erneut bekam Samantha ein schlechtes Gewissen, weil sie Nussbaum unterstellt hatte, sich nicht intensiv genug mit Joels und Ranjanas Verschwinden zu beschäftigen. Dabei hatte er gleich den Verkäufer in der Chesi befragt und die Beschreibung von Joels Wagen weitergegeben.

«Was ist mit Joel und Ranjana?», fragte Samantha.

«Sie waren nicht in dem Wagen.»

Samantha liess die Luft entweichen, die sie angehalten hatte.

«Das Einzige, das wir gefunden haben, waren der Raclettekäse, das Portemonnaie und das Handy von Herrn Gyger. Der Wagen wird nun auf weitere Spuren untersucht. Ausserdem hoffen wir, jemand kann uns Hinweise geben, was geschehen ist, nachdem Herr Gyger die Käserei verlassen hat.»

Sie musste dringend einen Weg finden, Nussbaum das zu berichten, was sie vom Verkäufer erfahren hatte.

«Wir haben vorhin mit dem Verkäufer von der Chesi noch mal gesprochen», sagte er.

Er musste dort gewesen sein, kurz nachdem Samantha gegangen war. Nicht auszudenken, was geschehen wäre, wenn er sie bei ihren eigenmächtigen Ermittlungen angetroffen hätte. Immerhin hatte sich ihr Problem gelöst. «Ihm ist eingefallen, wie Herr Gyger mit einer Person gesprochen hat, nachdem er den Laden verlassen hatte.» Nussbaum holte sein Notizbuch hervor und las die Personenbeschreibung Samantha vor. «Mir ist klar, wie vage die Beschreibung ist. Kennen Sie eventuell jemanden, auf den sie zutreffen könnte?»

«Der jüngere Mann könnte Matthew sein», rutschte es Samantha heraus.

«Mit ihm haben wir gesprochen. Er war gestern um diese Zeit nicht in der Altstadt oder in der Nähe der Chesi.» Sie sollte endlich aufhören, Matthew hinter allem zu vermuten. Immerhin hatte sie ihn seit dem Zwischenfall in Lenzburg nicht mehr gesehen.

«Der Mann von der Chesi hat ausserdem gesagt, unsere Kollegin habe bereits Rückfragen gestellt, kurz bevor wir gekommen sind. Er wunderte sich, weil wir keine fünf Minuten später auftauchten und die gleichen Fragen stellten.» Samantha wurde es heiss. «Die Beschreibung war recht detailliert.» Sein Blick intensivierte sich, und Samantha senkte den Kopf. «Ich bitte Sie, uns unseren Job machen zu lassen und sich in Zukunft nicht einzumischen, obwohl ich nachvollziehen kann, wie schwer es ist, untätig herumzusitzen, und dass Sie so schnell wie möglich Klarheit haben möchten.»

***

Verena stellte einen Tee vor Samantha auf den Küchentisch und setzte sich ihr gegenüber. Inzwischen war es halb zwei am Nachmittag. Verena hatte angerufen und sie gefragt, ob sie nicht vorbeikommen wolle. Beat sei immer noch im Spital und würde vermutlich am Wochenende entlassen werden. Sein Allgemeinzustand hatte sich gebessert. Der Schwindel war verschwunden, und der Blutdruck war nicht mehr so hoch. Die Ärzte wollten sichergehen, ob es so blieb. Den Grund für den hohen Blutdruck und die Schwindelattacken hatte man nicht herausgefunden.

«Herr Molina hat mir Bescheid gegeben», sagte sie. «Warum hast du mich nicht angerufen?»

«Es war drei Uhr in der Nacht.» Und viel hättest du nicht tun können, fügte Samantha im Stillen an.

«Aber gleich am Morgen. Du weisst, ich bin oft früh wach.» Das stimmte. Verena hatte sich öfter beklagt, häufig zwischen vier und fünf Uhr morgens zu erwachen und nicht mehr schlafen zu können.

«Ich wollte erst mit Simona besprechen, was wir am besten machen», sagte Samantha und war sich bewusst, wie lahm das klang.

«Ich habe einen riesigen Schrecken bekommen, als Herr Molina mit Herrn Gfeller von der Polizei gegen halb neun Uhr auftauchte.»

«Wer ist Herr Gfeller?», fragte Samantha.

«Das ist einer der Beamten der Polizeistreife, die Joels Wagen gefunden haben.» Verena streute Zucker in ihren Tee und rührte. «Die beiden fragten mich, ob ich eine Erklärung habe, wieso Joel untertaucht. Stell dir das mal vor! Herr Molina meinte, es bestünde der dringende Verdacht, Joel habe sich mit deiner Schwester abgesetzt!» Sie legte den

Löffel neben die Tasse und schlug mit der flachen Hand auf den Tisch.

Samantha war ausserstande, etwas zu erwidern. In ihrer Gegenwart hatte Nussbaum nichts in diese Richtung erwähnt, und sie fragte sich, wieso er von dieser Möglichkeit ausging.

«Sie unterstellen ihm, in krumme Dinge verwickelt zu sein», fuhr Verena fort.

«Bei mir hat es anders geklungen», schaffte Samantha es endlich zu sagen.

«Vermutlich haben sie das Gefühl, du wüsstest etwas oder steckst mit drin, wenn ich das richtig deute, was zwischen den Zeilen herauszuhören war. Herr Molina hat mich gefragt, welche Gründe du haben könntest, dass du erst am nächsten Morgen angerufen hast. Oder besser, nicht die Polizei verständigt hast, sondern den Weg über Simona gewählt hast.»

«Was?» Meinte Verena die gleichen Beamten, die mit ihr gesprochen hatten? Samantha hatte das Gefühl gehabt, sie machten ihre Arbeit professionell. Von aussen betrachtet würde sie rückblickend sagen, sie waren verständnisvoll mit ihr umgegangen. Bis jetzt hatte sie nie das Gefühl gehabt, Nussbaum unterstelle Joel, sein Verschwinden inszeniert zu haben, oder ihre Beteiligung daran. Die These, die Verena erzählte, rückte ihre Einmischung in die Polizeiarbeit in ein anderes Licht. Es konnte durchaus eine Taktik von Nussbaum sein, sie nicht spüren zu lassen, dass sie verdächtigt wurde.

«Er sollte lieber andere Gründe suchen. Immerhin hatte Beat diesen mysteriösen Unfall, bei dem immer noch nicht geklärt ist, ob jemand Wasser in die Bremsflüssigkeit gemischt hat oder ob es dafür einen anderen Grund gibt.» Nicht nur für die Manipulationen an Beats Auto, dachte Samantha und fragte sich, ob Verena von dem Vorfall in Arlesheim wusste. Sie entschied sich dagegen, es ihr zu erzählen.

Verena hatte sich in Rage geredet. So kannte Samantha Joels Mutter nicht. «Es könnte ein Zusammenhang zwischen dem Unfall und dem Verschwinden von Joel und deiner Schwester bestehen. Ich habe ihm gesagt, er solle besser die Variante

Entführung ins Auge fassen, anstatt wilde Mutmassungen anzustellen.» Verenas Gesicht war gerötet. «Sie sollten lieber ihre Arbeit machen.»

«Wer sollte Joel etwas antun wollen?», fragte Samantha und versuchte damit Verenas Redeschwall zu unterbrechen.

Wiederholt war Samantha die in Frage kommenden Personen durchgegangen. Ausser Matthew kam ihr keiner in den Sinn. Und auch das war für sie zu weit hergeholt. Ihre Gedanken drifteten zum Mord an Ruedi und an dem Arzt. Samantha hatte das Gefühl, etwas werde von der Polizei übersehen, konnte aber nicht sagen, was.

«Frage mich nicht», war Verenas Antwort. «Für mich ist klar, alles hängt zusammen.»

«Was meinst du mit ‹alles›? Beats Unfall und was sonst?»

«Ruedis Tod und der von Dr. Fehr.»

«Dem Arzt?»

«Ja, von dem, der beim Chienbäse in der Wohnung in der Altstadt ermordet worden ist.» Offenbar war Samantha nicht die Einzige, die in diese Richtung dachte.

«Das ist Simonas Gynäkologe», sagte Samantha. «Kennst du ihn?»

«Ja, er ist ebenfalls mein Arzt. Ein netter Mensch. Wir nannten ihn den Professor.»

«Wieso das?»

«Er hatte seine Brille immer vorne auf der Nasenspitze und sah dabei mit seinen widerspenstigen Haaren wie ein zerstreuter Professor aus, den nichts aus der Ruhe bringen konnte. Er war einer der wenigen Ärzte, die Zeit für ihre Patienten hatten und deren Anliegen ernst nahmen. Er hat mir sogar das Leben gerettet.»

«Wovon sprichst du?»

«Joels Geburt war nicht einfach. Es hat Komplikationen gegeben. Zum Glück hatte Dr. Fehr an dem Tag Dienst im Spital. Wäre er nicht gewesen, wäre es mit uns beiden nicht so glimpflich ausgegangen.» Verena nahm den Löffel in die Hand und rührte damit im Tee. «Wenn du mit Joel zusammenziehst und auf der Suche nach einem neuen Arzt gewesen wärst, hätte ich ihn dir empfohlen.» Verena starrte eine Weile in ihre Tasse. «Ich weiss nicht, wie die Mutter von Dr. Fehr mit diesem neuen Schicksalsschlag umgehen wird. Erst vor einem halben Jahr ihr Mann und nun der Sohn.»

«Was ist mit dem Vater von Dr. Fehr?»

«Bauchspeicheldrüsenkrebs. Die Schmerzen waren am Ende schlimm, und er hat Exit gewählt.» Sie rührte weiter in ihrem Tee, und das Klacken des Löffels in der Tasse war für mehrere Sekunden das einzige Geräusch in der Küche.

«Kannten Ruedi oder Regula Dr. Fehr?», fragte Samantha.

«Regula hat einen anderen Gynäkologen, wenn du das meinst.»

«Kennen sie sich privat?»

«Privat haben weder sie noch wir etwas mit den Fehrs zu tun. Warum fragst du?»

«Nur so.» Falls es einen Zusammenhang gab, mussten sie in Samanthas Augen einander kennen. Nicht unbedingt, musste sie gleich darauf einräumen. Es gab andere Möglichkeiten.

«Ruedi war Elektriker, richtig?», fragte sie.

«Ja, und Regula hat als kaufmännische Angestellte in einer Bank gearbeitet.»

Das hatte Verena schon mal erklärt. Der Beruf als mögliche Verbindung schied also definitiv aus.

«Warum fragst du?», wiederholte Verena. «Wegen möglicher Verbindungen von Ruedis Tod und dem von Dr. Fehr?»

Samantha schwieg.

«Wenn du keine Stelle findest, solltest du dir überlegen, zur Polizei zu gehen. Immerhin stellst du die besseren Fragen als diese beiden unfähigen Männer.»

Lassen Sie uns den Job erledigen, hallte Nussbaums Stimme in Samanthas Kopf wider. Sie war sich bewusst, mit einem Rüffel davongekommen zu sein. Sollte es ein weiteres Mal vorkommen, würde es bestimmt Konsequenzen haben. Sie konnte nicht anders. Erst recht nicht, wenn die Joel betreffenden Unterstellungen stimmten. Wenn die Polizei falsche

Vermutungen anstellte, konnte es Joel und Ranjana zum Verhängnis werden.

***

«Das ist wirklich die Höhe», ereiferte sich Simona laut. Samantha musste den Hörer ein Stück vom Ohr weghalten.

Gegen halb vier war sie zu Joels Haus zurückgekehrt. Sie hatte Simona angerufen, um in Erfahrung zu bringen, ob es stimmte, was Verena über Nussbaums Verdacht erzählt hatte.

«Diese Unterstellungen sind eine Frechheit. Wie kommen sie auf die Idee, Joel habe Dreck am Stecken und sei daher untergetaucht? Die wichtige Frage, was er getan haben sollte, konnten sie natürlich nicht erklären.» Ein hörbares Ein- und Ausatmen folgte und verschaffte Samantha die Zeit, endlich etwas zu sagen.

«Könnten sie etwas in Joels Auto gefunden haben?»

«Fängst du nun auch damit an!»

«Nein. Ich meine, der Entführer könnte etwas im Auto deponiert haben, was den Schluss zulässt, Joel habe etwas Kriminelles getan.»

«Wieso sollte das jemand tun? Hat Joel in der letzten Zeit von Problemen gesprochen? Ist er jemandem auf die Füsse getreten? Hat er erwähnt, bedroht worden zu sein? Privat oder geschäftlich?»

«Nicht dass ich wüsste.» Samanthas Gedanken schweiften zur Situation, die bei AarePharm herrschte. War es im Rahmen des Verkaufsprozesses zu Schwierigkeiten gekommen? Hatte Joel Lisa Bürgi widersprochen oder sonst etwas getan, das ihren Unmut oder den einer anderen Person auf ihn gelenkt hatte? Das konnte nicht der Grund für Joels Verschwinden sein, auch wenn die Situation in Egerkingen extrem unschön war. Oder doch?

«Er könnte es dir gegenüber verheimlicht haben», sagte Simona. Das wollte Samantha ebenfalls nicht glauben. «Hat er sich in der letzten Zeit verändert?»

«Nein. Dir gegenüber?»

«Auch nicht. Du siehst ihn öfter.»

«Kannst du etwas herausfinden?»

«Ich? Wo?»

«Bei der Polizei. Bei deinen ehemaligen Kollegen.»

«Sammy!», rief Simona.

«Bitte.»

«Das würde wenig nützen. Ich war in Rheinfelden stationiert. Das gehört zum Aargau und nicht zum Baselbiet.»

Das Gefühl, das sie gehabt hatte, als sie Simona mit Nussbaum zusammen gesehen hatte, kam in ihr auf. Samantha war hin- und hergerissen, ob sie Simona auf das Verhältnis zu Nussbaum ansprechen sollte. Sie entschied sich dagegen, da sie davon ausging, einen neuen Wutausbruch zu riskieren, der nicht förderlich für ihre Diskussion war.

«Keine Chance?», fragte Samantha. «Es muss für dich möglich sein, etwas in Erfahrung zu bringen.»

«Lass mich mal überlegen», sagte Simona. «Ich melde mich bei dir. Mach dir aber keine zu grossen Hoffnungen.»

Sie verabschiedeten sich. Samantha blieb mit dem Hörer auf dem Sofa sitzen und starrte ins Leere. Die Stille im Haus war erdrückend.

«Joel, wo bist du?», flüsterte sie.

Da sie alleine war und nicht durch ein Telefongespräch abgelenkt wurde, konnte sich die Angst ungehindert in den Vordergrund drängen. Lebten Joel und Ranjana überhaupt noch? Denk nicht darüber nach, befahl Samantha sich und lenkte ihre Gedanken in eine andere Richtung. Warum wurden Joel und Ranjana zusammen entführt? War Ranjana zum falschen Zeitpunkt am falschen Ort gewesen? Eine Möglichkeit.

Es gab eine andere, die Samantha erschreckte. Dem Verkäufer in der Chesi war es aufgefallen – die Ähnlichkeit zwischen ihnen. Hatte der Entführer Ranjana mit Samantha verwechselt? Ranjana und Samantha ähnelten einander von den Gesichtszügen, obwohl Ranjanas Teint um einiges dunkler war als ihrer und ihre Augen fast schwarz waren. Der Täter konnte durchaus auf die Schnelle hin sie mit Samantha verwechselt haben.

Was würde geschehen, falls das so war? Würde der Täter Ranjana töten und alles daransetzen, Samantha in seine Gewalt zu bringen? Samantha unterdrückte die aufsteigende Panik, die dieser Gedanke auslöste.

Könnte eine Verwechslung der Grund für das Ausbleiben einer Forderung vonseiten der Entführer sein? Samantha dachte an ihr Gespräch mit Nussbaum. Er hatte eine eventuelle Lösegeldforderung erwähnt und Samantha gebeten, sich sofort zu melden. Ausserdem hatte er versprochen, jemanden für eine Fangschaltung vorbeizuschicken. War das nicht geschehen, weil er inzwischen davon ausging, Joel könnte in dunkle Geschäfte verwickelt sein? In einem solchen Fall würde in Samanthas Augen eine Fangschaltung ebenso Sinn machen.

Auf einmal wurde Samantha heiss. Der Entführer konnte auch anders mit ihr in Kontakt treten. Über den Festnetzanschluss in ihrer Lenzburger Wohnung.

***

Samantha liess das Handy auf ihren Schoss sinken. Nachdem sie gegen achtzehn Uhr auf eins der Parkfelder des Seifiparkplatzes gefahren war, hatte ihr Handy geklingelt. Sie hatte einige Sekunden gebraucht, bis sie verstanden hatte, wer am anderen Ende gewesen war. Die Personalchefin des kleinen Kosmetikunternehmens in der Nähe von Liestal, das unter anderem Bodylotionen, Gesichts- und Sonnencremen herstellte, bat sie um ein zweites Vorstellungsgespräch. Samantha war wie in Trance, als das Handy ein zweites Mal geklingelt hatte. Dieses Mal war es der Personalchef des privaten Labors – wie das Kosmetikunternehmen in Liestal ansässig –, der sie ebenfalls um einen neuen Gesprächstermin gebeten hatte. Samantha starrte das Handy in ihrer Hand an. Sie konnte es nicht glauben. So weit war sie bisher nie gekommen. Das Schöne war, beide Stellen hatten interessant geklungen, und Samantha konnte sich vorstellen, in beiden Betrieben zu arbeiten. Obwohl es für sie ein Umlernen bedeutete und sie berufsbegleitende Fortbildungen machen musste. Beide Firmen waren nicht gross, und alles hatte daher familiär gewirkt. Ein weiterer Pluspunkt, wie sie fand. Besonders nach den Jobs in grösseren Unternehmen wie in Lausanne und bei AarePharm.

Lorena hatte ihr einmal gesagt, am Ende würde sie die Qual der Wahl haben und sich entscheiden müssen. Halt, dachte sie. Noch hast du keine Stelle. Bestimmt war sie nicht die Einzige, sondern es gab zwei oder drei weitere Bewerber, die aufgeboten wurden. Aber es tat gut, einen Anflug von Hoffnung zu spüren.

Samantha stieg aus. Als sie durch die Altstadt zu ihrer Wohnung lief, verdrängte die Anspannung die Freude über die bevorstehenden Gespräche.

Mit einem mulmigen Gefühl betrat Samantha ihre Wohnung. Die Tür fiel hinter ihr mit einem Klicken ins Schloss. Sie legte die Post, die sie aus dem Briefkasten genommen hatte, auf den Tisch und sah die Briefe durch. Die Strom- und die Telefonrechnung. Zwei Bettelbriefe und zwei Werbesendungen von Versandhäusern. Das war alles. Kein Brief, der eine Forderung enthielt.

Da es sich nicht mehr herauszögern liess, ging Samantha zum Telefon. Der Anrufbeantworter blinkte. Samantha starrte auf den blinkenden roten Lichtpunkt und nahm das mobile Netzteil in die Hand. Das Display zeigte drei verpasste Anrufe an. Was geschah, wenn er sie nicht erreichte? Wäre das Joels und Ranjanas Todesurteil?

Samantha drückte die Wiedergabetaste. «Sie haben zwei neue Nachrichten», erklang die elektronische Frauenstimme aus dem Lautsprecher. «Nachricht eins.» Nachdem die Frauenstimme das Datum und die Uhrzeit genannt hatte, folgte ein Klicken mit einem anschliessenden Piepton. «Nachricht zwei.» Wie bei der ersten Nachricht ein Klicken und der Signalton.

Samantha rief die Telefonnummern auf. Zweimal hatte dieselbe Person versucht, sie zu erreichen. Das dritte Mal war es eine andere Telefonnummer. Samantha kannte weder die eine noch die andere. Der zweite Anrufer hatte aufgelegt, bevor sich der Anrufbeantworter eingeschaltet hatte. Beide Telefonnummern wurden angezeigt. Hatte hier der mögliche Entführer einen Fehler gemacht und vergessen, seine Nummer zu unterdrücken? Das konnte Samantha sich nicht vorstellen.

Sie nahm ihr Handy und rief das elektronische Telefonbuch auf. Sie gab die Nummern in die Maske ein. Bei beiden handelte es sich um Callcenter. Sie sackte gegen die Stuhllehne. Kein Entführer, sondern Firmen, die ihr eine neue Versicherung, eine Zeitschrift oder etwas anderes aufschwatzen wollten.

Sie fragte sich, was sie tun sollte. Hierbleiben oder zurück nach Liestal fahren? Zurück nach Liestal, beschloss sie. Der Entführer würde eher Joels Festnetzanschluss wählen als ihren – sollte er sich überhaupt melden. Inzwischen hatte Samantha das Gefühl, das werde nicht passieren. Der Grund für Joels und Ranjanas Verschwinden musste ein anderer sein, als Lösegeld erpressen zu wollen. Ihre Gedanken drifteten zu Ruedi und Dr. Fehr. Was übersah sie?

SECHZEHN

Samantha und Verena hatten einen Platz im hinteren Teil auf einer der Holzbänke unter der Empore in der reformierten Stadtkirche in Liestal gefunden.

Verstohlen schaute sie sich um. Dr. Fehr musste bekannt und beliebt gewesen sein, wenn sie den Andrang für den Abdankungsgottesdienst richtig deutete.

Sie betrachtete die Holzdecke über der Empore, auf der sich die Orgel befand, und die teilweise farbigen Fenster. Sie fühlte sich unwohl und fehl am Platz. Zuerst hatte Samantha ablehnen wollen, als Verena sie am Abend angerufen hatte.

Ihr war es wichtig, an der Gedenkfeier teilzunehmen, die um elf Uhr am Vormittag stattfand, da sie Dr. Fehr geschätzt und ihm viel zu verdanken hatte. Da Verena nicht alleine an die Abdankung gehen wollte, hatte Samantha schliesslich eingewilligt.

Der Pfarrer trat vor die Gemeinde und stellte sich hinter den Abendmahlstisch aus Holz. Das Gemurmel um sie herum verebbte. Samantha musste sich zwingen, sich auf den Gottesdienst zu konzentrieren.

Der Pfarrer erzählte über Dr. Fehrs Lebensweg. Samantha fragte sich, ob der Pfarrer mit seiner Lobrede übertrieb oder ob der Arzt wirklich als derartiges Vorbild gelten konnte, der allen geholfen und seine eigenen Interessen hintenangestellt hatte.

Samantha war erleichtert, als die Gedenkfeier zu Ende war und die Leute auf den Ausgang zustrebten. Sie war froh, der stickigen Luft, die in dem Gebäude geherrscht hatte, zu entkommen, und atmete die milde Frühlingsluft ein.

Sie schlängelte sich vor Verena durch die vor dem Kirchentor versammelten Leute auf die andere Seite des Platzes und blickte zu dem weissen Kirchenschiff mit dem rot-weissen Kirchturm.

Die Kirche befand sich in einer Art Innenhof, der von Gebäuden umringt war. Viel Platz gab es zwischen der Kirche und den umliegenden Häusern nicht, und die Leute mussten dicht beieinanderstehen. An einer Stelle schätzte Samantha den Durchgang zwischen dem umgebenden Haus und der Kirche auf eine Breite von nur einem bis zwei Meter.

Hätte Samantha Verena nicht gehabt, hätte sie ewig gebraucht, bis sie einen der Durchgänge zu diesem Platz gefunden hätte. Sie drehte sich um. Verena war nicht mehr hinter ihr.

Weitere Menschen strömten aus der Kirche, und Samantha fragte sich, wie sie alle auf dem kleinen Hof ausreichend Platz finden sollten. Als Samanthas Augen die Menschenmenge nach Verena absuchten, tippte ihr jemand auf die Schulter.

«Ich bin überrascht, Sie hier anzutreffen», sagte Nussbaum. «Ich dachte, Sie hätten keine Verbindung zum Verstorbenen.»

«Das ist richtig. Verena hat mich gebeten, sie zu begleiten.»

«Verena Gyger?»

«Ja.» Jetzt war es an Samantha, erstaunt zu sein. Hatte Nussbaum mit Verena und Beat nicht über den Toten in der Liestaler Altstadtwohnung gesprochen? Zumindest Beat musste eingehend befragt worden sein.

«Ich wundere mich, dass Sie an der Gedenkfeier von Dr. Fehr teilnehmen. Ich hätte eher Frau Gygers Mann erwartet», sagte Nussbaum und erstaunte Samantha damit ein zweites Mal. Wusste er das etwa auch nicht?

«Beat wird voraussichtlich morgen aus dem Spital entlassen. Da Verena nicht alleine gehen wollte, hat sie mich gebeten, sie zu begleiten», wiederholte Samantha.

Eindeutig nahm Nussbaum ihr diese Erklärung nicht ab.

Zu Samanthas Erleichterung beliess er es dabei und verabschiedete sich. Sie blickte ihm nach und entdeckte Verena. Sie unterhielt sich mit einer Frau und einem Mann. Samantha überlegte, ob sie sich dazugesellen sollte, als ihr erneut jemand auf die Schulter tippte.

«Das war nicht nett», sagte Matthew.

Samantha wich einen Schritt zurück. «Was machst du hier?», brachte sie hervor. Kannte Ruedi Dr. Fehr doch?

«Das Gleiche könnte ich dich fragen.» Mit dem Kopf wies er auf Nussbaum, der bei einer Gruppe Männer stehen geblieben war. «Was hast du dieses Mal für Lügen über mich verbreitet?»

«Gar keine.» Obwohl Samantha das Gefühl hatte, ihr Herz schlüge bis zum Hals, gelang es ihr, nach aussen hin ruhig zu bleiben. Zumindest hoffte sie, diesen Eindruck zu vermitteln.

«Nicht? Warum kommt er täglich vorbei und stellt neue absurde Fragen?» Matthew trat dichter an sie heran.

Samantha gelang es nicht, zurückzuweichen. Sie verschränkte die Arme vor der Brust und reckte das Kinn. «Ich bin beruhigt, wenn die Polizei meiner Aussage Aufmerksamkeit schenkt.» Matthew sah einen Augenblick irritiert aus. «Warum hast du Joel entführt?»

«Das ist die Höhe!», rief er laut, und die Leute um sie herum drehten sich zu ihnen um. «Ich würde dir davon abraten, weitere Gerüchte in die Welt zu setzen», zischte er und brachte sein Gesicht dicht vor ihres. «Sonst hat das für dich unangenehme Folgen.»

Sollte das eine Drohung sein? Samantha schaffte es, ihn weiter anzuschauen.

«Erst machst du mich an, und danach lässt du mich abblitzen», sagte er.

«Ich habe was?»

«Mich angemacht. Ein perfider Plan, mir eine solche Falle zu stellen. Mir ist unklar, was du damit bezwecken wolltest. Kaum hast du mich am Haken, zeigst du mir die kalte Schulter und –»

«Das ist eine Lüge, und das weisst du.»

«… verbreitest diesen Blödsinn. Was willst du damit erreichen? Das alles wird Konsequenzen haben. Das ist dir hoffentlich klar.»

«Dir wird keiner glauben.» Stimmte das wirklich? Samantha spürte, wie ihre Knie weich wurden. Sie brauchte alle Willensanstrengung, damit sie nicht wegsackten.

«Das ist meine Aussage. Wort gegen Wort. Und überlege dir gut, was du verbreitest.» Matthew drehte sich um und schlängelte sich durch die Menschenmenge davon. Erst als Samantha in Joels Haus zurückgekehrt war, konnte sie halbwegs klare Gedanken fassen.

Was genau hatte Matthew der Polizei erzählt? Welcher Darstellung glaubte Nussbaum – ihrer oder seiner? Matthew schien sich seiner Sache sicher zu sein. Samantha dachte an Nussbaum, der sie vor der Kirche angesprochen hatte. Der Unterton, der in seiner Stimme mitgeschwungen war, gefiel Samantha nicht. Es war nicht nur Erstaunen gewesen, das er zum Ausdruck gebracht hatte. Sie dachte daran, was er Verena gegenüber angedeutet hatte. Trug Matthews Gegenaussage dazu bei, dass Nussbaum ihr gegenüber mit Vorbehalt auftrat?

Sie hatte Matthew später nochmals von Weitem gesehen. Er hatte sich mit Nussbaum unterhalten. Das Gespräch hatte freundlich und nicht nach einer Befragung ausgesehen. Samantha war sich sicher, Matthew verstand es, den Beamten von seiner Unschuld zu überzeugen.

Die Drohung mit den unangenehmen Folgen betraf nicht alleine sie. Er musste Joel und Ranjana in seiner Gewalt haben. Sollte Samantha nicht das tun, was er wollte, würde es Konsequenzen haben. Samantha begann zu zittern und musste sich abstützen. Würde er so weit gehen und Joel und Ranjana töten? Ein klares Ja. Matthew musste es gewesen sein, den sie unter Joels Auto in Arlesheim vorgefunden hatte. Hätte er Erfolg mit den Manipulationen gehabt, wäre Samantha auf dem Heimweg verunglückt. Sie musste mit Nussbaum über den Verdacht sprechen. Würde das etwas bringen? Erneut sah sie die beiden Männer vor sich, wie sie einander zum Abschied die Hand gereicht hatten. Sogar aus der Entfernung hatte sie sehen können, wie Nussbaum Matthew angelächelt hatte.

Konnte sie von Nussbaum Hilfe erwarten? Wenn nicht von ihm, von wem sonst? Molina? Er gehörte zu Nussbaums Team.

Samantha setzte sich an den Küchentisch und legte den Kopf auf die Hände. Matthews Motiv, warum er Joel etwas antun wollte, war eindeutig. Aus Eifersucht, weil Joel Samantha hatte und nicht er. Weil Samantha ihn abblitzen lassen hatte. Reichte ein angekratztes Ego? Matthew wäre nicht der Einzige, der nicht mit einer Zurückweisung umgehen konnte, und es wäre nicht die erste Gewalttat, die daraus resultieren würde.

Sie dachte daran, wie er sie in Lenzburg gegen die Wand gestossen hatte. An seinen Blick. Wie viel Gewaltpotenzial steckte in diesem Mann? Samantha dachte an die Farm. Ging es dem Betrieb nicht so gut, wie er es angedeutet hatte? War er daher in die Schweiz gekommen, um seinen Onkel um Unterstützung zu bitten? Unterstützung, die ihm verwehrt worden war? Schwebte Regula womöglich in Gefahr?

Was brachte Matthew der Mord an seinem Onkel und an seiner Tante? Er würde nichts erben. Ausserdem gehörte das Haus inzwischen Isabel. Wusste Matthew das? Hiess das, Isabel Herzog Küng und ihre Familie schwebten in Gefahr? Machte das Sinn? Es war alles so verworren.

War Matthew überhaupt die Person, die er vorgab zu sein? Wieso kam ihr der Gedanke erst jetzt? Regula hatte erwähnt, ihn das letzte Mal gesehen zu haben, als er zehn Jahre alt war. Sicher konnten Fotos ausgetauscht werden. Geschah das aber, wenn man nur einen lockeren bis gar keinen Kontakt pflegte?

Samantha überlegte. Die Polizei hatte Matthew bestimmt überprüft und hätte herausgefunden, falls seine Angaben zum Verwandtschaftsgrad zu Regula und Ruedi nicht stimmten. Die Unruhe verstärkte sich.

Samantha stand auf und ging in Joels Arbeitszimmer. Die sozialen Netzwerke wären eine einfache Möglichkeit, mehr über Matthew herauszufinden.

Zuerst loggte Samantha sich in LinkedIn ein und gab in die Suchmaske Matthews Namen ein.

Die Suche nach Matthew Lewis ergab über fünftausend Treffer. Sie trug «Matthew J. Lewis» ein, und es waren noch fast fünfhundert. Die meisten hatten ihr Profilbild nicht öffentlich gemacht, und bei mindestens genauso vielen war die Information zu ihrem Wohnort nicht ersichtlich. Samantha ging die Liste durch. Nach hundert Einträgen gab sie auf. Das brachte nichts.

Samantha besass zwar einen Facebook- und einen Instagram-Account, war aber nicht oft dort unterwegs. Sie brauchte eine Weile, bis ihr das Passwort für Facebook in den Sinn kam. Hier landete sie nach kurzer Zeit einen Zufallstreffer. Matthews Name war einer der ersten auf der Liste. Auf dem Profilbild stand er mit nacktem Oberkörper gegen einen Baum gelehnt. Samantha klickte die Chronik an. Einige der Beiträge waren öffentlich. Meistens hatte er Bilder von sich in selbstverliebten Posen gepostet: an einem Strand, auf einem Motorboot oder beim Skifahren. Meistens war er alleine, mal mit anderen Männern zu sehen, und es gab einige Fotos mit verschiedenen Frauen, die teilweise den Eindruck erweckten, dass es sich dabei nicht nur um gute Kolleginnen handelte. Aber keine der Frauen schien seine Freundin zu sein. Der jüngste Beitrag zeigte Matthew vor einem Schwedenofen. «Zu Besuch bei meiner Schweizer Tante und meinem Schweizer Onkel», stand in Englisch darunter. Den Schwedenofen erkannte Samantha als den, den sie bei Regula im Wohnzimmer gesehen hatte. Also stimmte es, Matthew war ihr Neffe. Auf keinem der Beiträge sah Samantha eine Farm oder Matthew am Arbeitsplatz. Sie schaute sich das Profil genauer an. Leider hatte er hier fast keine Angaben gemacht, was Samantha erstaunte.

Sie wechselte zu Instagram und wurde nach einiger Zeit fündig. Auch hier hatte er seine Beiträge öffentlich geteilt. Neues konnte sie nicht finden. Die Fotos entsprachen denen, die sie auf Facebook gefunden hatte. Was sagte ihr das? Im Grunde genommen nur, dass Matthew der Neffe von Regula und Ruedi und sehr von sich eingenommen war. Sie kehrte zu Facebook zurück und scrollte durch die Posts in der Hoffnung, weitere Informationen zu finden. Als sie sich abmelden wollte, entdeckte sie ein Foto von Matthew zusammen mit einer Rothaarigen. Die beiden hielten mit Stäbchen Sushis hoch und grinsten in die Kamera. Auf Englisch hatte Matthew daruntergeschrieben: «Ich liebe Sushi.»

Sushi … roher Fisch … Fugu …

Samantha lehnte sich zurück. Ihre Gedanken drifteten zur Abdankung von Dr. Fehr. Welches Motiv sollte Matthew haben, den Arzt zu vergiften? Gab es überhaupt einen Zusammenhang? Samantha traute Matthew zwar alles Mögliche zu, aber hatte er als Sushi-Liebhaber Kenntnis über die Wirkung des Fugu-Giftes? Oder eine Möglichkeit, an Tetrodotoxin zu kommen? Es sei denn, er hatte Kontakte. Das konnte Samantha nicht glauben. Matthew war zum ersten Mal in der Schweiz. Wenn das stimmte, was er gesagt hatte.

Das Klingeln an der Haustür riss sie aus den Gedanken. Für einen Moment verharrte sie in der Position, bevor sie zur Tür eilte. Samantha spähte durch den Spion und schreckte zurück. Nussbaum. Ausgerechnet. Sie wollte keine weiteren nervenaufreibenden Fragen, bei denen zwischen den Zeilen Nussbaums Misstrauen ihr gegenüber zu spüren war.

Allerdings hatte sie keine andere Wahl. Das Licht im Gang und das aus der Küche musste Nussbaum gesehen haben. Einfach so zu tun, als sei sie nicht da oder habe das Klingeln nicht gehört, würde nicht funktionieren und weiteres Misstrauen schüren. Widerwillig öffnete Samantha die Tür und lehnte sich gegen den Rahmen.

«Darf ich reinkommen?», fragte er.

«Warum?», fragte Samantha.

«Wir haben Ihre Schwester gefunden», sagte er. «Und das möchte ich nicht zwischen Tür und Angel mit Ihnen besprechen.»

Samantha hatte das Gefühl, ihr sei der Boden unter den Füssen weggezogen worden. Mit weichen Knien führte sie Nussbaum ins Wohnzimmer. Sie setzte sich an den Esszimmertisch. Unfähig zu sprechen starrte sie ihn an. Ranjana …

«Sie verstehen etwas falsch», sagte er. «Ihre Schwester wurde gefunden, lebend.»

«Lebend?», wiederholte Samantha.

«Sie war unterkühlt, aber gemäss den Ärzten schwebt sie nicht in Lebensgefahr.»

Samantha schloss für einen kurzen Moment die Augen. Ranjana … lebte. «Was ist mit Joel?», fragte sie.

«Von ihm fehlt nach wie vor jede Spur.»

Samantha senkte den Kopf und versuchte das Gefühlschaos, das in ihrem Inneren herrschte, unter Kontrolle zu bringen.

«Wo hat man sie gefunden?»

«Eine Autofahrerin hat sie heute Vormittag an der Kantonsstrasse 3 zwischen Birsfelden und Pratteln beinahe überfahren, als sie über die Strasse torkelte. Sie war unterkühlt und orientierungslos. Die Ambulanz hat sie nach Liestal ins Spital gefahren, wo sie aktuell untersucht wird.»

Samantha brauchte eine Weile, bis sie alle Informationen verarbeitet hatte. «Wie kommt sie ausgerechnet dorthin?»

«Haben Sie eine Idee?», fragte Nussbaum, anstatt zu antworten.

«Nein.»

Er beugte sich vor und stützte sich mit den Ellenbogen auf den Tisch. Samantha wich zurück. Das Schweigen dauerte an und wurde unerträglich.

«Hat sie etwas über Joel gesagt?»

«Bisher hat sie überhaupt nichts gesagt – weder über Ihren Partner noch wie sie an diesen Ort gelangt ist. Eine Kollegin ist im Spital und wird mit Ihrer Schwester sprechen, sobald dies möglich ist.»

Was sollte das heissen? Eben hatte Nussbaum gesagt, es bestünde keine Lebensgefahr. Jetzt klang er auf einmal anders.

«Welchen Grund könnte Joel Gyger gehabt haben, mit Ihrer Schwester unterzutauchen und sie kurz darauf freizulassen?» Nussbaums Stimme hatte an Schärfe zugenommen.

«Was?», fragte Samantha verwirrt.

Nussbaum sagte nichts, sondern musterte sie eindringlich.

«Was meinen Sie damit?»

«Ich habe das Gefühl, die Puzzleteile setzen sich langsam zusammen.»

Welche Puzzleteile? Fing er wieder damit an? Wie sollte sie ihn überzeugen, dass Joel nicht aus freien Stücken verschwunden war.

«Herr Herzog, ein guter Freund von Herrn Gygers Vater, wird spektakulär beim Chienbäse-Umzug erschossen, der Gynäkologe seiner Mutter am gleichen Abend in seiner Wohnung vergiftet. Einige Tage später versagen die Bremsen des Autos seines Vaters. Kurz darauf taucht er unter, nachdem jemand angeblich sein Auto manipulieren wollte.»

Angeblich?, hätte Samantha beinahe gerufen, aber Nussbaum liess sie nicht zu Wort kommen.

«All das sind ein wenig viele Zufälle in Herrn Gygers Umfeld.»

«Sie verdächtigen Joel?», rief Samantha. «Wir waren beim Chienbäse zusammen. Er kann die Morde, die Sie ihm unterstellen, nicht begangen haben.»

«Sie behaupten, Sie waren zusammen.»

Samantha blieb die Luft weg.

«Ich gebe zu, er kann nicht alles alleine durchgezogen haben. Das ist gleich meine nächste Frage. Wer könnte sein Komplize sein?»

«Joel hat keinen Mord begangen!»

«Das Verhältnis zu seinen Eltern ist nicht das beste.»

«Wer sagt das?» Welche Gründe gab es, dass Nussbaums Gedanken in diese Richtung gingen? Hatten sie etwas in Joels Auto gefunden, das als belastendes Material angesehen werden konnte?

«Seine Schwester. Aber es ist uns seit vergangenem Juni allgemein bekannt.»

«Joel hatte Gründe, die Sie ebenso kennen und die ich nicht näher erläutern möchte. Seit letztem Sommer hat sich das Verhältnis gebessert.»

«Gebessert heisst nicht, es ist alles wieder gut. Er kann weiterhin nachtragend sein und mit der nach aussen erscheinenden Annäherung eine Taktik verfolgen.»

«Wer behauptet so was?», fragte Samantha, obwohl sie einräumen musste, dass in der Beziehung zu seiner Familie längst nicht alles gut war. Das Gleiche galt für seine Eltern. Ihr Umgang mit ihm war ebenfalls nicht entspannt. Ein unterschwelliges Brodeln war regelmässig spürbar, besonders wenn es um verschiedene Ansichten ging. Joel riss sich in der Regel zusammen und schaffte einen Themenwechsel, damit es keinen Raum für Eskalationen gab. Er ging höflich mit seinen Eltern um und half ihnen, wenn er darum gebeten wurde. Die grosse Zuneigung war es nicht. Samantha hatte den Verdacht, er tat es ihr zuliebe.

Trotzdem hatte sie das Gefühl, beide Seiten bemühten sich. Aber eine Annäherung brauchte Zeit. Zu viel war zwischen ihnen passiert.

Warum musste Simona Nussbaum auf dieses brüchige Verhältnis hinweisen? Traute sie ihrem Bruder wirklich das alles zu? Offenbar. Es wäre nicht das erste Mal.

Samantha schätzte Simona. Sie konnte sich nicht erklären, warum sie wieder Behauptungen gegen Joel aufstellte. Sie musste dringend mit ihr sprechen.

Dafür war für sie nachvollziehbar, dass Nussbaum aufgrund einer solchen Information Joel als möglichen Tatverdächtigen ins Auge fasste. Fieberhaft überlegte Samantha, wie sie ihn vom Gegenteil überzeugen konnte. Ihrer Ansicht nach schwebte Joel in Lebensgefahr. Wenn er nicht sogar bereits tot war. Samantha versuchte die Angst, die sie zu ersticken drohte, auszuklammern.

«Hat Herr Gyger mit Ihnen über Dr. Fehr und Herrn Herzog gesprochen?», fragte Nussbaum.

«Über Dr. Fehr nicht. Von Ruedi Herzog weiss ich nur, dass er erwähnt hat, er sei ein guter Freund seines Vaters gewesen, mit dem er regelmässig gejasst hatte.»

«Wissen Sie, ob er mit Herrn Herzog Kontakt hatte?»

«Sie meinen, ob Joel sich mit ihm verabredet hatte?»

«Beispielsweise.»

«Nein.» Das musste in Nussbaums Augen nichts heissen.

«Hat er erwähnt, Herr Herzog würde mit Herrn Gygers Vater am Chienbäse teilnehmen?»

«Er hat nur gesagt, sein Vater und seine Jassfreunde würden mitlaufen. Namentlich hat er sie nicht erwähnt.» Warum ritt Nussbaum die ganze Zeit auf diesem Thema herum? Bei früheren Vernehmungen hatte Samantha ihm das Gleiche erzählt.

Nussbaum beugte sich vor. «Simona Kohler hat uns erzählt, Joel Gyger habe sich einige Tage vor dem Umzug mit seinem Vater und dessen Freunden getroffen, um ihnen beim Besenbinden zu helfen. Wenn ich Ihren Gesichtsausdruck richtig deute, haben Sie hiervon nichts gewusst.»

Das hatte sie nicht. Oder halt: Dunkel erinnerte sie sich, wie Joel erwähnt hatte, mit seinem Vater zum Besenbinden zu gehen. Allerdings hatte er nichts von den Jasskollegen erzählt.

***

Ranjanas Gesicht sah auf dem weissen Bettbezug grau aus. Ihre Augen waren geschlossen, und ihr Atem ging gleichmässig.

Ihre Hände lagen auf der Bettdecke, und im rechten Handrücken steckte eine Infusionsnadel.

Als Samantha im Spital eingetroffen war, war sie zuerst gefragt worden, ob ihre Schwester eine Reisekrankenversicherung besass. Samantha musste einräumen, das nicht zu wissen. Prompt war die nächste Frage gewesen, wer die Kosten übernehmen würde, falls Ranjana keine besass.

«Ich», hatte Samantha gesagt, ohne lange nachzudenken. Zwar würde es ein Loch in ihre Ersparnisse reissen, was sie sich in der momentanen Situation nicht leisten konnte. Aber sie wollte nicht, dass es Ranjana an irgendetwas fehlte.

Die Stationsärztin nickte. «Wir werden den Kopf röntgen,

um sicherzugehen, dass sie bei dem Unfall keine Schädelverletzungen davongetragen hat. Sobald das erledigt ist und der Allgemeinzustand es erlaubt, kann Ihre Schwester entlassen werden.»

Samantha hatte die entsprechenden Unterschriften gegeben und gebeten, Ranjana sehen zu dürfen.

Nur ungern hatte die Krankenpflegerin dem zugestimmt. «Sie braucht Ruhe», hatte sie erklärt. Ihre Miene war säuerlicher geworden, als Nussbaum Samantha ins Zimmer gefolgt war, in dem eine Polizeibeamtin am Fenster sass und auf ihrem Handy herumtippte. Schnell hatte sie es weggesteckt und Nussbaum einen schuldbewussten Blick zugeworfen.

«Bis jetzt gab es keine Vorfälle», flüsterte sie Nussbaum zu.

«War sie zwischendurch wach?», fragte Nussbaum im gleichen leisen Tonfall zurück.

«Ja, aber sie hat auf meine Fragen nicht geantwortet.»

«Ranjana versteht kein Schweizerdeutsch», mischte Samantha sich ein.

«Ich habe mit ihr Englisch gesprochen.» Das klang beleidigt.

Samantha zog einen Stuhl heran, setzte sich und legte ihre Hand auf Ranjanas Linke. Es irritierte sie, dass Nussbaum blieb. Sie war sich sicher, er werde der Bitte nicht nachkommen, wenn sie ihn darum ersuchte, alleine mit ihrer Schwester sein zu dürfen. Zu gerne hätte sie etwas gesagt, wollte es aber in der Anwesenheit der beiden Beamten nicht tun.

Gemäss dem diensthabenden Arzt ging es Ranjana den Umständen entsprechend gut. Körperliche Verletzungen habe sie nicht. Die Unterkühlung war nicht lebensbedrohlich. Einzig an ihren Handgelenken hatte sie Schürfwunden, die darauf schliessen liessen, dass sie gefesselt gewesen war. Samantha betrachtete die roten Striemen an den Handgelenken ihrer Schwester und fragte sich, wie Ranjana es geschafft hatte, zu entkommen. Oder hatte der Täter sie freigelassen, weil er merkte, dass er die Falsche entführt hatte?

Samantha versuchte sich in die Situation des Entführers hineinzuversetzen. Was würde eine derartige Erkenntnis auslösen? Sie würde Ranjana bestimmt nicht einfach gehen lassen. Zu gross war die Gefahr, sie könnte der Polizei brauchbare Hinweise liefern. Oder bedeutete ihre Freilassung, dass Joel tot war? Selbst in diesem Fall würde sie Ranjana nicht freilassen, sondern ebenfalls töten.

Ranjana wurde unruhig. Sie drehte den Kopf auf die rechte und zurück auf die linke Seite.

«Sie sollten besser gehen», sagte die Krankenpflegerin. Samantha hatte nicht bemerkt, wie sie zurückgekehrt war.

«Nur eine kurze Zeit. Bitte.»

«Anshana?»

«Ja, ich bin es», sagte Samantha, und Erleichterung durchflutete sie.

Die Pflegerin, die weiterhin schräg hinter Samantha stand, gab ein unwilliges Schnauben von sich.

«Alles ist gut», sagte Samantha und versuchte die Pflegerin auszublenden.

«Nein», erwiderte Ranjana.

«Was ist mit Joel?»

«Ich glaube, wir übernehmen besser», sagte Nussbaum und trat neben Samantha.

«Sie braucht Ruhe», protestierte die Pflegerin.

«Ich bin von der Kantonspolizei Baselland», sagte Nussbaum auf Englisch. «Wir sind uns bereits einmal im Haus von Joel Gyger begegnet. Ich wäre froh, wenn wir Ihnen einige Fragen stellen könnten.»

In Ranjanas Augen flackerte etwas auf, und Samantha realisierte, dass es Angst war. Angst wovor? Vor Nussbaum?

Samantha hielt vor Simonas Haus in Mumpf. Sie stieg nicht sofort aus, sondern liess ihren Besuch bei Ranjana Revue passieren.

Kaum hatte sich Nussbaum in das Gespräch eingemischt, hatte Ranjana kein weiteres Wort gesagt. Schliesslich hatte die Pflegerin sie gebeten, das Zimmer zu verlassen. Zurückgeblieben war nur die Polizeibeamtin mit der klaren Anweisung, Informationen von Ranjana ihre Entführung betreffend herauszubekommen.

Samantha hatte einen letzten Blick auf ihre Schwester geworfen, bevor sie das Zimmer verlassen hatte. Ihre Schwester hatte die Polizistin mit den gleichen angstgeweiteten Augen angeschaut, wie sie es bei Nussbaum getan hatte. Samantha war überzeugt, die Frau werde kein Wort aus Ranjana herausbekommen.

Nachdem sie das Spital verlassen hatten, hatte Nussbaum seinem Unmut Luft gemacht.

«Bestimmt hat Joel Gyger sie dazu verknurrt, den Mund zu halten. Wer weiss, was er ihr angedroht hat.»

Samantha stimmte dem nicht zu, hatte aber lieber geschwiegen. Diese Diskussionen brachten nichts, und sie fragte sich erneut, welche Beweise dafür aufgetaucht waren, Joel könne alles inszeniert haben. Und welche Motive die Ermittler ihm unterstellten.

«Wieso nennt Ranjana Sie Anshana?», war seine nächste Frage gewesen, die wie eine Unterstellung geklungen hatte, falsche Aussagen gemacht zu haben.

«Das ist der Name, den mir meine leiblichen Eltern in Indien gegeben haben. Meine Schweizer Eltern haben mich nach der Adoption Samantha genannt. So steht es in meinen Schweizer Dokumenten.» Genauer hatte Samantha nicht auf die Umstände ihrer Adoption eingehen wollen, obwohl Nussbaums Neugierde deutlich gewesen war. Zum Glück hatte er nicht weiter nachgefragt.

Sie war erleichtert gewesen, dass Nussbaum sie zu Joels Haus gefahren und sich verabschiedet hatte. Sie hatte die Haustür aufgeschlossen und so getan, als würde sie das Haus betreten.

Nachdem Nussbaums Wagen aus ihrem Blickfeld verschwunden war, hatte sie das Haus sofort verlassen und war zu Simona nach Mumpf gefahren. Es war überfällig, mit ihr zu reden, was das alles zu bedeuten hatte, und herauszufinden, welche Rolle sie in dem Ganzen spielte.

Samantha starrte zur Haustür und konnte sich nicht überwinden auszusteigen, da sie unschlüssig war, wie sie am besten vorgehen sollte. Sie erschrak, als die Haustür geöffnet wurde. Simona kam heraus und blieb verdutzt stehen. Samantha stieg aus.

«Was führt dich hierher?», fragte Simona, die langsam auf sie zukam. Sie holte die Post aus dem Briefkasten. Sie machte einen reservierten Eindruck, als sie sich zu Samantha umdrehte.

«Wir müssen miteinander reden», sagte Samantha.

«Was ist passiert?»

«Darf ich reinkommen?»

«Natürlich. Entschuldige.» Simona war die Verwirrung aufgrund von Samanthas harschem Tonfall anzumerken. Sie führte Samantha ins Wohnzimmer. Nico sass auf dem Boden und stapelte Klötzchen. Er war so vertieft darin, dass er Samantha nicht bemerkte.

«Was ist passiert?», wiederholte Simona. «Gibt es Neuigkeiten zu Joels Verbleib?»

«Nein. Oder besser indirekt, aber das weisst du sicher schon.»

«Was soll ich wissen?»

«Ranjana wurde heute Morgen gefunden.»

«Himmel!» Simona liess die Briefe, die sie in der Hand hielt, los. Anstatt sich zu bücken, sackte sie auf das Sofa. «Sammy, das tut mir leid.»

Samantha brauchte einen Moment, bis sie verstand, dass Simona annahm, Ranjana sei tot. Sie fragte sich, ob Simona wirklich davon ausging oder ob ihr Entsetzen nur vorgetäuscht war.

«Sie lebt.» Genau beobachtete sie Simonas Reaktion. Die Erleichterung schien nicht gespielt zu sein. Samantha berichtete, wie Nussbaum sie aufgesucht hatte und sie zusammen am frühen Nachmittag zu Ranjana gefahren waren.

«Sie sagt nichts?», hakte Simona nach.

«Als sie Herrn Nussbaum gesehen hat, war sie wie erstarrt.»

«Warum macht er ihr solche Angst?», fragte Simona.

«Keine Ahnung.» Das hatte Samantha sich gefragt, während sie nach Mumpf gefahren war. «Ich habe überlegt, ob das nicht an ihm als Person liegt, sondern eher mit seiner Position als Polizeibeamter zu tun hat. Die Beamtin, die im Zimmer Wache hält, hat sie ähnlich ängstlich angeschaut.»

«Sind indische Polizisten nicht vertrauenswürdig?»

«Ich hatte bisher mit keinem Kontakt.»

«Das könnte durchaus ein Grund sein. Ich meine, mal gelesen zu haben, alle seien korrupt.» Samantha äusserte sich nicht dazu, und Simona fuhr fort: «Sie könnte schlechte Erfahrungen gemacht haben. Hat sie dir davon nichts erzählt?»

«Nein.»

«Oder sie wurde gezwungen, nichts zu sagen?»

«Als Entführer würde ich mich nicht darauf verlassen.»

«Weiss man wirklich nichts über Joels Verbleib?», fragte Simona.

«Nein. Wo wir bei Joel sind: Was hast du Herrn Nussbaum über ihn gesagt?»

«Was soll ich gesagt haben?»

«Joel ist für Herrn Nussbaum Tatverdächtiger Nummer eins.»

Simona sah verwirrt aus.

«Du hättest ihm gesagt, zwischen Joel und eurer Familie sei nicht alles zum Besten.»

«Das ist nicht gelogen.» Simona hob die Hände, als Samantha zu einer Erwiderung ansetzte. «Es ist vieles besser geworden, aber manchmal habe ich das Gefühl, Mueti und Joel umkreisen einander immer noch wie zwei Raubkatzen, die es auf das gleiche Beutetier abgesehen haben.»

«Das finde ich übertrieben.»

«Sie fassen einander mit Samthandschuhen an, und jeder ist bemüht, nichts zu sagen oder zu tun, das dem anderen in den falschen Hals kommen könnte.»

Der Vergleich passte eher, und Samantha musste dem zustimmen.

«Ich habe ehrlich auf Herrn Nussbaums Fragen geantwortet. Das Letzte, das ich wollte, war, Joel anzuschwärzen.»

Simona schien es aufrichtig zu meinen. Restzweifel blieben aber.

***

Samantha schloss ihre Schwester in die Arme. Sie war überrascht gewesen, als Nussbaum mit ihr und einer Polizeibeamtin gegen neunzehn Uhr vor der Tür gestanden war. Sie nahm ihm übel, ihr nichts von Ranjanas bevorstehender Entlassung aus dem Spital gesagt zu haben. Warum hatte das Spital nicht sie, sondern Nussbaum kontaktiert?

Samantha führte sie ins Wohnzimmer. Ranjana sah verstört aus. Wiederholt warf sie Nussbaum und der Polizistin verstohlene Blicke zu. Was war zwischen ihnen vorgefallen?

«Wir haben Ihre Schwester eingehend befragt», sagte er auf Englisch. «Inzwischen hat sie ausgesagt, sie sei in dem Waldstück ausgesetzt worden, das sich neben der Strasse befindet, an der Ihre Schwester gefunden worden ist. Angaben zum Entführer könne sie nicht machen, da er die ganze Zeit vermummt gewesen sei. Zum Verbleib von Herrn Gyger konnte sie keine Aussage machen. Sie seien gleich nach der Entführung getrennt worden. Auch weiss sie nicht, wohin der Entführer mit ihr gefahren ist. Das Zimmer, in dem sie gefangen gehalten wurde, kann überall sein. Sobald sie ausserhalb des Raumes gewesen war, habe er ihr die Augen verbunden. Die Binde habe er erst abgenommen, als er sie in dem Waldstück ausgesetzt hatte.»

Ranjana senkte rasch den Kopf. Samantha wurde das Gefühl nicht los, Nussbaum habe Zweifel an dieser Aussage. «Sie lehnt es ab, mit einer Psychologin zu sprechen. Ich denke, es ist das Beste, wenn sie nach Hause kann.»

Nach Hause, dachte Samantha. Das war für Ranjana definitiv nicht hier, aber sie sagte nichts.

Stattdessen fragte sie nach dem weiteren Vorgehen.

«Aufgrund von Frau Suris Aussage gehen wir davon aus, dass für sie keine Gefahr besteht. Immerhin hat der Entführer sie gehen lassen, obwohl das für uns schwer nachvollziehbar ist und uns in Erstaunen versetzt hat. Wir werden sie daher nicht unter Überwachung stellen, aber weiterhin ein wachsames Auge auf Ihren Telefonanschluss haben, falls sich der Entführer melden sollte. In unregelmässigen Abständen werden wir mit Ihnen Kontakt aufnehmen. Sollte Ihnen etwas auffallen oder sollten Sie das Gefühl haben, bedroht zu werden, bitte ich Sie, mich unverzüglich zu kontaktieren.» Er reichte Samantha die Hand. «Weiterhin gilt: keine Alleingänge wie beim Milch Hüsli», fügte er auf Schweizerdeutsch hinzu.

Samantha war froh, als er ging. Sie blickte Nussbaum und der Polizeibeamtin nach, wie sie zu Nussbaums Mazda gingen, der in der Einfahrt stand. Als er aus ihrem Blickfeld verschwunden war, schloss sie die Tür und atmete auf.

Samantha kehrte ins Wohnzimmer zurück.

«Ist er weg?», fragte Ranjana.

«Ja.»

«Ich traue ihm nicht.»

«Warum?»

Schulterzucken war die Antwort. Ranjanas Augen huschten hin und her. Samantha beschloss, es erst einmal dabei zu belassen und sie nicht zu drängen.

«Möchtest du etwas essen oder trinken?»

«Ich habe im Spital zu essen bekommen, auch wenn es nicht fein war. Ein Tee wäre nicht schlecht.»

Sie folgte Samantha in die Küche. Samantha füllte Wasser in den Wasserkocher.

«Ich dachte, die Schweiz sei ein sicheres Land», sagte Ranjana. «Offensichtlich habe ich mich getäuscht.»

«Normalerweise ist die Schweiz sicher. Sicherer als Indien. Aber auch hier können Verbrechen geschehen.»

«Du möchtest wissen, was mit Joel passiert ist. Ich kann dir nicht helfen. Wir wurden wirklich getrennt», sagte sie, und für Samantha schwang zwischen den Zeilen mit: In diesem Fall habe ich nicht gelogen.

Samantha forschte im Gesicht ihrer Schwester. Kurz blitzte darin ein undefinierbarer Ausdruck auf, bevor es nichtssagend wurde. Das Ganze ging für Samantha zu schnell, um darin etwas zu lesen. «Was ist überhaupt passiert?»

«Ich möchte nicht darüber sprechen.»

***

Samantha legte sich auf das Bett und zog Joels Kopfkissen heran. Sie presste ihren Kopf hinein und sog seinen Geruch ein. Er kam ihr weniger intensiv als gestern Abend vor und würde sich mit jedem Tag mehr verflüchtigen.

Warum sprach Ranjana nicht mit ihr? Samantha brauchte die Information, das musste ihre Schwester doch einsehen. Inzwischen war Samantha zu hundert Prozent sicher, dass ihre Aussage Nussbaum gegenüber nicht stimmte. Wieso machte ihre Schwester eine Falschaussage? Lag es an Nussbaum und ihrem offensichtlichen Misstrauen ihm gegenüber? Oder konnte sie es nicht ertragen, über die Dinge zu sprechen, die ihr widerfahren waren? Was hatte der Entführer ihr angetan? Gemäss der Information der Ärzte wies Ranjana bis auf die abgeschürfte Haut an ihren Handgelenken keine Verletzungen auf, die auf Misshandlungen hindeuteten.

Warum weigerte sie sich, mit einem Psychologen zu sprechen? Ranjana machte den Eindruck, als traue sie niemandem. Auch Samantha nicht, was sie verletzte. Es ging um Joel. Ihrer Schwester musste bewusst sein, wie die Zeit davonlief. Oder wollte sie nicht darüber sprechen, weil Joel inzwischen tot war und sie sich nicht traute, es Samantha zu sagen?

Tränen schossen in ihre Augen. Samantha presste das Kissen fester gegen ihr Gesicht. Als ihr Schluchzen verebbt war, stand sie auf und trat ans Fenster.

Es war klar, und Sterne schimmerten am Himmel. Dennoch

war es stockfinster. Offenbar war gerade Neumond. Samantha blickte auf die Hügel auf der anderen Seite des Tales. Wie sollte es ohne Joel weitergehen?

Denk nicht darüber nach, befahl sie sich. Solange seine Leiche nicht gefunden wurde, durfte sie die Hoffnung nicht aufgeben. Samantha fror und kehrte zum Bett zurück.

Sie starrte in die Dunkelheit und überlegte, wie sie Ranjana dazu bringen konnte, zu reden. Vielleicht hatte sie Glück, wenn sie ihre Schwester überzeugte, dass sie Nussbaum nicht kontaktieren würde.

Als Samantha das Gefühl hatte, langsam in den Schlaf hinüberzudriften, schallte ein Schrei durch das Haus. Samantha setzte sich kerzengerade auf.

Ranjana!

Sie sprang aus dem Bett und eilte zum Gästezimmer. Samantha riss die Tür auf und schaltete das Licht ein. Ranjana sass im Bett und starrte ihr mit angstgeweiteten Augen entgegen.

Samantha blickte sich um. Niemand sonst war im Raum.

«Was ist passiert?»

«Ich habe geträumt.» Ranjana zwang sich offenbar zu einem Lächeln, was ihr missglückte. «Es tut mir leid, wenn ich dich geweckt habe.» Sie zitterte am ganzen Körper und schien sich nicht beruhigen zu können.

«Bitte sprich mit mir.» Samantha setzte sich auf die Bettkante.

Schweigen.

«Was hast du geträumt?»

Keine Antwort.

«Hast du von deiner Entführung geträumt?»

Wieder nichts.

«Was ist mit Joel? Ranjana, es ist wichtig. Je länger wir warten, desto kleiner ist die Chance, ihn lebend zu finden. Ich will ihn nicht verlieren.» Samantha konnte es nicht verhindern, dass Tränen in ihre Augen traten.

«Ich kann nicht. Ich traue diesem Polizisten nicht», flüsterte Ranjana.

«Warum?»

Ranjana wich Samanthas Blick aus. «Weil er Polizist ist.»

Das klang nach einem generellen Misstrauen der Polizei gegenüber. Erneut fragte Samantha sich, was in Indien geschehen war, das dieses Misstrauen rechtfertigte. «Wir sind in der Schweiz und nicht in Indien.»

«Trotzdem.» Ranjana klang wie ein trotziges Kind.

«Wir könnten es jemand anderem als Nussbaum sagen. Zum Beispiel Simona.»

«Ist sie etwa Polizistin?»

«Nicht mehr. Aber sie könnte helfen.»

Ranjana sah skeptisch aus, und die Skepsis wechselte in Abweisung. «Wenn ich darüber rede, bringe ich ihn in Gefahr.»

Das klang nach: Er lebt noch. Samantha schloss für einen Moment die Augen, um sich zu sammeln. «Meinst du damit, wenn du allgemein darüber sprichst oder wenn du mit der Polizei sprichst?»

«Mit der Polizei.» Ranjana war fast nicht zu verstehen.

«Okay», nahm Samantha einen neuen Anlauf. «Ich bin keine Polizistin. Sag es mir. Ich verspreche dir, nicht mit Herrn Nussbaum oder seinen Kollegen zu reden.»

Lange schaute Ranjana Samantha an.

«Lass uns in die Küche gehen, und ich mache uns einen Tee», sagte Samantha. Zu ihrer Erleichterung nickte ihre Schwester.

Schweigend schaute Ranjana Samantha zu, wie sie Teewasser aufsetzte. Samantha beschloss, Ranjana nicht weiter zu drängen und abzuwarten, in der Hoffnung, diese Taktik würde Ranjana zum Reden bringen. Die Sekunden verstrichen und wurden zu einer Minute. Samantha zwang sich, sich ganz auf die Zubereitung des Tees zu konzentrieren, und zuckte zusammen, als Ranjana zu sprechen anfing.

«Wir waren in diesem Käseladen.» Ranjana sah aus, als sei sie froh, endlich darüber berichten zu können. Samantha stellte die Tassen auf den Tisch und setzte sich ihrer Schwester gegenüber.

«Nachdem wir alles eingekauft hatten, hat Joel die Einkaufstasche im Kofferraum verstaut. Bevor wir einsteigen konnten, sprach ihn ein Mann an.»

«Was für ein Mann?», unterbrach Samantha sie.

«Keine Ahnung.»

«Wie sah er aus?»

«Ich glaube, er war älter als Joel, und er hatte weisse Haare.»

«Was hat er gesagt?»

«Das weiss ich nicht. Die beiden haben Schweizerdeutsch gesprochen. Sie sahen aus, als würden sie sich kennen.»

«Du meinst, sie waren Freunde?»

«Das weiss ich nicht. Ich glaube, sie haben freundlich miteinander gesprochen. Beschwören kann ich es nicht, da ich den Klang eurer Sprache nicht einschätzen kann.»

«Was passierte anschliessend?»

«Nachdem die beiden sich verabschiedet hatten, sind wir eingestiegen und losgefahren. Plötzlich habe ich den Mann auf der Rückbank realisiert.»

«Welchen Mann? Wo kam er her?» Samantha hatte Mühe, Ranjanas wirr anmutender Schilderung zu folgen.

«Das habe ich mich die ganze Zeit gefragt. Ich habe nicht gesehen, wie er eingestiegen ist. Er muss es getan haben, während Joel mit dem anderen Mann gesprochen hat.»

Eine Ablenkung, dachte Samantha. Der Weisshaarige und der Mann im Auto gehörten zusammen.

«Er hat mir eine Pistole an den Kopf gehalten und – das glaube ich zumindest – Joel befohlen, wo er durchfahren musste», fuhr Ranjana fort.

«Kannst du beschreiben, wo ihr entlanggefahren seid?»

«Nein. Ich kenne mich hier nicht aus. Obwohl ich versucht habe, mir die Ortsschilder einzuprägen, kann ich dir nicht sagen, wo wir hingefahren sind. Ausserdem wurde es dunkel. Lange waren wir nicht unterwegs. Ungefähr eine Viertelstunde, wenn mein Zeitgefühl stimmt. Wir haben auf einem Fabrikgelände angehalten. Ungefähr so eins wie die

Firma, für die ich in Indien arbeite. Ich habe das Gefühl, diese Firma war nicht mehr in Betrieb.»

«Wieso meinst du das?»

«Sie machte einen zerfallenen Eindruck. Verlassen. Einige Fenster von dem Gebäude, zu dem wir gebracht wurden, waren kaputt.»

«Kannst du das Areal beschreiben?»

«Es war dunkel», wiederholte Ranjana. «Und es war nicht beleuchtet.»

«Was geschah danach?»

«Wir mussten aussteigen. Er hat mich angewiesen, Joel zu fesseln. Anschliessend hat er das Gleiche bei mir getan, und wir sind in eine Halle gegangen. Dort hat er Joel mit der Pistole gegen den Kopf geschlagen. Joel hat das Gleichgewicht verloren und ist gestürzt. Er schlug mit dem Kopf auf dem Betonboden auf und blieb bewusstlos liegen. Als der Mann mich packen wollte, hat er angefangen zu fluchen.»

«Zu fluchen?», wiederholte Samantha verwundert. «Hat er Englisch gesprochen?»

«Man muss nicht eine Sprache beherrschen, um zu verstehen, wenn einer flucht. Die Art, wie er mich angeschaut hat, und der Tonfall waren eindeutig.»

«Kannst du ihn beschreiben?»

«Ich glaube, er ist ungefähr so alt wie Joel, er ist gleich gross wie er und hat blonde Haare. Er ist dünn.» Das traf auf viele Leute in der Schweiz zu. «Er trug die ganze Zeit eine Mütze über dem Kopf. Ich habe nur seine Augen gesehen. Der Rest seines Gesichtes war abgedeckt.»

«Er war vermummt? Wieso konntest du seine Haarfarbe erkennen?»

«Am Kopf hatte es ein Loch im Stoff.» Ranjana deutete auf ihrem Hinterkopf einen Kreis von ungefähr fünf Zentimeter Durchmesser an.

Konnte es sich bei diesem Mann um Matthew handeln? Samantha überlegte, ob es Sinn machte, Ranjana zu fragen, ob er einen englischen Akzent hatte. Das würde nichts bringen, da Ranjana zwischen Hochdeutsch und Schweizerdeutsch nicht unterscheiden konnte.

«Er hat mich in einen Raum gestossen. Was er mit Joel gemacht hat, weiss ich nicht. Joel habe ich seitdem nicht wiedergesehen. Das Letzte, das ich von ihm weiss, ist, wie er bewusstlos am Boden lag. Er blutete am Kopf.»

«Aber er hat gelebt?», fragte Samantha.

Ranjana schwieg, und Samantha spürte einen stechenden Schmerz im Inneren.

«Ich weiss es nicht», sagte Ranjana nach einer Weile. «Er hat sich nicht bewegt. Ich konnte nicht erkennen, ob er geatmet hat.»

Samantha stand auf und stützte sich auf der Küchenanrichte ab. Sie starrte in die Dunkelheit nach draussen. Wie gross war die Wahrscheinlichkeit, dass er so unglücklich gestürzt war, dass es den Tod zur Folge gehabt hatte?

«Es tut mir leid», hörte sie Ranjana leise sagen.

Gib die Hoffnung nicht auf, sagte Samantha im Stillen mehrmals hintereinander. Er lebt. Es darf nicht anders sein.

«Hat dieser Mann jemals mit dir Englisch gesprochen?» Samantha kehrte zum Küchentisch zurück.

«Nein. Er kam am nächsten Tag wieder, und ich habe nicht verstanden, was er gesagt hat. Er brachte etwas zu essen und hat mich gefüttert. Das war das einzige Mal.»

«Wieso hat er dich in den Wald gebracht, oder stimmt diese Version gar nicht?» Samantha war sich bewusst, ihre Schwester mit den Fragen zu bedrängen, aber sie konnte nicht anders.

«In diesem Zimmer stand ein altes, verrostetes Regal aus Metall. Die Kanten waren scharf. Ich habe daran meine Fesseln durchgescheuert. Danach habe ich versucht, das Fenster zu öffnen, was nicht ging. Ich habe weitergesucht und die Tür gesehen. Das Vorhängeschloss war nur eingehängt.»

«Eingehängt?»

«Ja, es war nicht zugeschnappt.»

«Das hat der Entführer nicht bemerkt, als er dich in den Raum gestossen hat?»

«Es war dämmrig, und er hat kein Licht gemacht. Ich denke, er hat es nicht gesehen. Zuerst wollte ich nach Joel suchen, aber ich habe ein Auto auf dem Platz gesehen und habe angenommen, der Entführer sei irgendwo auf dem Gelände. Ich hatte Angst, ihm in die Arme zu laufen. Ich habe mich hinter Büschen am Rand des Areals versteckt und habe von dort gesehen, wie sie den Platz überquert haben.»

«Sie?», unterbrach Samantha sie. «Zwei oder mehr?»

«Zwei Männer.»

«Waren sie vermummt?»

«Nein. Sie waren zu weit weg, um Genaueres zu erkennen. Ich glaube, es waren ein älterer und ein jüngerer Mann. Als sie aus meinem Blickfeld verschwunden waren, bin ich weiter zum Wald gerannt und habe mich dort versteckt. Ich wollte in der Nacht zurückkehren, um nach Joel zu suchen, aber ich habe mich verlaufen. Am nächsten Morgen bin ich auf der Strasse gelandet.»

Inzwischen war es hell geworden. Fieberhaft überlegte Samantha, was sie tun sollte. Sollte sie Nussbaum kontaktieren? Etwas – und das war nicht nur Ranjanas Ablehnung ihm gegenüber – hielt sie zurück. Ausserdem hatte sie Ranjana versprochen, Nussbaum nicht einzuschalten. Gleichzeitig wusste sie, ohne polizeiliche Hilfe nichts unternehmen zu können.

Simona. Sie wusste bestimmt weiter.

Als Samantha Ranjana ihre Idee vorschlug, verdüsterte sich das Gesicht ihrer Schwester. «Du hast versprochen, keine Polizei.»

«Simona ist nicht mehr bei der Polizei. Aber sie weiss, was wir tun können, und hat mehr Erfahrung als ich.»

Lange schaute Ranjana sie an, und Samantha hatte das Gefühl, sie werde nicht mehr antworten.

«Der Mann, der uns entführt hat, sah wie ein Polizist aus», sagte sie.

«Wieso glaubst du das?»

«Er trug so eine Hose wie die Polizistin, die im Spital auf mich aufgepasst und mich später zu dir begleitet hat.»

«Eine dunkelblaue Hose muss nicht automatisch heissen, dass er Polizist ist.»

«Er hatte ein helleres Hemd an. Hier», sie deutete oberhalb ihrer linken Brust, «stand ein Wort, das ähnlich wie ‹Police› anfing. Auf dem Ärmel war so ein Zeichen aufgenäht, wie es Joel am Autokennzeichen hat.»

Samantha brauchte einen Moment, bis sie verstand, dass Ranjana das Baselbieter Wappen, den roten Krummstab, meinte.

Sie liess sich langsam auf den Stuhl sinken. Auf einmal machte einiges Sinn. Sie dachte an Nussbaums Telefongespräch, das sie gehört hatte, als er einen Tag vor Joels und Ranjanas Verschwinden bei ihnen gewesen war, um Fragen wegen der versuchten Manipulationen an Joels Wagen zu stellen. Wie er sich wütend darüber ausgelassen hatte, weil gewisse Ermittlungsergebnisse nicht an die Öffentlichkeit hätten gelangen dürfen. In ihrem Kopf hallte seine Stimme nach: «Damit spielen wir dem Täter direkt in die Hand. Er kann seine weiteren Schritte planen.»

Nussbaum. Nachträglich kam es ihr seltsam vor, weil er nur in den Gang gegangen war, um das Gespräch entgegenzunehmen. An seiner Stelle hätte sie sich weiter entfernt oder wäre sogar nach draussen gegangen, damit keiner das Gespräch belauschen konnte. Er hatte gewusst, dass Samantha direkt neben der Tür gestanden war. Zuerst hatte er leise gesprochen und war anschliessend lauter geworden. Absicht? Samantha sah ihn vor sich, wie er hartnäckig versuchte, Joel die Schuld in die Schuhe zu schieben. Konnte er mit der Sache zu tun haben? Ranjanas Beschreibung würde auch auf ihn zutreffen. Samantha hatte ihn noch nie in Polizeiuniform gesehen. Er trug in der Regel Jeans und Hemd.

«Trug er diese spezielle Kleidung bei eurer Entführung?», fragte Samantha.

«Nein, erst einen Tag später.»

«War es Herr Nussbaum?», fragte sie weiter.

Ranjana schüttelte heftig den Kopf.

«War er auch vermummt, als er dir das Essen brachte?»

Ranjana nickte. In ihren Augen blitzte Angst auf. Sie musste ihn in Verdacht haben, und Samantha hatte ihre Schwester in Verdacht, ihr nicht alles anvertraut zu haben. Aber sie wollte sie nicht weiter drängen – vorerst.

Das machte alles keinen Sinn. Nussbaum hätte Ranjana wieder in seine Gewalt bringen können. Ganz so einfach war es nicht, musste Samantha einräumen. Es waren immer andere Beamte anwesend gewesen. Allerdings sollte das für Nussbaum kein Problem darstellen, und er hätte einen Weg gefunden, wenn er es darauf anlegte.

SIEBZEHN

Stille breitete sich im Raum aus, nachdem Ranjana mit ihrem Bericht geendet hatte. Simona, die auf dem Sofa sass, hatte sie während ihrer Schilderung nicht unterbrochen. Auch jetzt ergriff sie nicht das Wort, sondern schaute schweigend abwechselnd Ranjana und Samantha an. Samantha fragte sich, wie viel Simona verstanden hatte, da Ranjana alles in ihrem schnellen, indisch angehauchten Englisch erzählt hatte.

Simona hatte bei ihrem Besuch einige Sätze Englisch gesprochen, aber mehr als die bei Small Talk üblichen Sätze waren es nicht gewesen. Maik hatte sich eindeutig mehr mit Ranjana unterhalten.

Das Schweigen dauerte an, und Samantha befürchtete, Simonas Englischkenntnisse reichten tatsächlich nicht für diesen umfassenden Bericht. Allerdings ging Samantha davon aus, Simona hätte sie unterbrochen, wenn sie ihr nicht mehr hätte folgen können.

Simona lehnte sich nach hinten und verschränkte die Arme vor der Brust. In ihrem Gesicht arbeitete es, und Samantha versuchte, aus ihrer Miene herauszulesen, was Simona durch den Kopf ging. Sie musste selbst zugeben, wie ungeheuerlich alles so zusammengefasst klang.

Weiterhin herrschte Schweigen, und Samantha fragte sich, ob es ein Fehler gewesen war, Simona herzubitten. Wie gross war ihre Loyalität gegenüber Kollegen?

Endlich räusperte Simona sich. «Obwohl Ranjana alles schlüssig und nachvollziehbar dargelegt hat, kann und will ich es nicht wahrhaben, was sie bezüglich Herrn Nussbaum vermutet», sagte sie in flüssigem Englisch, worüber Samantha froh war. Wenigstens würde es keine sprachlichen Probleme geben.

«Er wäre nicht der erste Polizeibeamte, der Dreck am Stecken hat», sagte Samantha.

«Das ist so.» Simona wandte sich an Ranjana. «Bist du dir mit der Beschreibung sicher?»

«Ja.»

«Der Mann trug Polizeikleidung?»

«Ja», wiederholte Ranjana.

«Beschreibe bitte die Kleidung.»

Ranjana kam der Aufforderung nach. «Hier standen die Buchstaben Poli… Weiter weiss ich nicht mehr», fügte sie zum Schluss an.

«Das klingt nach einer Uniform. Ich will aber sicher sein.» Simona griff nach dem iPad, das auf dem Tisch lag, und öffnete das Internet. Nachdem sie ein wenig herumgesurft war, reichte sie es Ranjana. «Sah die Kleidung so oder so ähnlich aus?»

Ranjanas Augen weiteten sich. «Ja», flüsterte sie. «Diese Kleidung hat er getragen, als er mir das Essen brachte.»

«Es gibt ausserdem ein Namensschild.» Simona tippte auf das Bild. «Hast du so eins auf der Uniform gesehen.»

«Ja. Ich wusste nicht, dass es sich dabei um einen Namen handelt.»

«Weisst du, was dort stand?»

«Irgendwas mit … keine Ahnung.» Ranjana warf Samantha einen entschuldigenden Blick zu.

«Das macht in meinen Augen keinen Sinn», sagte Simona. «Ich frage mich, warum er seine Uniform trug, als er dir das Essen brachte. Ihm müsste klar sein, wie leicht man ihn identifizieren könnte.»

«Ranjanas gelungene Flucht war nicht eingeplant», sagte Samantha und wurde sich im gleichen Augenblick bewusst, was das für Joel bedeutete. Sie mussten sich beeilen. Allerdings hatte sie keine Ahnung, wie sie vorgehen sollte.

«Er könnte sich verkleidet haben», sagte Simona.

Verständnislos schaute Samantha Joels Schwester an.

«Er möchte den Anschein erwecken, ein Polizist zu sein, um eine falsche Fährte zu legen.»

«Eine Uniform zu beschaffen stelle ich mir nicht einfach vor.»

«Er könnte sie entwendet haben.»
«Müsste der betreffende Beamte das nicht merken?», fragte Samantha.
«Du hast ja nicht nur eine», erwiderte Simona.
Das hatte Samantha nicht bedacht.
«Eine weitere Möglichkeit wäre, er hat sie selber gemacht. Im Internet findest du genügend Fotos, die als Vorlage dienen könnten.»
Ranjana sah nicht überzeugt aus. In ihrem Gesicht war wieder das gleiche Misstrauen zu erkennen, das sie aufgesetzt hatte, als Simona das Haus betreten hatte.
«Warum legt er es darauf an, dass man ihn für einen Polizisten hält?», fragte Samantha.
«Er könnte eine Rechnung offen haben und schlägt nun zwei Fliegen mit einer Klappe.»
Samantha liess sich diese Option durch den Kopf gehen. Obwohl diese Variante ihr bizarr erschien, klang es plausibel. Trotzdem wurde sie den Verdacht nicht los, Simona suche nach einem Szenario, das einen Polizisten als Täter ausschloss.
«Egal, ob Polizist oder nicht, ich möchte kein Risiko eingehen und Herrn Nussbaum nicht kontaktieren», sagte Samantha, und Ranjana nickte mit Nachdruck.
«Das habe ich befürchtet.»
«Ranjanas Beschreibung schliesst ihn als möglichen Täter ein.»
«Ihre Beschreibung kann auf viele Männer zutreffen. Nicht nur Herr Nussbaum ist dunkelblond, schlank und gross.»
«Trotzdem.»
«Du weisst, was zu tun ist.»
«Ich bin nicht mehr im Dienst», sagte Simona.
«Bitte. Du musst uns helfen.»
«Jeder Polizeibeamte, den ich frage, wird sich erkundigen, warum ich Informationen benötige oder auf ihre Infrastruktur zurückgreifen möchte.»
Mist! Denkfehler, dachte Samantha.
«Ausserdem war ich bei der Regionalpolizei in Rheinfelden.

Die gehören zur Aargauer Kantonspolizei, wie du weisst. Mit den Baselbietern hatte ich zwar manchmal zu tun, aber mit keinem aus Nussbaums Team.» Die entstandene Stille empfand Samantha unangenehm. «Okay», sagte Simona nach einer Weile. «Ich sehe, du lässt dich nicht umstimmen. Damit du nicht auf eigene Faust losziehst, helfe ich euch. Zum Glück ist Maik zu Hause und hat für die nächste Zeit keinen Flug. Er kann sich um Nico kümmern.» Simona beugte sich vor. «Das alles nur unter einer Bedingung. Wenn es brenzlig wird oder wir einen konkreten Hinweis haben, kontaktieren wir die Polizei.»

«Wen willst du kontaktieren?», fragte Samantha. «Wenn zum Beispiel Herr Nussbaum …»

«Ich kann dein Misstrauen ihm gegenüber nicht nachvollziehen, aber ich biete dir diesen Kompromiss: Das entscheiden wir, wenn es so weit ist.»

Zu dritt sassen sie nebeneinander am Esszimmertisch. Samantha schob die Verpackungen des indischen Restaurants in Liestal, das Take-away anbot, zur Seite.

Nachdem Simona ihnen ihre Unterstützung zugesagt und mit Maik telefoniert hatte, war Samantha losgezogen und hatte eine Auswahl an Speisen – Daal und zwei Poulet-Currygerichte mit Naan – gebracht.

Simona, die zwischen ihnen sass, reinigte mit einer Serviette den Tisch und zog Samanthas Laptop zu sich heran.

«Wie gehen wir vor?», fragte Samantha und klappte den Deckel auf.

«Ich denke, wir sollten herausfinden, wo Ranjana gefangen gehalten wurde. Obwohl ich bezweifle, dass sich die Entführer noch an dem Ort befinden.»

«Wie meinst du das?», fragte Samantha.

«Ich denke, sie werden den Ort gewechselt haben. Da Ranjana entkommen ist, werden sie davon ausgehen müssen, sie habe der Polizei Hinweise gegeben.»

«Du meinst, sie suchen ein anderes Versteck?» An diese Möglichkeit hatte Samantha nicht gedacht.

«Ja. Wir brauchen einen Anhaltspunkt. Wenn wir den Ort kennen, besteht eventuell die Chance, Hinweise zu finden.»

«Hinweise, wer sie sind oder wo das neue Versteck ist?»

«Hoffentlich beides. Da Ranjana nicht genau erklären kann, wo sie durchgefahren sind, fangen wir mit dem Ort an, an dem sie von der Opelfahrerin aufgegriffen wurde.» Simona rief Google Maps auf. In diesem Moment meldete Samanthas Handy den Eingang einer WhatsApp-Nachricht.

Samantha überflog die Zeilen und hatte das Gefühl, eine Erdspalte täte sich auf. «Sie ist von Joel», flüsterte sie.

«Was schreibt er?», fragte Simona.

Samantha war unfähig zu sprechen und konnte nur den Text anstarren, der ihr vor den Augen verschwamm.

«Gib her», sagte Simona ungeduldig. Auch sie erstarrte mitten in der Bewegung, als sie die kurze Nachricht erblickte.

«Was soll das heissen?», fragte sie.

«Die Anweisung ist klar», brachte Samantha hervor.

«Samantha, keine Polizei, sonst wird Schlimmes passieren. Und versuche nicht, mich zu finden – Joel», las Simona laut vor. «Himmel, ich habe es gewusst!» Sie stand auf und lief im Zimmer auf und ab, gefolgt von Ranjanas zunehmend verunsichertem Blick, der fragte, was los sei. Sie hatte kein Wort verstanden, weil Simona und Samantha ins Schweizerdeutsch gewechselt hatten.

«So ein Dreckskerl.» Simonas Stimme wurde lauter. «Also stimmt das, was Herr Nussbaum vermutet.»

«Nein», sagte Samantha. «Das kann nicht sein. Dieser unpersönliche Wortlaut passt nicht zu Joel. Er hätte sonst Sammy geschrieben.»

«Guter Punkt. Aber ich habe auch schon gehört, wie er Samantha und nicht Sammy zu dir gesagt hat.»

Das stimmte, doch es kam selten vor.

«Das hat nicht *er* geschrieben», wiederholte Samantha.

«Wieso nicht? Fertig mit Kuschelkurs.»

Das fühlte sich wie eine Ohrfeige an.

«Jetzt zeigt er seine dunkle Seite», fuhr Simona fort. «Wenn ich darüber nachdenke, macht alles Sinn. Joel kennt Ruedi, und ich bin mir sicher, mit Herrn Fehr hatte er auch Kontakt.»

«Mit dem Gynäkologen? Wieso sollte er?»

«Mueti und Vati kannten seinen Vater gut. Ich glaube, Dr. Fehrs Eltern waren früher bei uns hin und wieder zu Besuch.»

«Das hat Joel nie erwähnt.»

«Wohlweislich.» Simona blieb vor dem Esszimmertisch stehen. «Die Annäherung oder anders ausgedrückt, die Rückkehr in unsere Familie war vermutlich nur gespielt.»

Samantha brauchte einige Sekunden, um die Wendung, die ihr Gespräch nahm, zu verarbeiten. Wo kam Simonas Sinneswandel her? Dieses WhatsApp konnte nicht der alleinige Grund sein. «Moment mal. Du unterstellst ihm, er habe das Wasser in das Bremssystem gefüllt.»

«Ja. Früher hat Joel unser Auto geflickt, das Mario, er und ich uns zusammen geleistet haben. Als Studenten waren wir froh darum, kein Geld für die Garage ausgeben zu müssen, wenn etwas kaputt war.»

«Das heisst nicht automatisch …» Tränen schossen in ihre Augen, und Samantha musste sich abwenden. Ranjana hatte mit ihren Bedenken, Simona um Hilfe zu bitten, recht gehabt, aber Samantha hatte es nicht glauben wollen und sich von Simonas verständnisvoller Reaktion blenden lassen.

«Wenn jemand anderer –»

«Sammy! Ich kann nachvollziehen, wie schwer das für dich ist. Er hat genügend Gründe.»

«Warum sollte er Ranjana entführen? Denk daran, was meine Schwester erzählt hat.»

«Er wollte ihr nichts antun – das muss man ihm zugutehalten –, er hat die Entführung inszeniert, um unterzutauchen. Der vermeintliche Entführer hat die beiden nicht umsonst getrennt. Genauso kann es gespielt sein, dass er Joel zusammengeschlagen hat. In meinen Augen war Ranjanas Flucht zu einfach. So dämlich kann kein Entführer sein und ein offenes Vorhängeschloss übersehen. Wenn ich jemanden entführen würde, würde ich den Raum vorher genau inspizieren. Genauso wenig kann ich glauben, dass der Entführer nicht gemerkt hat, wie Ranjana entwischt ist. Sie hat selber gesagt, die Tür habe gequietscht, und sie habe den Entführer auf dem Areal gesehen. Angeblich hat sie sich rechtzeitig verstecken können. Aber sie hat ein Stück über das Areal rennen müssen, bis sie bei den Büschen angekommen ist. Es passt nicht, dass ihr niemand gefolgt ist und sie gesucht hat.»

«Er wusste nicht, in welche Richtung sie abgehauen ist.»

«Sammy!» Simona legte ihre Hand auf Samanthas Schultern, die diese abschüttelte. «Joel hat sie davonkommen lassen, weil er, wie gesagt, ihr nichts antun wollte. Er liebt dich und will sicher deiner Schwester nichts antun. Das ist das Einzige, das ich ihm hoch anrechne.»

«Wenn du mir nicht helfen willst, suche ich ihn alleine. Davon können weder du noch Herr Nussbaum mich abhalten.»

«Ich werde nach ihm suchen. Herrn Nussbaum lasse ich erst mal aussen vor. Aber aus einem anderen Grund. Ich will ihn zuerst finden. Wenn die Polizei ihn hat, kann ich nicht mehr …»

«Was?», fragte Samantha. «Was willst du von ihm? Rache?»

Simona antwortete nicht.

«Wofür?»

«Keine Rache. Ich will herausfinden, warum er das alles getan hat.»

«Hat er sich auf der Fahrt zu dem Käseladen seltsam verhalten?», fragte Simona Ranjana.

Ranjana sah so verstört aus, wie Samantha sich fühlte. Simona hatte die Nachricht zusammengefasst ins Englische übersetzt und erklärt, was sie daraus schloss und was das für sie bedeutete.

«Nein», antwortete Ranjana. «Er hat mir erklärt, wie Raclette gegessen wird. In dem Laden ist mir nichts aufgefallen.»

«Wie war seine Reaktion auf den Mann, der ihn vor dem Käseladen angesprochen hat?»

«Für mich sah es aus, als ob die beiden sich kannten.»

«Wie sah das Aufeinandertreffen für dich aus? Zufall, oder hattest du das Gefühl, Joel habe ihn erwartet.»

«Eher zufällig.»

«Eher? Heisst das, du bist nicht sicher?»

Ranjanas Blick huschte zu Samantha und wieder zu Simona zurück. Samantha war sich im Klaren darüber, es nicht alleine zu schaffen und Simonas Erfahrung zu brauchen. Aber der harte Tonfall, in dem Simona Ranjana befragte, liess Zweifel aufkommen. Simona sah aus, als habe sie sich in die Idee, Joel könne der mögliche Tatverdächtige sein, verrannt. Mit einer energischen Handbewegung hatte sie Samanthas Annahme, der Entführer könnte Joels Handy genommen und die Nachricht verschickt haben, zur Seite gewischt.

Es war ein Fehler gewesen, sie um Hilfe zu bitten. Samantha beschloss, eine Möglichkeit zu suchen, um Simona loszuwerden.

«Es sah nicht wie eine Verabredung aus», beantwortete Ranjana Simonas Frage.

«Joel hat den Wagen mit der Fernbedienung entriegelt. Danach hat der Mann mit ihm gesprochen. Nach dem Wortwechsel seid ihr eingestiegen. Ist die Reihenfolge so richtig?»

«Ja.»

«In welche Richtung stand der Wagen – mit der Fahrertür zur Strasse hin?»

«Nein, andersherum.»

«Joel musste also den Wagen umrunden. Ist er am Kofferraum oder bei der Motorhaube vorbeigegangen?»

«Wozu soll das wichtig sein?», ging Samantha dazwischen und erntete als Antwort eine unwirsche Bewegung mit der Hand.

«Auf der Kofferraumseite.»

«Der zweite Mann hatte sich hinter dem Beifahrersitz versteckt?»

«Das muss er wohl, wenn er mir die Pistole an den Kopf gehalten hat.»

«Beim Einsteigen hätte Joel ihn sehen müssen.»

«Hätte er nicht», rief Samantha.

«Doch. Von der Fahrerseite hätte er ihn sehen müssen.»

«Er hat nicht darauf geachtet. Ausserdem sind die hinteren Scheiben getönt.»

«Spätestens beim Einsteigen hätte er ihn bemerken müssen.» Samantha wollte erneut widersprechen, schwieg aber, als sie Simonas Gesicht sah. Wie im letzten Sommer fragte sie sich, was zwischen Joel und Simona in der Vergangenheit vorgefallen war. Schon im vergangenen Juni hatte Simona es für möglich gehalten, Joel könnte sich eines Verbrechens schuldig gemacht haben. Wieso traute die eigene Schwester einem solche Taten zu? Nachdem sich damals herausgestellt hatte, dass Joel nichts mit den Morden bei dem Pharmaunternehmen AarePharm und dem Tod seines Bruders Mario zu tun gehabt hatte, hatte Samantha Simona zunächst fragen wollen, es am Ende aber gelassen.

«Was hat Joel dir getan, dass du ihm Mord und Entführung zutraust?», fragte Samantha auf Schweizerdeutsch.

Simona überging die Frage und schaute Ranjana an. «Hattest du während der Fahrt das Gefühl, die beiden würden sich – wie soll ich sagen – absprechen?»

«Wie meinst du das?»

«Sich zum Beispiel Zeichen geben.»

«Nein. Sie haben miteinander geredet. Mehr nicht.»

«In Englisch?»

«Nein, in eurer Sprache.»

Bildete Samantha es sich ein, oder blitzte Triumph in Simonas Gesicht auf? Es war eindeutig, was sie dachte. Die beiden konnten sich absprechen, ohne dass Ranjana sie verstand.

«Wie war es mit dem anderen Mann in der Fabrikhalle? Er war ebenfalls vermummt, oder?»

Ranjana nickte.

«Hattest du das Gefühl, sie könnten zusammenarbeiten?»

«Der Mann hat Joel mit der Pistole niedergeschlagen», rief Ranjana.

«Er könnte den Schlag vorgetäuscht haben», hielt Simona dagegen.

«Joel lag regungslos am Boden und blutete am Kopf.»

«Auch dafür gibt es Tricks.»

Welche sollten das sein, dachte Samantha verzweifelt.

***

«Warum hast du mir nicht früher davon erzählt?», fragte Ranjana. Nachdem Simona gegen einundzwanzig Uhr nach Hause gefahren war, hatte Samantha ihr von den Vorfällen berichtet, angefangen mit den beiden Morden beim Chienbäse-Umzug.

Sie sassen nebeneinander auf dem Sofa. Auf Ranjanas Frage, warum Simona ihren Bruder verdächtigte, hatte Samantha keine Antwort. Sie dachte an Simonas Worte, als sie diese verabschiedet hatte. «Ich komme morgen früh wieder», hatte sie erklärt. Samantha und Ranjana sollten bis dahin nichts unternehmen.

«Ich wollte dich nicht abschrecken», beantwortete Samantha Ranjanas Frage. «Falsch, ich wollte dich nicht erschrecken, wenn du in die Schweiz kommst. Bis zu diesem Zeitpunkt ging ich davon aus, all das beträfe uns nicht direkt. Das habe ich völlig falsch eingeschätzt. Ich mache mir solche Vorwürfe.»

«Das darfst du nicht.»

«Wie hätte ich es deinem Mann erklären sollen, wenn dir etwas passiert wäre? Er muss total sauer auf mich sein.»

«Das ist er nicht.» Nachdem Simona gefahren war und Samantha die Reste des indischen Essens in den Kühlschrank geräumt hatte, hatte Ranjana lange mit Nilay gesprochen. Er hatte darauf bestanden, dass Ranjana nach Indien heimkommen sollte. Ranjana hatte sich widersetzt. «Ich bleibe. Anshana braucht jemanden, der ihr beisteht.»

Wärme hatte sich in Samanthas Innerem ausgebreitet, als sie das gehört hatte. Familie, die zusammenhielt. Ein weiteres Gefühl der Familienzugehörigkeit war, dass Ranjana ihren indischen Namen Anshana brauchte.

«Was machen wir?», fragte Ranjana.

«Ich möchte nicht bis morgen früh warten, bis Simona zurückkommt. Ob ich doch Herrn Nussbaum anrufen soll?»

Ranjanas Augen weiteten sich. «Ich kann nach wie vor nicht glauben, Joel könne mit allem zu tun haben. Ich bin immer noch der Überzeugung, der Mann, der uns entführt hat, ist dieser Polizeibeamte. Das war bestimmt keine Verkleidung.»

Schweigend starrten sie auf den Wohnzimmertisch, bis Ranjana das Wort ergriff. «Wenn du mich zu der Stelle bringst, wo mich die Frau gefunden hat, finde ich vielleicht den Weg zu diesem Areal.»

«Das würdest du tun?»

«Ja. Für dich und Joel. Er hat das nicht getan, was seine Schwester ihm unterstellt. Nicht er.» Die Entschlossenheit, die Ranjanas Furcht und Verstörung verdrängt hatte, erschreckte Samantha fast gleich stark. «Ich kann nicht zulassen, wie dein zukünftiger Mann seinem Schicksal überlassen wird.»

«Mein zukünftiger Mann ...» Samantha hatte sich nicht an Ranjanas sehnlichen Wunsch gewöhnen können, ihre Schwester endlich verheiratet zu sehen.

«Ich habe nach wie vor Mühe mit eurem Lebensstil, sich das Bett schon vor der Hochzeit zu teilen, und ich hoffe, ihr heiratet bald. Joel wäre ein guter Mann für dich. Unser Bruder wird dem zustimmen, wenn er ihn kennenlernt, und sein Einverständnis dazu geben.»

Moment mal, dachte Samantha. Ging Ranjana davon aus, Joel würde im Fall einer Heirat zuerst bei ihrer indischen Familie vorstellig werden und um Erlaubnis fragen, sie heiraten zu dürfen? Ihr war klar, wie stark sich ihre beiden Kulturen voneinander unterschieden. Nie hätte sie gedacht, diese für sie mittelalterlich anmutenden Bräuche würden für sie gelten.

«Findest du die Stelle, an der mich die Frau entdeckt hat?», wiederholte Ranjana.

«Ich glaube.»

Samantha setzte sich an den Esszimmertisch, auf dem der

Laptop stand. Zwar hatte Simona angedeutet, die Entführer könnten das Versteck wechseln. Samantha stufte wie Joels Schwester die Chance gering ein, dass sie einen Hinweis hinterlassen hatten, aber an einem Ort mussten sie anfangen und durften keine Möglichkeit auslassen. Sie rief sich in Erinnerung, was Nussbaum gesagt hatte. Sie klickte Google Maps an und liess das kleine orange Männchen auf die Strasse fallen.

«Hier?», fragte sie.

«Ich weiss nicht», sagte Ranjana und machte damit Samanthas Hoffnung zunichte. «Es könnte sein … es könnte auch nicht sein. Das sieht alles anders aus. Die Bäume dort haben im Gegensatz zu denen auf dem Foto keine Blätter. Ich erinnere mich, durch den Wald gelaufen zu sein und mich dort versteckt zu haben. Egal, ob die Bäume Blätter haben oder nicht, es sieht für mich überall gleich aus.» Sie deutete auf den Bildschirm.

«Warte», rief sie, als Samantha den Bildschirm zuklappen wollte. Ranjana nahm Samantha die Maus ab und klickte sich die Strasse entlang. «Das Schild mit dem Kreisel und diesen Namen in den grünen und weissen Schildern.» Sie deutete auf den Bildschirm. «Hier ist der Entführer mit uns vorbeigefahren. Also ist es wahrscheinlich, dass ich dort aus dem Wald gekommen bin.»

«Das heisst, du bist nicht lange durch den Wald gelaufen?»

Schulterzucken war die Antwort.

«Sind das die Namen der Ortschaften, die du gelesen hast?»

«Keine Ahnung. Wir sind zu schnell daran vorbeigefahren.»

Erneut sank Samanthas Mut. Derartige Schilder gab es in der Schweiz zuhauf. Ranjana konnte überall gewesen sein. Es half nichts, wenn sie sich nicht an die Namen erinnerte. Trotzdem war es ihr einziger Anhaltspunkt.

«Wir fahren morgen früh dorthin.»

«Mit Simona?»

«Nein», sagte Samantha entschlossen.

ACHTZEHN

Samantha fuhr am Industriegebiet Schweizerhalle vorbei und nahm im Kreisel die zweite Ausfahrt. Als kurz vor dem Waldstück die Geschwindigkeitsbegrenzung von sechzig Kilometern pro Stunde aufgehoben war, beschleunigte sie.

«Hier irgendwo bist du aus dem Wald gekommen», sagte sie.

Ranjana, die auf dem Beifahrersitz sass, beugte sich vor.

Samantha folgte der schnurgeraden Strasse, auf deren rechter Seite ein Veloweg entlangführte.

«Und?», fragte sie nach einigen Sekunden.

«Das sieht etwas anders aus», sagte Ranjana. «Heute scheint die Sonne. Bei meiner Flucht hat es genieselt, und es dämmerte.»

Sie erreichten Birsfelden.

«Was soll ich machen?», fragte Samantha, als sie vor dem Kreisel stand und zwei Autos passieren liess, die Vortritt hatten.

«Fahr bitte zurück. Dieses Mal langsamer.»

Samantha kam der Bitte nach und fuhr nach Aufheben der Geschwindigkeitsbegrenzung weiter mit sechzig Kilometern pro Stunde. Ein roter Wagen hinter ihr blendete mehrmals auf und überholte sie schliesslich mit aufheulendem Motor.

«Stopp!», rief auf einmal Ranjana. «Hier ist es.»

Aber Samantha war schon an der Einfahrt vorbei. Sie schaute in den Rückspiegel und konnte gerade noch das weisse Schild, das mit «Waldhaus» angeschrieben war, erkennen.

«Ich drehe um», sagte sie.

Ranjana neben ihr wurde zappelig, als sie den Kreisel vor der Schweizerhalle nutzte, um zum zweiten Mal zu wenden. Sie bogen rechts in den schmalen asphaltierten Weg ab, der zum Waldhaus führte. Nach einigen Metern bat Ranjana Samantha anzuhalten. Sie stellte den Wagen neben einem dunkelgrünen Kombi auf einer kleinen Kiesfläche vor einer Barriere ab.

«Dort bin ich rausgekommen», sagte Ranjana und deutete auf einen Kiesweg, der mit einer Schranke abgesperrt war.

«Bist du sicher?», fragte Samantha.

«Ja.» Ranjana stieg aus. «Komm», rief sie ungeduldig.

«Herr Nussbaum hat gesagt, du wärst direkt aus dem Wald gekommen.»

«Bin ich auch.» Sie machte eine ausladende Bewegung mit der Hand. «Ich habe diese kleine Strasse gesehen, bin losgerannt und direkt vor ein Auto gelaufen. Ich war erleichtert und habe nicht aufgepasst.»

Samantha war nicht überzeugt und versuchte sich daran zu erinnern, was Nussbaum ihr gesagt hatte. Gemäss seiner Schilderung hatte Samantha angenommen, Ranjana sei direkt auf die Hauptstrasse gerannt. Allerdings musste sie zugeben, dass er von anderen Voraussetzungen ausging. Er glaubte wahrscheinlich nach wie vor, der Entführer habe Ranjana hier abgesetzt und sie sei losgerannt, ohne aufzupassen, wohin sie lief. Für Ranjanas Schilderung sprach der glimpfliche Ausgang des Zusammenstosses mit dem Auto. Ranjana wäre stärker verletzt gewesen, wenn sie auf die Kantonsstrasse vor ein Auto gelaufen wäre. Hier hatte die Frau die Geschwindigkeit reduziert, weil sie sich der Einfahrt genähert hatte. Samantha folgte ihrer Schwester den Kiesweg entlang.

Die Sonne schien, und ihre wärmenden Strahlen erreichten durch die unbelaubten Baumwipfel den Waldboden. An verschiedenen Bäumen waren Knospen erkennbar. Samantha hörte neben dem Rauschen der auf der Hauptstrasse vorbeifahrenden Autos Vogelgezwitscher und das Klopfen eines Spechtes. Ein schwacher, erstaunlich milder Wind strich über ihr Gesicht.

Ranjana bog mehrmals ab und blieb hin und wieder stehen, um sich umzuschauen. Für Samantha erschien dieser Zickzackkurs willkürlich, und sie fragte sich, ob Ranjana wusste, wo sie hinlief.

«Mum hat gesagt, ich hätte einen unglaublichen Orientierungssinn», sagte Ranjana, als habe sie Samanthas Misstrauen gespürt.

Das mochte für eine chaotische indische Stadt zutreffen, da sie dort aufgewachsen war, aber Samantha bezweifelte, Ranjana habe je Gelegenheit gehabt, sich in einem Wald zu orientieren. In einem Wald, den sie bisher einmal gesehen hatte. In dem sie den Eindruck hatte, verfolgt zu werden, und daher nicht darauf achtete, wohin sie lief. Aus dem sie so schnell wie möglich hatte herauskommen wollen, um Hilfe zu finden.

Samanthas Kopfhaut begann zu kribbeln. Zuerst ignorierte sie es. Als es stärker wurde, blieb sie stehen und versuchte zu begreifen, was ihr Unbehagen bereitete. Die Zweifel, ob Ranjana den Weg zu dem Versteck der Entführer fand, waren nicht der einzige Grund.

«Was ist?», fragte Ranjana.

Samantha drehte sich um. Die Sonne war hinter einer Wolke verschwunden. Es wurde gleich kühler, und die kahlen Bäume wirkten dunkler. Unheimlicher. Sie hatte das Gefühl, eingeschlossen zu sein. In ihrem Kopf begann eine Alarmglocke zu schrillen, und Samantha konnte das unbestimmte Empfinden zuordnen. Ihnen folgte jemand.

Aus einem Seitenweg bog eine Person ab und entfernte sich rasch. Die Person war zu weit weg, um erkennen zu können, ob es sich um einen Mann oder eine Frau handelte. Kurze Zeit später war sie um die Kurve verschwunden. Einige Sekunden darauf tauchte dort eine andere Gestalt auf, die in ihre Richtung kam. Samantha brauchte eine Weile, bis sie begriff, dass es ein Jogger mit seinem Hund war. Er trabte auf sie zu und grüsste. Der Schäferhund sprang einmal schwanzwedelnd um sie herum, folgte aber gleich dem Befehl des Mannes, das zu unterlassen. Die beiden bogen um die nächste Kurve. Der Eindruck, nicht alleine zu sein, blieb. Samantha suchte den Wald ab und hatte das Gefühl, es würde sich jemand hinter einen Baumstamm schieben. Die Sonne war wieder hinter den Wolken hervorgekommen, und Licht und Schatten wechselten einander ab. Grossen Schutz boten die Bäume nicht. Allerdings gab es genügend andere Möglichkeiten. Einzelne Stämme waren breit genug, um sich dahinter zu verstecken. Die Nadelbäume boten ebenfalls einen guten Sichtschutz.

Wer sollte ihnen gefolgt sein? Simona? Die Polizei oder einer der Entführer? Du hast nicht darauf geachtet, dachte sie und verwünschte sich für das Versäumnis. Sie versuchte sich zu erinnern, ob jemand gleichzeitig mit ihnen in Liestal abgefahren war, als sie von Joels Haus aufgebrochen waren. Ohne Erfolg. Das Gleiche galt für eben, als sie mehrmals die Strasse hin- und hergefahren war und bei den Kreiseln gewendet hatte. Keiner von den Wagen war hinter ihnen in die kleine Strasse zum Waldhaus abgebogen. Das musste nichts heissen, wurde ihr bewusst. Ein möglicher Verfolger könnte erst einmal vorbeigefahren sein, ein weiteres Mal im Kreisel gewendet haben und danach abgebogen sein.

Ranjana berührte Samantha am Arm. «Stimmt etwas nicht?»

«Es ist alles in Ordnung», zwang Samantha sich zu sagen. Sie wollte Ranjana nicht ängstigen. Ihre Schwester hatte genug durchgemacht, und Samantha war ihr dankbar, dass sie sich auf die Suche eingelassen hatte. Sie befürchtete, Ranjana könnte einen Rückzieher machen, falls Samantha ihr von ihrem Gefühl erzählte. Abbrechen wollte sie die Suche auf keinen Fall.

«Gehen wir weiter», sagte sie.

Während sie weiterliefen, schaute Samantha sich wiederholt möglichst unauffällig um. Bis auf zwei Frauen, die ihnen mit einem Kinderwagen und einem älteren Kind auf einem Laufvelo entgegenkamen, trafen sie keine weiteren Leute an.

Als Samantha endgültig das Gefühl hatte, sie liefen im Kreis, fasste Ranjana ihren Arm und deutete nach vorne.

«Dort», sagte sie.

Zuerst sah Samantha nichts Nennenswertes, bis ihr aufging, am Waldrand angekommen zu sein.

Ranjana hielt weiterhin Samanthas Arm und zog sie hinter sich her. Sie verliessen den Weg und schlängelten sich durch das Gestrüpp. Sie traten aus dem Wald heraus und duckten sich hinter aufgeschichteten Baumstämmen. Samantha betrachtete erstaunt das Gleis, das am Waldrand entlangführte, und fragte sich, ob es eine normale Bahnlinie der SBB war. Auf der anderen Seite des Bahntrassees erkannte sie ein Areal mit zwei länglichen Gebäuden aus Wellblech, die auf der Längsseite grosse Tore mit unterbrochenen Fenstern hatten. Sie sahen fast wie die Tore zu einem Feuerwehrdepot aus. Es könnte sich um Lagerhallen handeln. Bei einer der Hallen hatte es im vorderen Bereich einen Raum mit Fensterscheiben, die auf die Entfernung wie übergrosse Schaufenster aussahen. Zwischen den Fenstern war eine gläserne Tür. Samantha nahm an, es handle sich um einen Verkaufsbereich. Gegenüber den Hallen befand sich ein graues zweistöckiges Haus mit einem Flachdach, neben dem drei oder vier gestapelte verrostete Container standen. Auf dem Platz zwischen den Gebäuden konnte sie vor dem Verkaufsraum und dem anderen Haus Markierungen für Parkfelder erkennen. Allerdings war kein Wagen dort. Allgemein sah das Areal verlassen und heruntergekommen aus. Die Storen waren bei den meisten Fenstern heruntergelassen und hingen schief. Einzelne Fenster der Tore waren zerbrochen, und bei einer der Lagerhallen hatte Samantha das Gefühl, es fehlten Teile vom Dach.

«Dort drin wurden wir gefangen gehalten.» Ranjana deutete auf die Lagerhalle ohne Verkaufsraum. «Oder besser ich. Ich weiss nicht, ob Joel dort ist.»

Oder ob er inzwischen weggebracht wurde, dachte Samantha. An Stelle der Entführer hätte sie Joel fortgeschafft, nachdem sie Ranjanas Flucht bemerkt hätte. Es sei denn, sie waren mit der Lage überfordert und hatten keinen Plan B. Falls sie erst ein neues Versteck finden mussten, konnte Joel noch hier sein.

«Sie könnten ihn genauso direkt an einen anderen Ort gebracht und mich hiergelassen haben», sagte Ranjana.

«Es gibt nur eine Möglichkeit, das herauszufinden», sagte Samantha entschlossen.

Ranjana wollte aufstehen, aber Samantha hielt sie zurück. «Obwohl es aussieht, dass keiner da ist, können wir uns nicht darauf verlassen und müssen damit rechnen, jederzeit den Entführern zu begegnen.»

«Was willst du tun?»

«Das Areal einen Moment beobachten.»

***

Wie lange sie neben den Baumstämmen gekauert hatten, wusste Samantha nicht. Langsam wurden ihre Beine taub, und sie begann zu frieren. Die Sonne war inzwischen hinter aufziehenden Wolken verschwunden, und der Wind frischte auf. Auf ihrer Fahrt hierher hatte der Wetterbericht Regen für den Nachmittag angekündigt. Zu gerne wäre Samantha längst zum Fabrikgelände gelaufen und hätte nach Joel gesucht. Sie mahnte sich zur Besonnenheit und zwang sich, weiter das Areal zu beobachten. Sie wollte nichts überstürzen. Gleichzeitig nutzte sie die Gelegenheit, um festzustellen, ob ihnen jemand gefolgt war. Bis auf das Geräusch des Windes und das Vogelgezwitscher blieb es ruhig. Samanthas Ungeduld wuchs.

«Du warst in diesem länglichen Gebäude dort?», raunte Samantha Ranjana zu, um sich nochmals zu vergewissern.

«Ja. Das muss mal eine Lagerhalle gewesen sein.»

«Kannst du sie beschreiben?»

«Drinnen ist ein grosser Raum mit Regalen an einer Wand, die alle leer sind. Glaube ich zumindest. Ein Gabelstapler steht drin, der aber nicht besonders funktionstüchtig ausschaut. Ganz hinten hat es zwei Räume. In einen bin ich gesperrt worden. Beide haben Fenster, und einer davon hat eine Tür, in der nur das Hängeschloss eingehängt war. Doch das kannst du von unserem Standpunkt aus nicht sehen.»

Samantha erinnerte sich, was Ranjana zu ihrem Fluchtablauf erzählt hatte.

«Könnte Joel in den anderen Raum gesperrt worden sein?»

«Ich weiss nicht, was sie mit ihm gemacht haben, aber ich glaube es nicht. Ich hatte Angst und habe nicht darauf geachtet, was in der Halle geschah. Später war es ruhig. Als ich die Tür entdeckt habe und geflohen bin, habe ich von aussen durch das Fenster in den Nachbarraum geschaut. Durch die dreckigen Scheiben konnte ich nicht viel erkennen. Trotzdem hatte ich das Gefühl, der Raum sei leer. Als ich die Stimmen gehört habe, bin ich in den Wald gerannt.»

Samantha starrte auf das Areal. Sie fühlte sich überfordert und fragte sich, wie sie vorgehen sollte. Das war ein klarer Fall für die Polizei. Die Versuchung, Nussbaum anzurufen, wurde grösser. Wenn er oder jemand aus seinem Team hinter alldem steckte, war alles umsonst gewesen. Samantha sah Nussbaum vor sich. Sie konnte sich nicht vorstellen, dass dieser Mann mit den Morden zu tun hatte. Bisher machte er den Eindruck, stets alles seriös erledigen zu wollen. Eine Option war, ihn direkt darauf anzusprechen, es könne sich bei einem der Täter um einen Polizeibeamten handeln. Es musste keiner aus seinem Team sein. Beinahe hätte Samantha aufgelacht. Das war die Lösung. Vermutlich hatte er von dieser Möglichkeit keine Ahnung.

Zweifel regten sich. Würde er ihr glauben? Sie nahm an, die Loyalität unter den Polizeibeamten war gross. Joel stand weit oben auf seiner Liste der Verdächtigen. Samantha hatte ausser der Aussage ihrer Schwester keine Beweise für ihre Vermutung. War diese in den Augen der Polizei glaubhaft? Ranjana lebte nicht in der Schweiz. Sie konnte die Sprache nicht. Blaue Uniformen – oder sollte sie besser Arbeitskleidung sagen? – gab es in der Schweiz genug. Was der Schriftzug war, konnte Ranjana nicht mit Sicherheit bestätigen. Schliesslich hatte Samantha ihr das Wort in den Mund gelegt.

Falls die Person eine Polizeiuniform getragen hatte, war ihr Risiko zu hoch. Er konnte – wenn auch über indirekte Wege – Wind davon bekommen.

Lieber Simona? Sie unterstellte Joel wie Nussbaum, sein

Verschwinden inszeniert zu haben. Samantha ging davon aus, sie würde sofort die Polizei verständigen, wenn Samantha anrief. Oder sie hatte es bereits getan? Ausserdem musste sie inzwischen bemerkt haben, dass Ranjana und Samantha nicht zu Hause waren, und würde vermuten, dass sie auf eigene Faust losgezogen waren. Sie war bestimmt sauer und hatte Nussbaum kontaktiert. Falls das so war, würden sie nach ihnen suchen. Da sie davon gesprochen hatte, in einem ersten Schritt den Ort ausfindig zu machen, wo Ranjana gefangen gehalten gewesen war, würden sie die Suche dort starten, wo Ranjana vor das Auto gelaufen war, und ihren Wagen finden.

Sie dachte an das Gefühl, verfolgt zu werden. Falls es zutraf, waren das keine Polizisten gewesen, nahm sie an. Sie hätten sie sofort gestellt, sobald sie Ranjana und Samantha erblickt hatten.

Das hiesse, sie wussten nicht, wo Samantha sich mit ihrer Schwester aufhielt. Samantha blickte über die Schulter und erwartete beinahe, Beamte mit Suchhunden hinter sich auftauchen zu sehen. Aber niemand war dort. Keine entfernten Stimmen waren zu hören. Sie war hin- und hergerissen, ob sie ihre Aktion abbrechen und zu ihrem Wagen zurückkehren sollten. Es begann zu nieseln. Samantha spürte, wie Ranjana neben ihr zitterte. Sie musste genauso wie Samantha frieren. Samantha fasste einen Entschluss.

«Gehen wir zuerst zur Halle, in der du gefangen gehalten worden bist. Wenn er nicht dort ist, klappern wir die anderen Gebäude ab.»

Ranjana nickte zögernd. Deutlich sah Samantha ihr die Angst an.

«Du kannst hier warten», sagte sie. «Falls ich nicht mehr zurückkomme, wählst du den Notruf.» Sie reichte Ranjana ihr Handy.

Heftig schüttelte Ranjana den Kopf. «Keine Polizei», flüsterte sie.

«Die vom Notruf sind andere Beamte, die nichts mit den Ermittlungen zu tun haben.»

«Ich kann ihnen nicht sagen, wo wir sind, da ich mich nicht auskenne.»

Guter Punkt. «Bitte sie, das Handy zu orten.» Ging das überhaupt so schnell? Samantha überlegte, in welche Richtung sie gelaufen waren – zurück nach Pratteln oder nach Birsfelden? «Sag ihnen ausserdem, was du siehst und dass du am Rand von Birsfelden sein musst.»

«Wenn die kein Englisch können?»

Mach es nicht so kompliziert, dachte Samantha und zwang sich zur Geduld. «Einer wird Englisch können.»

Als sie aufstehen wollte, hielt Ranjana sie zurück. «Du weisst nicht, wo genau die Tür ist. Von hier kann man sie nicht erkennen.»

«Ich schaue einfach überall nach. Ich halte es wirklich für besser, wenn eine von uns hierbleibt.»

Geduckt lief Samantha über die Gleise zur Rückseite eines der Lagerhäuser. Sie lehnte sich an die Wand und wartete, damit sich ihr Atem und der Puls, der hochgeschnellt war, normalisierten. Sie blickte zurück zum Wald. Ranjana konnte sie hinter den Baumstämmen nicht erkennen. Sie schaute auf die Gleise.

Die Gebäude dieser Firma mussten sich am Rande eines Gewerbegebietes befinden. Soweit sie es aus dieser Entfernung beurteilen konnte, sahen die anderen Firmen nicht so heruntergekommen aus und schienen noch in Betrieb zu sein. Die Gleise sahen benutzt aus und waren bestimmt nicht für Personen-, sondern für Güterzüge zu und von den anderen Firmen gedacht. Da heute Sonntag war, würde wohl kein Zug vorbeikommen. Dafür konnte sie aber nicht damit rechnen, Hilfe holen zu können.

Der Wind blies ihr den Nieselregen ins Gesicht, der sich verstärkt hatte. Samantha wischte die Tropfen fort und musterte das Gebäude, vor dem sie stand. Die Tür war offen und bewegte sich im Wind. Dabei quietschte sie leise. Das musste das Gebäude sein, aus dem Ranjana geflohen war. Samantha spähte in den Raum. Keine Person befand sich darin. Sie fand es seltsam, dass die Tür offen war. Sie hätte an der Stelle des Entführers die Tür geschlossen. Hatten sie Ranjanas Flucht wirklich nicht bemerkt? Das hielt sie nach wie vor für unwahrscheinlich.

Sie lief geduckt die Wand entlang zum Fenster des Nachbarraums. Durch das verschmierte Glas konnte Samantha nichts erkennen. Sie rubbelte mit dem Ärmel ihrer Jacke über die Fläche. Der Raum sah ähnlich aus wie der andere. Auch hier war niemand drin. Samantha huschte zum Ende des Gebäudes. Sie wollte um die Ecke biegen und zuckte zurück. Ihr Puls schnellte augenblicklich hoch. Wieso hatten sie die Möglichkeit ausgeschlossen, jemand habe auf der anderen Seite des Gebäudes, die von ihrem Standpunkt am Waldrand nicht zu sehen war, sein Auto abgestellt? Ein Versäumnis, das beinahe zum Verhängnis geworden war. Es war jemand hier. Es hätte nicht viel gefehlt, und sie wäre ihm in die Arme gelaufen.

Handelte es sich bei dem Wagen um den des Entführers, oder war es der von jemand anderem? Wer sollte es sein ausser dem Entführer? Das würde bedeuten, Joel musste hier irgendwo zu finden sein.

Auf einmal hörte Samantha Stimmen. Es mussten zwei Männer sein. Die beiden unterhielten sich leise, und sie verstand nicht mehr als Gemurmel.

Samantha war unschlüssig, ob sie zu Ranjana zurückkehren und warten sollte, bis es dunkel wurde und die Entführer verschwanden, oder weitersuchen sollte.

Wenn sie gekommen waren, um Joel in ein anderes Versteck zu bringen, wäre alles umsonst gewesen. Die Zeit drängte, und sie musste weitersuchen.

Vorsichtig spähte sie um die Ecke. Ein Mann schlug gerade den Kofferraum des roten BMW zu. Er hob eine Kiste hoch, die er neben den Wagen gestellt hatte, und trug sie zu dem Raum. Erst als er im Gebäude verschwunden war, begriff Samantha, was sie gesehen hatte. Der Mann hatte eine

Polizeiuniform getragen. Da er sich nicht umgedreht hatte, konnte sie nicht sagen, ob es sich bei ihm um Nussbaum gehandelt hatte. Von der Statur könnte es passen. Nein, dachte sie. Es muss jemand anderer sein, versuchte sie sich einzureden. Nussbaum hatte sie schliesslich bisher nie in seiner Uniform gesehen. Warum sollte er sie ausgerechnet bei einer Entführung tragen? Egal, wer es war, sie musste aufpassen, damit er und sein Kollege nichts von ihrer Anwesenheit bemerkten.

Inzwischen war es dunkler geworden, und Samantha hatte das Gefühl, die Dämmerung habe eingesetzt. Dafür war es aber zu früh. Vermutlich lag es am trüben Wetter.

Etwas irritierte sie, und sie brauchte einen Moment, bis ihr klar war, was es war. Warum brachte der Mann eine Kiste ins Gebäude? Nach Samanthas Meinung musste es andersherum sein, wenn sie alles zu einem neuen Versteck brachten.

Ich brauche einen Plan, dachte sie. Hielten die Männer Joel in diesem Lagerhaus gefangen? Sie versuchte sich zu erinnern, was Ranjana über das Gebäude gesagt hatte. Es hatte einen riesigen Lagerraum und diese beiden Zimmer. In den Zimmern war keiner, also musste Joel – wenn er überhaupt da war – in der Halle sein. Samantha kehrte zu der offenen Tür zurück und schlüpfte so leise, wie es ihr möglich war, hinein. Dabei blieb sie mit der Hand an der Tür hängen. Die rostige Türklinke schrammte über ihren Handrücken. Ein Schmerz schoss durch die Hand. Samantha biss sich auf die Lippen, um nicht aufzuschreien. Sie betrachtete die Wunde, die quer über den Handrücken verlief. Zum Glück nur ein kleiner Kratzer, der nicht stark blutete. Samantha holte ein Papiertaschentuch aus ihrer Jacke und drückte es auf die Wunde. Sie nahm ihr Tuch vom Hals und wickelte es um die Hand. Dieser notdürftige Verband musste reichen. Sie schlich zur Tür der gegenüberliegenden Wand und hörte, wie sich die Männer auf der anderen Seite unterhielten. Samantha verstand die Worte nicht und presste ihr Ohr gegen die Tür.

«Warum hast du deine Arbeitskleidung an? Das haben wir doch diskutiert», sagte der eine. Er klang heiser.

«Du hast gesagt, ich müsse schnell kommen. Da blieb keine Zeit, nach Hause zu fahren.» Der Mann klang jünger als der andere. Die Stimme kam Samantha bekannt vor, aber sie wusste nicht, von wo.

«Oder anders ausgedrückt, du hast deine Wechselkleidung wieder vergessen.»

«Ich war damit nur bei der Inderin, und die weiss nicht, was ich für Kleidung getragen habe.»

«Hoffen wir es. Noch eine Panne dürfen wir uns nicht erlauben. Damit sind wir beim ursprünglichen Thema», sagte der mit der heiseren Stimme. «Wir sollten ihn endlich wegbringen. Das hätten wir längst tun sollen.»

«Es ...»

«Mir ist klar, wenn sie den Ort hier hätte beschreiben können, wäre längst einer aufgetaucht.»

«Soweit ich von meinen Quellen weiss, ist ihre Aussage nicht brauchbar.»

«Du weisst nicht genau, was sie ausgesagt hat.»

«Das nicht, aber es soll alles recht wirr sein.»

«Wir können uns nicht darauf verlassen, dass es so bleibt, und mir ist nicht wohl bei dem Gedanken, hierzubleiben. Ich bin davon überzeugt, früher oder später taucht hier jemand auf und stellt alles auf den Kopf.»

«Ich habe keine Ahnung, wohin wir gehen könnten.»

«Denk gefälligst nach. Du solltest aufgrund deines Berufes genügend mögliche Verstecke finden oder wissen, wo deine Kollegen nicht unbedingt nachschauen würden.»

«Es gäbe eine einfachere Möglichkeit.»

«Beseitigen möchte ich ihn nicht. Noch nicht.»

Knapp konnte Samantha einen Aufschrei verhindern.

«Er könnte von Nutzen sein.»

«Wofür? Inzwischen empfinde ich ihn als Ballast.»

Samantha presste die Faust gegen den Mund. Bitte nicht.

«Lass uns alles zusammenpacken und gehen», sagte der

Mann mit der heiseren Stimme, der eindeutig der ältere der beiden sein musste.

Schritte waren zu hören, das Quietschen einer Tür und ein Knall. Stille folgte. Samantha wartete einen Augenblick, bis sie es wagte, die Türklinke herunterzudrücken. Die Tür öffnete sich einen Spaltbreit. Die Halle war leer. Sie sah genauso aus, wie Ranjana sie beschrieben hatte. Auf einem der Regale entdeckte sie die Kiste, die der Polizist aus dem Auto genommen hatte. Samantha spähte hinein. Wasserflaschen, Brot, Landjäger und eine angebrochene Packung Kekse. Sie lief zu einem der Tore und blickte durch das verdreckte Fenster nach draussen. Von hier aus konnte sie nur einen Teil der Motorhaube des Wagens erkennen. Sie schaute über den Platz und überlegte, wohin die Männer verschwunden waren. Bestimmt waren sie zu Joel gegangen. Wenn die andere Lagerhalle ähnlich gebaut war wie diese, war es unwahrscheinlich, dass er dort gefangen gehalten wurde. Sie nahm nicht an, er befände sich in dem Verkaufsraum. Die Fenster waren zu gross, und man konnte gut erkennen, was drin war.

Blieb nur das zweistöckige Haus. In diesem Gebäude könnten sich ehemals Büros befunden haben. Samantha überlegte, was es einmal für eine Firma gewesen sein könnte. Der Name, der auf der Tafel stand, die über der Tür zum Verkaufsraum angebracht war, sagte ihr nichts. Sie drehte sich um. Auf den Regalen standen einzelne Kisten, und etwas lag davor, das wie ein Ersatzteil für eine Maschine aussah.

Waren in der Kiste die Reste der Verpflegung für Joel? Falls dem so war, würden sie wiederkommen, um sie zu holen. Samantha hatte nach wie vor keinen Plan, was sie tun sollte. Ihr war nur klar, dringend verschwinden zu müssen, bevor die Männer zurückkamen. Sie eilte zu dem Raum, in dem Ranjana gefangen gewesen war. Als sie die Tür schliessen wollte, sprang draussen der Motor eines Wagens an und liess Samantha zusammenzucken. Der Wagen fuhr an, und das Geräusch wurde leiser. Sie waren weg. Mit Joel? Hoffentlich nicht. Sie musste die Chance nutzen und nachschauen.

Samantha lief zum Tor der Halle. Der Wagen war weg. Sie drückte die Klinke der Tür, die sich als Durchgang in dem Tor befand. Sie sprang auf. Bevor Samantha zum Bürogebäude lief, eilte sie zu der anderen Halle und spähte in den Verkaufsraum. Es war, wie sie vermutet hatte. Ausser einem Tisch, auf dem eine alte Registrierkasse stand, war der Raum leer.

Samantha eilte über den Platz zum Bürogebäude. Sie stiess gegen die Tür, die nicht aufsprang. Samantha rüttelte am Griff. Die Tür war verschlossen. Was hast du gedacht? Frust machte sich breit. Denk nach, befahl sie sich. Sie lief um das Gebäude in der Hoffnung, eine weitere Tür zu finden. Es gab lediglich Fenster, die bis auf den Boden reichten. Bei einem war die Store nur halb heruntergelassen. Samantha bückte sich und erkannte einen grossen Raum, in dessen Mitte sich ein vergilbter Tisch befand. Um den Tisch standen zehn braune Stühle. An den Wänden waren halbhohe Regale, deren Hängeregisterschubladen offen standen. Es sah wie ein Sitzungszimmer aus. Samantha umrundete das Gebäude ein zweites Mal und fand keine weitere Tür. Sie kehrte zur Rückseite zurück. Sie trat ein Stück nach hinten und stolperte. Knapp konnte sie es verhindern zu stürzen. Samantha blickte auf den Boden und bemerkte einen faustgrossen Stein.

Sie lief mit dem Stein zum Gebäude und warf ihn gegen das Fenster, dessen Store nur halb heruntergelassen war. Das Glas klirrte, und sie blickte sich erschrocken um. Niemand kam angelaufen und fragte, was sie hier tat.

Als Samantha in den Raum schlüpfen wollte, wurde sie von hinten gepackt und zurückgezogen.

***

Samantha sass auf dem Boden. Die Nässe vom rissigen Asphaltbelag drang durch ihre Kleider. Sie hatte die Knie aufgestellt und stützte sich mit den Ellenbogen darauf ab. Fest presste sie ihr Gesicht gegen die Handinnenflächen und versuchte, das Schluchzen unter Kontrolle zu bringen.

«Was hast du dir bei diesem Himmelfahrtskommando gedacht?», herrschte Simona sie an.

Als Samantha erkannt hatte, wer sie an der Schulter gepackt hatte, war sie kraftlos zusammengesackt.

Schweigend hatte sie sich Simonas Erklärung angehört, wie sie Ranjana und Samantha hatte wegfahren sehen und ihnen in den Wald gefolgt war – in einem grossen Abstand, da die laublosen Bäume keinen guten Sichtschutz boten. Daher hatte sie nicht bemerkt, wie Samantha und Ranjana vom Weg abgebogen waren. Erst nach einer Weile war ihr die Idee gekommen, die beiden dort zu suchen, wo sie sie das letzte Mal gesehen hatte. Es hatte gedauert, bis sie auf Ranjana gestossen war, die zusammengekauert hinter den Baumstämmen verharrte. Ranjana hatte ihr nicht sagen wollen, was Samantha vorhatte. Zufällig hatte Simona Samantha über den Platz zum Haus rennen sehen und war zum Firmenareal gelaufen.

«Ich fasse es nicht. Alleine losziehen und den Helden spielen wollen.»

Wut keimte in Samantha auf. «Wundert es dich! Du … Nussbaum … alle unterstellen Joel, an den Morden beteiligt zu sein und sein Verschwinden inszeniert zu haben. Diejenigen, die man in einer solchen Situation um Hilfe bitten würde, kann ich nicht fragen. Sie würden mir eh nicht glauben. Sogar du hast Zweifel an Ranjanas Aussage, es könnte ein Polizist hinter den Taten stecken.»

«Es sieht eindeutig danach aus, Joel –»

«So ein Blödsinn!» Samantha sprang auf. «Nenne mir eindeutige Beweise.»

Simona schwieg.

«Genau das habe ich mir gedacht. Bevor ich weitere Zeit vertrödle, werde ich da drin nachschauen, ob er in diesem Haus gefangen gehalten wird.»

«Wenn das so wäre, könnte sein Entführer dort sein.»

«Der hätte uns längst bemerkt. Ausserdem sind sie weggefahren, und ich habe keine Ahnung, für wie lange. Genauso weiss ich nicht, ob sie sich endgültig dazu entschliessen, Joel zu töten, weil sie keinen Alternativplan für ein Versteck haben.»

«Moment mal. Woher weisst du das?»

In knappen Sätzen berichtete Samantha, wie sie die beiden Männer belauscht hatte.

«Der eine trug wirklich eine Polizeiuniform?», fragte Simona.

«Ja.» Samantha hielt Simonas durchdringendem Blick stand. Deutlich konnte sie Joels Schwester ansehen, wie sie mit sich rang, ob sie Samanthas Aussage glauben sollte.

«Hast du den Mann erkennen können?»

«Nein. Er hat mir den Rücken zugedreht. Von der Statur könnte es durchaus Herr Nussbaum sein.»

«Haben sie sich gegenseitig mit Namen angesprochen?»

Doofe Frage, dachte Samantha. Wenn das so wäre, hätte das Rätselraten um die Identität ein Ende. «Nein.»

«Haben sie bei dem Gespräch Joel mit Namen erwähnt?»

«Nein, aber es ist eindeutig, wen sie gemeint haben.»

«Nicht unbedingt. Sie könnten eine andere Person entführt haben, und Joel ist daran beteiligt.»

«Fängst du wieder damit an!», rief Samantha. «Warum?»

«Du hast ihn nicht gesehen, als das vor zehn Jahren – oder sind es inzwischen mehr? – mit seiner damaligen Verlobten passiert ist. Er hat Morddrohungen gegen uns alle ausgestossen und ist dabei fast gewalttätig geworden. Ich weiss nicht, woher dieses Gewaltpotenzial kam. Es hat mich zutiefst erschreckt.»

«Wie würdest du reagieren, wenn deine Mutter am Tod von Maik schuld wäre und sich alle hinter sie stellen?» Samantha funkelte Simona an. «Offenbar sind Joels Zurückhaltung und Skepsis euch allen gegenüber nach wie vor gerechtfertigt. Er ist das schwarze Schaf der Familie. Sobald etwas passiert, ist er der Verdächtige Nummer eins.»

Simona wollte etwas erwidern, aber Samantha hob die Hand. «Ich habe keine Lust, darüber zu diskutieren. Ich werde in das Haus gehen und Joel suchen, und zwar bevor die Entführer zurückkommen.»

Samantha schlüpfte unter der Store in das Innere des Gebäudes. Es stank. Samantha konnte den Geruch nicht eindeutig definieren. Sie vermutete eine Mischung aus ewig nicht gelüftetem Raum, dem alten senfgelb-braun gemusterten Teppichboden, Staub und den alten Möbeln.

«Warte, ich komme mit», sagte Simona.

Obwohl es Samantha nicht recht war, liess sie Simona gewähren. Sie wartete, bis Simona in dem Raum stand.

Bevor Samantha die Tür öffnete, hielt Simona sie zurück. «Sind wirklich beide weggefahren?», fragte Simona und jagte Samantha einen Schreck ein.

«Ich meine, hast du beide in das Auto steigen und wegfahren sehen?», hakte Simona nach, als Samantha nicht antwortete.

«Nein», brachte Samantha endlich hervor.

«Bist du sicher, dass keine weitere, also dritte Person involviert ist?»

Samantha verneinte abermals.

«Wenn einer da wäre, hätte er uns bestimmt bemerkt und uns gestellt.» Oder auch nicht. Er konnte entweder warten und ihnen eine Falle stellen oder sie nicht bemerkt haben, weil er in einem anderen Gebäude war. Vielleicht war er in diesem Haus. Die Angst war zurück. Raus hier! Nur knapp konnte sie dem Drang zu fliehen widerstehen.

Simona dachte offenbar das Gleiche, und Samantha sah, wie es in ihrem Kopf arbeitete.

«Ich gehe voraus», sagte Simona und tastete nach ihrem Gürtel. Das sah nach einer gewohnten Bewegung aus. «Mist», murmelte sie.

Simona hatte eine Waffe ziehen wollen, wurde Samantha sich bewusst. Simona öffnete die Tür einen Spaltbreit und spähte den Gang entlang. Sie durchsuchten das Erdgeschoss, das aus einem weiteren Sitzungszimmer und Büros bestand. Alle Räume waren leer und machten den Anschein, dass längere Zeit keiner darin gewesen war. Simona ging zur Aussentür und rüttelte daran.

«Wenn die verschlossen ist, sollte keiner drin sein», sagte sie und blickte zur Treppe, die nach oben führte.

Das musste nicht so sein, kam Samantha der beunruhigende Gedanke. Er konnte abgeschlossen haben, nachdem er das Haus betreten hatte.

Samantha folgte Simona die Treppe nach oben.

«Damit wir schneller sind, übernehme ich das obere und du das erste Geschoss», sagte sie und eilte die Treppe nach oben in den zweiten Stock. Samantha öffnete die Glastür und liess sie offen. Sie ging zum Ende des Ganges und zählte auf jeder Seite fünf Türen. Sie begann mit der letzten auf der rechten Seite. Alle Büros waren gleich wie die im unteren Stock eingerichtet. Pro Büro hatte es vier Schreibtische, Hängeregisterschränke und einen grossen, der bis an die Decke reichte. Als sie im dritten Büro war, fiel ihr Blick auf den Platz, und sie erstarrte. Vor der Lagerhalle stand ein dunkelroter Wagen. Sie waren zurück.

Sie sollten so schnell wie möglich verschwinden, war Samantha klar. Sie stürzte aus dem Büro und stiess beinahe mit einer Person zusammen – einem Mann in Polizeiuniform, der seine Waffe auf sie richtete.

«In dem Fall habe ich es mir nicht eingebildet, jemanden durch das Fenster gesehen zu haben», knurrte er. «Ich bin froh, ein ungutes Gefühl gehabt und darauf bestanden zu haben, zurückzukehren. Es ist interessant, Sie hier anzutreffen, Frau Kälin.»

Samantha war unfähig, sich zu rühren, und starrte wie hypnotisiert auf die Waffe, die er weiterhin auf sie gerichtet hielt.

«Sie suchen sicher Ihren Lebensgefährten.» Er lachte. «Sie hätten schlauer vorgehen müssen. Ich tue Ihnen gerne den Gefallen und bringe Sie zu ihm.» Er machte mit der Waffe eine Bewegung, die andeuten sollte, ihm zu folgen. «Mitkommen», sagte er barsch.

Hinter dem Mann erkannte Samantha Simona, die sich

ihnen leise näherte. Der Mann musste ihre Augenbewegung gesehen haben und drehte sich um.

Bevor Samantha wusste, was geschah, hatte Simona die Hand, die die Waffe hielt, gepackt. Der Mann wirbelte herum und schlug im gleichen Augenblick hart auf dem Boden auf. Er liess die Waffe los. Simona gab ihr einen Tritt, und sie schlidderte ausser Reichweite. Simona wendete ihn auf den Bauch. Über seine Lippen drang ein Stöhnen, als Simona sich auf ihn kniete und den rechten Arm auf seinen Rücken drehte. Sie löste vom Gürtel des Mannes Handschellen, die Samantha bisher nicht bemerkt hatte.

«Den anderen Arm», sagte sie im Befehlston, den Samantha bisher nie bei ihr gehört hatte.

«Vergiss es», presste er hervor und machte Anstalten, sich unter Simonas Gewicht hervorzuwinden. Anstelle einer Antwort drückte Simona den Arm weiter nach oben, und sofort reichte er ihr den anderen. Die Handschellen klickten. Der Mann stiess Verwünschungen aus, die Simona offenbar kaltliessen.

Sie stand auf und nahm die Waffe. Sie sicherte sie und steckte sie in ihren Gürtel.

«Wo hast du das gelernt?», fragte Samantha.

«Das gehört zur Polizei-Ausbildung. Ich hatte gehofft, es nie anwenden zu müssen.» Sie stand breitbeinig vor dem Mann und blickte auf ihn hinunter.

Samantha konnte einen Teil des Gesichtes erkennen. Es ist nicht Nussbaum, dachte sie. Aber er war definitiv Polizist. Also hätte er Simonas Angriff kontern können, ging es Samantha auf. Zum Glück war das Überraschungsmoment auf der Seite von Joels Schwester gewesen. Und zum Glück hatte sich kein Schuss gelöst.

Simona hockte sich neben den Mann, griff in seinen Haarschopf und hob den Kopf an.

«Wo ist Joel?», zischte sie.

Der Mann lachte, was eher wie ein Husten klang. «Das würdest du gerne wissen.» Simona musste den Mann kennen.

Samantha war sich sicher, ihm früher begegnet zu sein, aber sie konnte nicht zuordnen, wann.

Simona liess den Kopf los, und er schlug auf dem Boden auf. Der Mann schrie auf. Gleich darauf hob Simona den Kopf ein zweites Mal an, indem sie wieder an den Haaren zog. Blut rann aus der Nase des Mannes.

«Simona, nicht.» Samantha war erschrocken über ihren Gesichtsausdruck.

«Wo ist er?», zischte Simona.

«Er hat einen Komplizen», erinnerte Samantha sie. Sie blickte den Gang entlang. Wenn er sich wunderte, wo sein Kollege blieb, würde er nachschauen kommen.

«Der bringt gerade die Leiche fort.»

«Leiche?», schrie Samantha auf.

«Du bist Biologin, und dir sagt bestimmt Tetrodotoxin etwas.» Erneut gab der Mann das lachende Husten von sich.

Samantha sprang auf und rannte zum Fenster.

Der zweite Mann umrundete den Wagen. Bevor er Decken in den Kofferraum warf, konnte Samantha eine Person darin erkennen. Der Mann schlug den Kofferraumdeckel zu und stieg in den Wagen.

«Nein!»

Samantha rannte den Gang entlang und stolperte die Treppe nach unten. Als sie auf den Platz stürmte, bog der Wagen vom Areal auf die Strasse ab und verschwand aus Samanthas Blickfeld.

***

Samantha und Ranjana sassen auf der Rückbank von Nussbaums Mazda und hielten einander an den Händen. Die Polizei war nach fünfzehn Minuten erschienen, nachdem Simona Nussbaum verständigt hatte. Beamte von der Spurensicherung durchkämmten die Gebäude.

Samantha war wie gelähmt und nahm alles nur am Rande wahr. Die Leiche wegbringen, echote es in ihrem Kopf. Hätte sie es verhindern können, wenn sie Nussbaum direkt kontaktiert hätte, oder war Joel bereits tot gewesen, als Samantha mit Ranjana hergefahren war? Sie dachte an die Kiste mit dem Essen.

Eine Bewegung in ihren Augenwinkeln lenkte ihre Aufmerksamkeit auf das Geschehen um sie herum. Ein Beamter, neben dem Simona ging, führte gerade den Polizisten ab. Samantha betrachtete das Gesicht, das blutverschmiert war. Anscheinend hatte das Nasenbluten aufgehört. Inzwischen war Samantha eingefallen, wo sie ihn gesehen hatte. Er war einmal dabei gewesen, als Nussbaum vorbeigekommen war, um Joel zu fragen, ob er eine Waffe besässe. Sie erinnerte sich sogar an den Namen: Gfeller. Simona schien mit dem Beamten, der Gfeller zu einem Wagen führte, eine Diskussion zu haben. Sie gestikulierte mit den Händen und deutete auf Gfeller. Der Beamte sagte etwas, mit dem Simona offenbar nicht einverstanden war. Samantha fragte sich, wie Simona funktionieren konnte. Immerhin war ihr Bruder – der zweite innerhalb eines halben Jahres – ermordet worden. Vermutlich hatte sie auf Autopilot gestellt. Etwas, das Samantha nicht gelang.

Nussbaum trat an den Wagen. Er stützte den Arm auf das Autodach und beugte sich zu Samantha herunter.

Sie dachte daran, wie er mit Molina eingetroffen war. Der Blick, den er ihr zugeworfen hatte, hatte alles gesagt. Was er von ihrer Aktion und der Tatsache hielt, ihn nicht informiert zu haben. Die Vorhaltungen brauchte er nicht auszusprechen. Diese Härte in seinem Gesicht war nun verschwunden.

«Joel Gyger muss in diesem Gebäude gefangen gehalten worden sein», sagte er und deutete auf die Lagerhalle mit dem Verkaufsraum. «Es hat dort wie bei der anderen zwei ähnliche Räume am Ende. Sie haben im Gegensatz zu dieser Halle keine Fenster oder Türen. In einem davon war Herr Gyger.»

Samantha schloss die Augen. Sie hatte diese Halle ausgeschlossen und sich auf das Bürogebäude fixiert. Hatte das Joel das Leben gekostet?

«Haben Sie dieses Lagergebäude betreten?», fragte Nussbaum.

«Nein», sagte Samantha.

«Waren Sie in diesem Gebäude?», wandte Nussbaum sich in Englisch an Ranjana.

Sie schüttelte den Kopf. Samantha spürte ihre Angst und ihr Misstrauen. Ihre Schwester vertraute Nussbaum immer noch nicht.

Ein Mann in einem weissen Ganzkörperschutzanzug näherte sich ihnen. Er streifte die Latexhandschuhe von den Händen und schob die Kapuze von seinem Kopf. Ein brauner Wuschelkopf kam zum Vorschein.

«Wir haben Essensreste gefunden, die wir zur Analyse ins Labor bringen und auf Tetrodotoxin testen werden. Es gibt da etwas Bemerkenswertes, das ich dir gerne zeigen würde.»

Die beiden Männer verschwammen vor Samanthas Augen, und ihre Stimmen wurden zu einem Hintergrundrauschen. Joels letzte Mahlzeit. Ab welchem Zeitpunkt hatte er gewusst, sterben zu müssen?

***

Simona betrat das Wohnzimmer mit geröteten Augen. Sie musste geweint haben, während sie die Zimmer für Ranjana und Samantha hergerichtet hatte.

Als Nussbaum ihnen zugestanden hatte zu gehen, hatte Simona erklärt, dass Samantha und Ranjana nicht alleine in Joels Haus zurückkehren sollten. Samantha hatte das Angebot dankbar angenommen, war sich allerdings inzwischen nicht sicher, ob die Idee gut war. Sie wäre gerne alleine gewesen. Simona wischte sich über die Augen, in denen neue Tränen glänzten. Samantha beneidete sie darum, weinen zu können. Sie dagegen fühlte sich gefühllos wie ein Stein. Das war ein weiterer Wunsch, warum sie gerne alleine wäre. Sie hoffte, wenn niemand in ihrer Nähe war, endlich der Trauer freien Lauf lassen zu können.

Hinter Simona betrat Maik den Raum. «Nico ist im Bett.»
Dankbar lächelte Simona ihn an und setzte sich Samantha und Ranjana gegenüber auf einen Sessel.

«Was kann ich für euch tun?», fragte Maik.

Die Zeit zurückdrehen, dachte Samantha.

Da keine antwortete, verliess Maik den Raum und kehrte einige Minuten später mit einer Teekanne und vier Tassen zurück. Er schenkte den Tee ein, als es an der Haustür klingelte.

«Ich gehe», sagte er. Aus dem Gang konnte Samantha Stimmengemurmel hören. Bei dem Besucher musste es sich um einen Mann handeln. Samantha ahnte, wer es war, bevor Maik Nussbaum in den Raum führte.

Nussbaum reichte jedem die Hand zur Begrüssung und setzte sich. «Inzwischen wissen wir, um wen es sich beim zweiten Entführer handeln könnte: den Vater von Gabriel Gfeller.»

«Um Hans?», rief Simona. «Einer von Vatis besten Kollegen, mit denen er regelmässig jasst?»

Inzwischen wusste Samantha, dass der an der Entführung beteiligte Polizist der Sohn des Freundes von Simonas Vater war. Sie war mit ihm in die Schule gegangen, und später hatten sie zusammen die Polizeischule absolviert. «Dieser Bastard», hatte Simona wiederholt auf der Heimfahrt gesagt. «Ich kann es nicht fassen, dass ausgerechnet er meinen Bruder auf dem Gewissen hat.»

«Es sieht ganz danach aus», sagte Nussbaum. «Wie es ausserdem aussieht, hängen die Morde an Herrn Fehr und an Herrn Herzog mit der Entführung deines Bruders zusammen. Das Ganze wirft zudem ein anderes Licht auf das Versagen der Bremsen des Autos deines Vaters und die versuchte Manipulation am Wagen deines Bruders.»

Bereits auf dem Firmenareal hatte Nussbaum Simona geduzt und damit Samantha in ihrer früheren Annahme bestätigt, die beiden könnten einen freundschaftlichen Kontakt haben.

«Wo liegt der Zusammenhang?», fragte Maik.

«Zwar fehlen die Laboruntersuchungen, aber gemäss deiner Aussage wurde dein Bruder mit dem Gift des Fugu-Fisches vergiftet. Die Spurensicherung hat in der Wohnung von Herrn Fehr einen Fingerabdruck gefunden, der mit dem Daumen von Gabriel Gfeller übereinstimmt.» Er hob die Hand, als Simona das Wort ergreifen wollte. «Ich weiss, das könnte einen anderen Grund haben. Er war bei der Untersuchung des Tatorts in der Wohnung, aber es gibt weitere Indizien. Wir haben sein Foto in dem Haus, in dem Herr Fehr wohnte, gezeigt. Die Frau, die in der Wohnung unter ihm lebt, hat gesagt, sie habe ihn an besagtem Abend nach dem Chienbäse-Umzug aus dem Haus kommen sehen. Des Weiteren ist Hans Gfeller in einem Schützenverein. Wir haben sein Gewehr sichergestellt. Die Patronen stimmen mit einer Hülse überein, die wir in der Wohnung unter dem Sofa gefunden haben.»

«Ich denke, die tödlichen Schüsse wurden mit dem Gewehr meines Vaters abgegeben», unterbrach ihn Simona.

«Das hat sich inzwischen als falsch herausgestellt.» Nussbaum schlug das linke Bein über das rechte. «Wir haben eine leere Plastikdose im Kehricht bei Hans Gfellers Haus gefunden, die Reste eines weissen Pulvers enthält. Sie hat kein Etikett mit den Angaben zum Inhalt. Ich gehe davon aus, bei der Untersuchung dieses Pulvers wird sich herausstellen, dass es sich um Tetrodotoxin handelt.»

«Wie soll Hans an das Pulver gekommen sein?», fragte Simona.

«Was war er von Beruf?», kam Samantha Nussbaum mit einer weiteren Frage zuvor.

«Warum fragst du nach seinem Beruf?», wollte Simona wissen.

«Hat er in der experimentellen Pharmakologie gearbeitet?»

«Nein. Er war Autoverkäufer», sagte Simona.

«Er hatte Kenntnis, wie man Bremsen manipulieren kann», sagte Nussbaum. «Er wusste, dass dein Vater die Garage nicht abschloss und der Wagen ebenfalls in der Regel nicht zugesperrt war.»

«Er hatte keine Ahnung von Gift», warf Maik ein.

«Was sagt Gabriel dazu?», fragte Simona.

«Nichts.» So, wie er das sagte, klang es nach einer grossen Portion Frust. «Er verweigert die Aussage. Hattest du in der letzten Zeit Kontakt mit Gabriel Gfeller?»

«Nein. Seit ich aus dem Polizeidienst ausgeschieden bin, nicht mehr.»

«Und davor?»

«Er war ungefähr zwei Monate nach Nicos Geburt bei mir.»

«Ist dir rückblickend an ihm etwas aufgefallen?»

«Nein. Er schenkte Nico ein Plüschtier. Wir haben geplaudert, und er hat mir von Plänen erzählt, eine Auszeit nehmen zu wollen, um ein halbes Jahr durch Australien zu reisen. Das war sein Traum gewesen.»

«Hiess das, er fühlte sich im Job nicht wohl?»

«Nein, das heisst es nicht. Im Gegenteil, er fühlte sich sehr wohl. Danach wollte er zur Polizei zurück und sagte, er habe die Chance, in deinem Team anzufangen.»

«Das ist richtig», sagte Nussbaum. «Vor zwei Wochen haben wir den Vertrag unterschrieben.»

«Er konnte mich nicht verstehen, als ich ihm erzählte, mich ganz dem Hausfrauendasein widmen zu wollen», sagte Simona. «Er fühlte sich im Job und bei den Kollegen gut aufgehoben.»

«Den gleichen Eindruck hatte ich auch, als er sich beworben hat. Sein jetziges Team hat diese Annahme bestätigt. Alle haben geschockt reagiert», sagte Nussbaum. «Keiner kann sich erklären, wie es zu den Taten kommen konnte. Und Gabriel Gfeller schweigt sich, wie bereits gesagt, über den Grund aus. Genauso bekommen wir nicht aus ihm heraus, wo wir seinen Vater finden können oder wo sein Vater die Leiche …» Er stockte, als wisse er nicht, wie er weitersprechen sollte.

«Vielleicht kann dir mein Vater weiterhelfen», sagte Simona. «Er und seine Freunde haben sich nicht nur einmal in der Woche zur Jassrunde getroffen, sondern haben auch sonst einiges zusammen unternommen.» Wie zum Beispiel die Teilnahme am Chienbäse-Umzug, ergänzte Samantha im Stillen.

«Das habe ich, bevor ich zu euch gekommen bin. Leider weiss dein Vater nicht weiter. Wir haben mit ihm gesprochen. Er ist entsetzt, dass sein Freund neben den Morden an Ruedi und an Herrn Fehr versucht hat, ihn zu töten, und deinen Bruder auf dem Gewissen hat. Ihm ist in der Vergangenheit ebenfalls nichts aufgefallen, das einen Hinweis auf die Taten hätte geben können.»

Das Klingeln von Molinas Handy unterbrach die entstandene Stille. Er nahm das Gespräch entgegen und verliess das Wohnzimmer.

«Haben deine Eltern von einem Vorfall in der Vergangenheit von Familie Gfeller erzählt?», fragte Nussbaum.

«Es gibt da etwas», sagte Simona. «Das liegt sechs Jahre oder so zurück. Ich war zu diesem Zeitpunkt mit Maik für sechs Monate in Afrika unterwegs. Wir haben uns anlässlich unserer dreissigsten Geburtstage in dem Jahr eine Auszeit genommen. Ich weiss nicht, was im Einzelnen vorgefallen ist. Es war etwas mit Hans' Tochter, die auf tragische Weise ums Leben gekommen ist. Am besten, du fragst meine Eltern, da ich nicht alles weiss und meine Eltern mir bei der Rückkehr nicht erzählt haben, was genau vorgefallen ist. Sie können dir hier bestimmt besser weiterhelfen.»

Nussbaum beugte sich vor. «Sie haben gesagt, sie wüssten von keinem Vorfall in der Vergangenheit, der mit den heutigen Taten zu tun haben könnte.»

Samantha konnte Simona deutlich ansehen, wie sie erschrak. Ihr Blick huschte zu Maik und anschliessend zu Samantha.

«Simona?», hakte Nussbaum nach.

Simona antwortete nicht und starrte weiter Samantha an. Es war, als versuche sie herauszufinden, ob Samantha etwas wusste.

«Joel hatte zu diesem Zeitpunkt keinen Kontakt zu deinen Eltern», fühlte Samantha sich genötigt zu sagen.

«Ich nehme an, er wusste nichts davon», sagte Simona. Wusste … Vergangenheit. Nie mehr würde sie von Joel in der Gegenwart sprechen. «Wie gesagt, ich weiss nicht genau, was vorgefallen ist.»

Das nahm Samantha ihr nach der vorangegangenen Reaktion nicht ab, aber sie schwieg.

«Hat Gabriel dir nichts erzählt?», fragte Nussbaum.

«Das Thema war tabu, und ich habe es respektiert.»

«Kannst du bitte das erzählen, was du weisst?», fragte Nussbaum, dem die Ungeduld ins Gesicht geschrieben stand. «Besser wenige Informationen als keine.»

«Vor sechs Jahren ist Gabriels Schwester unerwartet gestorben. Das ist das Einzige, das ich weiss. Sie war das Nesthäkchen der Familie. Sie war über zehn Jahre jünger als Gabriel. Gabriels Mutter hat sie vergöttert und ist nie über ihren Tod weggekommen. Sie hat sich kurz darauf das Leben genommen.»

NEUNZEHN

Samantha schreckte aus dem Schlaf und brauchte einen Moment, bis ihr klar war, wo sie war. Erst nach einigen Sekunden sickerte in ihr Bewusstsein, was geschehen war.

Joel.

Sie wünschte sich, man werde bald seine Leiche finden. Wollte sie das wirklich? Samantha versuchte, nicht daran zu denken, was mit Joel geschah, wenn man ihn gefunden hatte. Das gelang ihr nicht, und Bilder erschienen vor ihrem inneren Auge. Rechtsmedizin. Obduktion. Sie würden ihn aufschneiden. Ob sie ihn vorher noch einmal sehen durfte? Ein letztes Mal.

Samantha schloss die Augen und wartete auf die Tränen. Nichts geschah. Warum konnte sie nicht trauern? Tränen würden Erlösung bringen. Das stimmte nicht. Eine Erlösung gab es nicht. Trauer würde die Leere in ihrem Inneren verdrängen. Vorübergehend.

Samantha drehte sich auf den Rücken und starrte Richtung Decke. Sie wälzte sich auf die rechte Seite. Auf den Bauch. Schliesslich gab sie auf. Vielleicht würde ein Tee helfen. Simona hatte gesagt, sie solle sich wie zu Hause fühlen. Samantha öffnete leise die Tür und tastete sich die Treppe runter ins Erdgeschoss. Sie bemerkte einen Lichtschimmer, der unter der Küchentür durchschien. Sie stiess die angelehnte Tür auf. Simona sass am Tisch und starrte auf eine Tasse, die vor ihr stand. Als sie Samantha bemerkte, schaute sie auf.

«Du kannst auch nicht schlafen.» Eher eine Feststellung als eine Frage.

«Nein», antwortete Samantha.

«Ich habe aufgegeben. Möchtest du einen Tee?»

Samantha setzte sich ihr gegenüber. Die digitale Uhr am Ofen zeigte kurz nach halb sechs Uhr am Morgen.

«Unsere Familie wird immer kleiner», sagte Simona. «Erst

Mario im letzten Sommer, und nun Joel. Es ist fast wie ein Fluch.»

«Es ist meine Schuld», sagte Samantha. «Ich hätte nicht alleine auf die Suche gehen dürfen.»

«Ob du es glaubst oder nicht. Ich kann es verstehen. Es hätte durchaus jemand aus Jans Team sein können. Höchstwahrscheinlich war Joel zu diesem Zeitpunkt bereits tot.»

Samantha fragte sich, woher sie die Gewissheit hatte. Gleich darauf fiel ihr ein, wie Simona mit den Beamten auf dem Firmenareal gesprochen hatte. Zwar gab es keine Leiche, aber die Beamten von der Spurensicherung mussten entsprechende Hinweise gefunden haben. Sie starrten in die Tassen.

«Und ich habe ihn verdächtigt», sagte Simona. «Wie im Juni.»

«Warum?», fragte Samantha.

«Keine Ahnung. Ich wollte, dass er Dreck am Stecken hat. Bitte frage mich nicht, warum. Vielleicht, weil er perfekt war.»

«Perfekt?»

«Mario hatte seine Fehler, und ich habe auch eine Menge.»

«Joel etwa nicht?»

«Nein. Er war es, der seinen Weg ging. Ohne Wenn und Aber. Der wusste, was er wollte. Im Gegensatz zu mir. Weisst du, als ich damals mit Maik auf Afrikatour ging, hatte ich gerade meinen Job hingeschmissen.»

«Den bei der Polizei?»

«Nein. Ich arbeitete bei einer Versicherung. Die KV-Ausbildung war eine Notlösung, da ich nach der Schule nicht wusste, was ich machen sollte. Meine Eltern haben mich zur KV-Ausbildung gedrängt, damit ich nach dem Schulabschluss nicht ohne etwas dastand. Der Job war eigentlich interessant, aber ich war nicht geschaffen dafür. Es gab riesigen Zoff.»

«Du warst erwachsen. Also war es deine Sache.»

«Mein Vater hat mir die Stelle besorgt. Er empfand es als persönlichen Affront. Während der Reise hatte ich so gut wie keinen Kontakt zu meinen Eltern. Nach meiner Heimkehr war es tabu, über Emilias Tod im Einzelnen zu sprechen.»

Eine logische Erklärung dafür, dass Simona Nussbaum keine Details geben konnte. Trotzdem nahm Samantha ihr weiterhin nicht ab, nicht mehr über die Umstände von Emilias Tod zu wissen.

«Weiss du, Joel war derjenige, der sich nie beklagt hat», fuhr Simona nach einer Weile fort. «Nie beklagt hat, im Schatten von Mario zu stehen, der Muetis eindeutiger Liebling war. Obwohl Joel zielgerichtet seinen Weg ging. Gute Noten nach Hause brachte. Er hielt immer den Kopf hin, wenn wir Mist gebaut hatten, und bekam die Strafe ab.» Ein Zittern durchlief Simonas Körper. «Als das damals mit seiner Verlobten passierte, hat Joel seine andere Seite gezeigt. Er wurde ausfallend, wobei ‹ausfallend› zu harmlos ist. Er hat sich aus der Familie ausgeklinkt. Endlich war ich froh, weil er doch nicht so perfekt war.»

«Du warst eifersüchtig auf ihn?»

«Ja, das trifft wohl zu. Nachdem wir wieder in Kontakt gekommen waren, suchte ich unterbewusst nach weiteren Fehlern. Mir ist klar, diese Erklärung reicht nicht, aber ich kann keine bessere liefern.»

Schweigen senkte sich über sie.

«Du hast wirklich keine Ahnung oder einen Verdacht, was damals genau passierte?», versuchte Samantha einen neuen Vorstoss, da sie die Stille nicht mehr aushielt.

«Du meinst, warum die Tochter von Hans gestorben ist?»

«Ja.»

«Nein. Es wurde wie gesagt zu einem Tabuthema. Ich habe mich gehütet nachzuhaken. Ich war froh, weil sich mein Verhältnis zu meinen Eltern wieder einrenkte, nachdem wir zurückgekehrt waren. Rückblickend könnte es sein, dass mein Vater sich die Schuld an Emilias Tod gegeben hat.»

«Wieso glaubst du das?»

Simona antwortete nicht und stand auf. Sie trat ans Fenster und starrte nach draussen. Inzwischen war es hell geworden, und Samantha konnte erkennen, dass es weiterhin regnete.

«Bleibst du?», fragte Simona anstelle einer Antwort. «Oder kehrst du nach Liestal zurück?»

«Das hängt davon ab, was du möchtest», antwortete Samantha. Sie war sich nicht sicher, was sie lieber hätte. Auf der einen Seite wollte sie gerne alleine sein, was sie aber wegen Ranjana nicht sein würde. Auf der anderen Seite hätte sie gerne Simona bei sich.

«Hier seid ihr», sagte Ranjana, die in der Tür aufgetaucht war. Simona fuhr herum. Für einen kurzen Moment sah Samantha ihre schreckgeweiteten Augen. Im gleichen Augenblick setzte Simona ein Lächeln auf. Offenbar hatte Simona Ranjanas Anwesenheit vergessen.

«Wir konnten nicht mehr schlafen.» Sie blickte Samantha an. «Ich wäre froh, wenn ihr bleiben könntet. Maik hat heute Abend einen Flug in die USA, den er kurzfristig übernehmen musste, und ich bin mir nicht sicher, heute alleine sein zu können.»

«Wäre das für dich in Ordnung?», fragte Samantha Ranjana, nachdem sie ihr erklärt hatte, dass Maik Pilot bei der Edelweiss war.

***

Samantha bog in die Seltisbergerstrasse ein und folgte ihr hangaufwärts. Sie hatte erklärt, Wechselkleidung und Toilettenartikel holen zu wollen.

«Ich bleibe bei Simona», hatte Ranjana gesagt. Sie hatte offenbar gespürt, dass Samantha gerne alleine in das Haus zurückkehren wollte.

Samantha bog in die Strasse ab, in der sich Joels Haus befand, und hielt vor der Garage an. Sie stieg nicht gleich aus, sondern blickte auf das Haus. Es machte einen verlassenen Eindruck. Sie war sich nicht sicher, ob es eine gute Idee war, alleine herzukommen. Joel. Samantha legte den Kopf auf das Steuerrad und wartete vergebens auf die Tränen. Wieso gelang es ihr nicht, zu weinen?

Als sie ausstieg, blies ihr der Wind Regen ins Gesicht. Samantha sah zu, zum Haus zu gelangen. Die Haustür fiel hinter ihr ins Schloss, und die Stille des Hauses umgab sie. Das Gefühl der Verlassenheit vertiefte sich.

Samantha streifte die Schuhe ab und lief auf Socken ins Wohnzimmer. Sie trat ans Fenster und blickte in den Garten. Auf der Wiese trotzten Krokusse und Schneeglöckchen dem Regen. Die Forsythie stand inzwischen in voller Blüte, und die Magnolie vom Nachbarn hatte die meisten Blüten geöffnet. Rosa und Gelb standen in einem Kontrast zum Grau und wirkten wie ein Hoffnungsschimmer an diesem ungemütlichen Tag. Ein Hoffnungsschimmer, den es nicht gab. Den es für sie und Joel nie geben würde. Samantha stützte sich am Fensterrahmen ab.

Warum hatte sie sich keinen Ruck gegeben? Joels Wunsch war es gewesen, zusammenzuziehen. Aber Samantha hatte nicht über ihren Schatten springen können. Warum? Nur wegen des Wunsches, ihre Eigenständigkeit nicht zu verlieren? Inzwischen hatte sie begriffen, dass dem nicht unbedingt so war. Es war nur eine Frage, wie man die Sache anpackte, wenn man zu einem Team wurde.

Ausserdem hatte es sie abgeschreckt, in Joels Haus zu ziehen – auf nicht neutralen Boden. Rückblickend war es lächerlich. Wäre es anders gewesen, wenn er nach Lenzburg gekommen wäre? Diese Option hatte nie ernsthaft zur Auswahl gestanden, da ihre Wohnung in Lenzburg zu klein war.

Joel hatte ihr die Möglichkeit angeboten, zusammen ein gemeinsames neues Zuhause zu suchen. Auch das hatte sie nicht gewollt.

Was würde sie darum geben, ihm diesen Wunsch zu erfüllen. Da sie die Zeit nicht zurückdrehen konnte, würde sie diese Chance für immer verpasst haben.

Samantha hatte das Bedürfnis, das Haus so schnell wie möglich zu verlassen, da ihre Schuldgefühle sie zu ersticken drohten. Sie stiess sich vom Fensterrahmen ab.

Das Telefon klingelte, und sie verharrte mitten in der Bewegung. Es funktionierte wieder? Samantha konnte sich erst nach dem dritten Klingelzeichen rühren. Auf dem Display erkannte sie Regulas Namen und nahm das Gespräch entgegen. Keine Sekunde später wünschte sie, es nicht getan zu haben.

«Wir haben gehört, was passiert ist», sagte Matthew. Er war definitiv die letzte Person, mit der Samantha sprechen wollte. «Wir möchten dir unser Beileid ... wie sagt man das auf Deutsch?»

«Beileid aussprechen», half Samantha mechanisch aus. «Danke.»

«Ausserdem möchte ich mich für mein Verhalten entschuldigen», fuhr Matthew fort. Erstaunt richtete Samantha sich auf. Mit dem hätte sie am wenigsten gerechnet. Er klang nicht mehr wie der überhebliche Mann, sondern total zerknirscht.

«Mir tut es ebenfalls leid, dass ich dich verdächtigt habe.» Wie hohl dieser Satz klang. Dabei meinte Samantha es ehrlich. Das Letzte, das sie wollte, war, jemanden unschuldig zu verdächtigen und dazu beizutragen, dass er in den Fokus der Polizei geriet. Egal, ob die Person sympathisch war oder nicht.

«Das hätte ich an deiner Stelle auch. Ich habe mich wie ein Idiot benommen. An deiner Stelle hätte ich mich noch am selben Abend angezeigt.»

Ein unangenehmes Schweigen stellte sich ein. Samantha überlegte, wie sie das Gespräch beenden konnte.

«Ich werde in zwei oder drei Tagen abreisen, und wir werden voraussichtlich keine Gelegenheit haben, uns nochmals zu sehen», kam Matthew ihr zuvor. «Zuerst reise ich nach Frankreich und danach nach Italien.»

Samantha stellte das Mobilteil zurück auf die Station, nachdem sie sich verabschiedet hatten. Eigentlich sollte sie über diese Information, Matthew los zu sein, froh sein, aber die Freude drang nicht bis in ihr Inneres vor.

Sie drehte sich um und schaute sich im Wohnzimmer um. Ihr Blick wanderte vom Esstisch zum Schwedenofen. Sie sah vor ihrem inneren Auge Joel auf dem Sofa sitzen und die Zeitung lesen und flüchtete aus dem Raum.

Samantha eilte in den ersten Stock. Sie packte zuerst Ranjanas Sachen in den Koffer, bevor sie in Joels Schlafzimmer ging. Sie blieb einen Augenblick mitten im Raum stehen und atmete tief ein. Bald würde sich der Geruch nach Joels Aftershave, der in der Luft hing, verflüchtigen. Samantha setzte sich auf das Bett und presste ihr Gesicht in die Kissen. Auch hier würde bald nichts mehr von Joels Geruch übrig bleiben. Sie verharrte in der Position, aber auch dieses Mal kamen keine Tränen. Samantha stand auf und packte eine kleine Reisetasche.

Beim Verlassen des Hauses kam ihr in den Sinn, es könnte verderbliche Lebensmittel im Kühlschrank haben. Samantha nahm aus dem Schrank im Gang eine Einkaufstasche und ging zum Kühlschrank. Als sie ihn öffnen wollte, gab es draussen einen Knall. Erschrocken eilte sie zum Fenster. Die Seitentür der Garage stand offen. Eine neue Windböe erfasste sie und schlug sie erneut gegen die Wand. Im Inneren erkannte Samantha den Schemen eines Wagens.

Nussbaum hatte nichts davon gesagt, die Untersuchung von Joels Audi sei abgeschlossen. Die Tür schwang weiterhin hin und her.

Geduckt eilte Samantha durch den Regen zur Garage. Als sie die Tür schliessen wollte, realisierte sie, dass die Motorhaube dunkelrot war, und stutzte. Joels Wagen war dunkelblau. Samantha betrat die Garage, und der Schrei blieb in ihrem Hals stecken. In der Garage stand der alte dunkelrote BMW.

Samantha brauchte drei Anläufe, bis sie Nussbaums Telefonnummer tippen konnte. Er meldete sich nach dem zweiten Klingeln.

«Das nenne ich Gedankenübertragung», sagte er anstelle einer Begrüssung. «Gerade habe ich Sie anrufen wollen.»

Samantha war aus dem Konzept gebracht und konnte nichts erwidern. «Eben habe ich mit Simona Kohler gesprochen, und sie meinte, sie wären in Liestal.» Er klang so, als sei das wichtig. «Darf ich vorbeikommen? Ich nehme an, Sie sind vor Herrn Gygers Haus.»

Wieso sagte Nussbaum «vor» und nicht «in»? Sie fand ihre Stimme wieder. «Ja, bitte kommen Sie schnell. In der Garage steht der Wagen der Entführer.»

«Was? Bleiben Sie, wo Sie sind!»

Bevor Samantha etwas erwidern konnte, hatte er das Gespräch beendet. Sie lehnte sich gegen die Küchenanrichte und versuchte zu vermeiden, zur Garage zu schauen.

Ihre Gedanken rasten. Was hatte es zu bedeuten, dass der Wagen ausgerechnet in Joels Garage stand? Es dauerte eine Weile, bis ihr bewusst wurde, was das heissen konnte. War der Entführer sogar im Haus?

Die Haustür war verschlossen gewesen. Samantha stand auf und überprüfte die Terrassentür. Sie war wie die Haustür abgeschlossen. Ein eingeschlagenes Fenster hatte sie nicht gesehen. Sie hatte allerdings nicht in jedem einzelnen Raum nachgeschaut.

Raus hier, dachte sie, konnte sich aber nicht bewegen. Wie lange brauchte Nussbaum, bis er hier war? Vermutlich zu lange. Hätte Hans Gfeller Samantha etwas antun wollen, hätte er das längst getan. Sie war lange genug im Haus gewesen, damit er dazu eine Gelegenheit hatte.

Über sich meinte Samantha Schritte zu hören. Er ist da oben. Der Drang zu fliehen wurde grösser. Bleiben Sie, wo Sie sind, hörte sie Nussbaums Stimme im Kopf. Nein. Sie stürzte zur Tür und riss sie auf. Ein dunkler Wagen mit einem mobilen Blaulicht auf dem Dach hielt gerade vor der Einfahrt.

Nussbaum sprang heraus und eilte gefolgt von Molina und einem weiteren Beamten mit gezückter Waffe auf sie zu. Als er Samantha in der Tür erblickte, gab er den Männern mit einem Handzeichen zu verstehen, stehen zu bleiben.

«Sie sollten dort bleiben, wo Sie waren», knurrte er sie an.

«Ich war im Wohnzimmer, als wir miteinander telefonierten», sagte sie.

Nussbaum machte mit dem Kopf eine Bewegung zu den beiden Männern und führte Samantha vom Haus weg. Die Beamten verschwanden im Gebäude.

Nussbaum fasste Samantha am Arm und dirigierte sie zu seinem Wagen. Nach einer Zeit, die Samantha wie eine Ewigkeit erschien, tauchten die Männer in der Haustür auf. Sie schüttelten die Köpfe.

«Sie sagten, der Wagen der Entführer sei hier.»

«Er ist in der Garage.»

«In der Garage?», wiederholte Nussbaum ungläubig. In diesem Moment klingelte sein Handy. Er drückte das Gespräch weg. Es klingelte wenige Sekunden später erneut.

«Geht gerade nicht», herrschte Nussbaum den Anrufer an. «Was? Wo?» Er liess das Handy sinken. «Sie haben den mutmasslichen Komplizen gefunden», sagte er zu Molina.

«Du meinst den Vater von Gabriel Gfeller?»

«Ja. In der Schrebergartensiedlung an der Waldstrasse. Er hat sich in einem dieser Häuschen erschossen.»

«Erschossen?», wiederholte Molina. «Wieso ist das Auto hier in der Garage?»

«Frage mich bitte etwas Einfacheres.»

«Zu Fuss ist es nicht weit», sagte der dritte Beamte. «Zwanzig Minuten bis maximal eine halbe Stunde.»

«Er hätte es einfacher haben können. Wer hat ihn überhaupt gefunden?»

«Der Nachbar. Ihm ist aufgefallen, dass die Tür zu dem Häuschen offen war. Für mich macht es keinen Sinn, dass er den Wagen hier abstellt.»

«Der Wagen sollte offenbar nicht sofort entdeckt werden», sagte Molina. «Oder er hat ihn extra hergebracht. Mit der Leiche.»

Samantha schrie auf und wollte an den Beamten vorbei zur Garage rennen. Molina eilte ihr hinterher und erwischte ihren Arm, bevor sie die Seitentür erreicht hatte.

Nussbaum und der andere Beamte verschwanden im Inneren der Garage.

Molina wollte Samantha wegführen, aber sie weigerte sich und starrte weiter auf den Wagen.

«Die Fahrertür ist nur angelehnt», sagte Nussbaum. «Und der Wagenschlüssel steckt.»

«Ich mache den Kofferraum auf», sagte der Beamte und ging zum Heck des Wagens.

Ein Klicken. Der Kofferraum klappte hoch, und der Mann beugte sich nach vorne.

«Scheisse!», entfuhr es ihm.

ZWANZIG

Simona stellte Gläser und Getränke auf das Wohnzimmertischchen, um das Joels Eltern, Nussbaum, Molina und Samantha Platz genommen hatten. Samantha war erstaunt gewesen, als Nussbaum mit Beat und Verena bei Simona eingetroffen war.

Ranjana betrat den Raum. Ihr folgte einige Sekunden später Joel. Samantha konnte es immer noch nicht glauben, dass er lebte.

Er habe gestern nichts von dem Sandwich gegessen, hatte er erzählt. Er habe gesehen, wie Hans Gfeller ein Pulver daraufgestreut hatte, und wusste, was das bedeutete. Als er ihm das Brötchen an den Kopf geschleudert hatte, hatte Gfeller ausgeholt. Der unerwartete Schlag hatte Joel nach hinten geschleudert, und er war mit dem Kopf gegen die Wand geprallt. Dabei hatte er das Bewusstsein verloren. Er war wieder zu sich gekommen, nachdem Gfeller den Kofferraumdeckel zugeschlagen hatte.

Was Gfeller dazu bewogen hatte, ihn in den Kofferraum zu verfrachten und in Joels Garage abzustellen, würde keiner mehr nachvollziehen können. Auch sein Sohn Gabriel, der inzwischen sein Schweigen gebrochen hatte, konnte hierzu keine Erklärung liefern. Abgemacht war gewesen, dass sein Vater Joel das Gift verabreichen und seine Leiche danach in den Wald bringen sollte. Anschliessend wollten sie alles packen und verschwinden.

Zum Glück hatte Hans Gfeller die Decken in den Kofferraum geworfen. Daher war Joel nur leicht unterkühlt gewesen, als der Beamte ihn gefunden hatte.

Joel setzte sich neben Samantha und legte den Arm um ihre Schultern. Ranjana blieb stehen. Ihr Misstrauen gegenüber Nussbaum hatte sie nach wie vor nicht abgelegt. Samantha hatte den Eindruck, Nussbaum schüchtere sie ein. Dabei begegnete er ihr freundlich.

«Inzwischen ist mehr oder weniger alles aufgeklärt», sagte Nussbaum auf Englisch. «Der Auslöser der Tat reicht sechs Jahre zurück. Seine damals sechzehnjährige Tochter Emilia erlitt nach der Einnahme der Pille eine Thrombose im Bein. Die Pille hatte Dr. Fehr ihr aufgrund starker Menstruationsbeschwerden verschrieben. Ein Blutpfropfen löste sich und wanderte zur Lunge, was eine Lungenembolie auslöste. Das Mädchen überlebte nicht.»

Samantha senkte den Kopf. Wie schrecklich musste es sein, wenn das eigene Kind starb. Eine Hand tauchte in ihrem Blickfeld auf und legte sich auf ihre.

«Für die Eltern war es eindeutig ein Ärztefehler. Thomas Fehr wies die Anschuldigungen von sich. Es sei anhand des Beipackzettels deutlich ersichtlich, die Einnahme der Pille könne gewisse Risiken beinhalten. Er habe zusätzlich auf die Risiken hingewiesen und auf die Einwilligung der Eltern bestanden, die sie ihm gegeben haben. Die Mutter des Mädchens kam mit dem Schicksalsschlag nicht zurecht und nahm sich eine Woche später das Leben. Für Hans Gfeller war ihr Tod auch Dr. Fehrs Schuld.»

«Soll das heissen, alles ist eine späte Rache von Hans?», fragte Simona. «Nach sechs Jahren?»

«Überwunden hat er diesen Schicksalsschlag nie», mischte sich Beat ein. «Nach aussen war er gefasst, und wir hatten das Gefühl, er habe eine Art Frieden gefunden. Er war sogar bei einem Psychologen und sagte, die Behandlung habe Erfolg gehabt. Er habe abschliessen können und wolle nach vorne schauen. Wenn die Sprache in diese Richtung ging, wechselte er in der Regel das Thema.»

«Der Auslöser ist nicht hundertprozentig klar. Gemäss Ihrer Aussage», Nussbaum nickte Beat zu, «kam vor einigen Wochen das Gespräch beim Jassen auf das Thema Pille.»

«Es war Emilias Todestag», warf Beat ein. «Ich habe versucht, das Thema zu wechseln, weil ich wusste, dass Hans normalerweise darüber nicht sprechen wollte. Aber Hans redete sich in Rage. Der Versuch zu schlichten schlug fehl, und ich konnte die Dynamik, die das Gespräch entwickelte, nicht unterbrechen. Es kam zum Streit, und Hans stürmte aus dem Haus. Er wollte mit uns Ignoranten nichts mehr zu tun haben und auch nicht am Chienbäse-Umzug teilnehmen.»

«Ob das der Auslöser war, wissen wir nicht», sagte Nussbaum. «Inzwischen wissen wir, welche grosse Mitschuld er Ihnen am Tod seiner Tochter gab.»

Samantha sah, wie Beats Gesicht starr wurde. Ihr wurde klar, dass Beat sich tatsächlich selbst die Schuld gab – sowohl für das, was damals geschehen war, als auch für das, was sich heute daraus entwickelt hatte.

«Ich war ebenfalls bei Dr. Fehr in Behandlung», meldete sich Verena zu Wort. «Ohne ihn würde ich heute nicht mehr leben. Zum einen war da die komplizierte Geburt von Joel. Er hatte damals frisch seine Assistenzstelle im Spital angetreten und war der Einzige, der realisierte, was los war. Ich bin ihm dankbar, weil er sich gegen die sogenannt erfahrenen Kollegen durchgesetzt hat. Später, zu diesem Zeitpunkt hatte er bereits seine eigene Praxis, hat er rechtzeitig bei mir Gebärmutterhalskrebs erkannt.»

«Hans' Frau Ruth war mit Emilia bereits bei einem anderen Gynäkologen gewesen. Sie waren nicht zufrieden, weil er ihr bei ihren Problemen nicht helfen konnte und ihr Anliegen nicht ernst nahm. Ich habe Dr. Fehr empfohlen», sagte Beat. «Emilia war keine drei Monate, nachdem sie zum ersten Mal in seiner Sprechstunde gewesen war, tot.»

«Das heisst, er hat Thomas Fehr aus Rache getötet?», fragte Joel.

«Ja. Gabriel ist am Chienbäseabend zu ihm gegangen. Mit der Begründung, er wolle Altes nicht mehr länger im Raum stehen lassen und den Schritt machen, den sein Vater längst hätte tun sollen. Er habe Sushi mitgebracht.»

«Wieso gerade Sushi?»

«Sushi war Emilias Lieblingsgericht. Bei dem ersten Termin bei Dr. Fehr kam die Sprache auf das Essen, hat mir Ruth erzählt», sagte Verena. «Frage mich bitte nicht, warum. Dr. Fehr hatte Sushi ebenfalls gerne, und gemäss Ruth hat er zuerst mit Emilia darüber geplaudert, um ihr die Angst vor der Untersuchung zu nehmen. Gabriel wollte ursprünglich Fugu-Fisch in das Gericht schmuggeln. Da er keinen auftreiben konnte, hat er das Sushi mit dem Pulver präpariert.»

«Wie kommt man auf eine solche Idee?», rief Samantha fassungslos. «Wo hat er das Pulver überhaupt her? So einfach in der Apotheke bekommt man es nicht.»

«Bevor er zur Polizei ging, war Gabriel Biologielaborant. Er hatte Kontakt zu einem ehemaligen Kollegen, der in einem Forschungslabor arbeitet.»

«Und der organisiert ihm Tetrodotoxin?», fragte Samantha entsetzt. «Einfach so?»

«Wir sind dabei, der Sache nachzugehen», sagte Nussbaum. «Bis jetzt schweigen Gabriel Gfeller und sein Kollege über die Gründe, warum er sich darauf einliess und das Pulver aus dem Labor schmuggelte.»

«Warum musste Ruedi sterben?», fragte Simona. «Er hatte mit alldem nichts zu tun.»

«Das war ein Versehen. Nach dem Mord an Thomas Fehr hat Gabriel sich mit dem Gewehr seines Vaters am Fenster postiert. Sein Vater hatte beim Umzug die Aufgabe, Ihren Vater an erster Stelle dieser Gruppe gehen zu lassen.»

«Moment», unterbrach ihn Samantha. «Ich dachte, er wollte nicht mitlaufen.»

«Kurz vorher hat er sich gemeldet, er habe es sich anders überlegt», sagte Beat. «Alle dachten, es wäre als Versöhnung zu deuten.»

«Der Plan ging nicht auf», sagte Nussbaum.

«Ich hatte einen Krampf in der Schulter. Der Besen war schwer, und ich habe ihn auf die andere Seite gewechselt», sagte Beat. «Daher bin ich ein Stück zurückgeblieben.»

«Gabriel traf anstelle Ihres Vaters Ruedi Herzog, der in dem Augenblick ins Schussfeld trat, als Gabriel Gfeller abdrückte.»

«Wie kommt man auf so eine Wahnsinnsidee?», rief Samantha. «Es war dunkel.»

«Er hatte ein Nachtsichtgerät montiert.»

«So ein Wahnsinn», wiederholte Samantha.

«Später suchten sie nach einer neuen Möglichkeit.» Samantha dachte sofort an die manipulierte Bremse. «Hans Gfeller war Automechaniker und kannte sich mit Bremsen aus.»

«Warum wurden Joel und Ranjana entführt?», fragte Simona.

«Gabriel Gfeller hat gesagt, bei Ranjana hätte es eine Verwechslung gegeben. Als sein Vater Joel und Frau Kälins Schwester vor der Chesi angesprochen hat, konnte er seinem Sohn nicht mehr sagen, das Vorhaben zu stoppen.»

«Ein fragwürdiges Unternehmen, bei dem es nicht sicher war, ob es klappt», sagte Joel.

«Es war mehr oder weniger spontan. Die beiden waren in Liestal unterwegs und haben Sie gesehen, wie Sie in die Chesi gingen. Unerwartete Hilfe bekamen Sie von Ihnen, da Sie den Wagen schon auf dem Weg vom Laden dorthin entriegelt haben. Hans Gfeller hat Sie abgelenkt, und sein Sohn ist in den Wagen geschlüpft. Die Verwechslung mit Ihrer Schwester hat Ihnen das Leben gerettet. Sie wollten Sie töten, wenn sie auf dem Areal in Birsfelden ankamen. Das ging aufgrund der Verwechslung nicht. Sie brauchten ein Druckmittel, damit Frau Kälin mit den Nachforschungen aufhörte. Ausserdem realisierten sie, wie gut Sie, Herr Gyger, und Ihre Eltern finanziell dastehen. Sie haben überlegt, Sie zu erpressen, um genügend Geld für eine Flucht ins Ausland zu sammeln, da sie merkten, wie sich der Strick um ihren Hals zuzog.»

Was für ein makabrer Vergleich, dachte Samantha.

«Wenn ich das richtig verstehe, war alles Hans' Rache», sagte Beat. «Wieso hat er seinen Sohn mit hineingezogen?»

«Er war Polizist», rief Simona. «Wie konnte er da überhaupt mitmachen?»

«Vor Weihnachten ist Gabriel betrunken Auto gefahren und hat dabei einen Unfall verursacht. Eine vierköpfige Familie starb. Er hat Panik bekommen und Fahrerflucht begangen, da er Angst hatte, seine Karriere, die er bei der Polizei anstrebte, wäre damit zu Ende, bevor sie angefangen hatte. Er war ehrgeizig.» Nussbaum schaute Simona an.

Sie nickte.

«Gabriel hat sich zu diesem Zeitpunkt intern auf die freie Stelle in meinem Team beworben und stand bereits in der engeren Auswahl. Er hat es seinem Vater gebeichtet und ihn gebeten, ihm ein Alibi zu geben, falls das notwendig werden sollte.»

«Hans hat sich darauf eingelassen?», fragte Beat.

«Ja. Aber nicht ohne Gegenleistung.»

«Das heisst, er hat ihn erpresst?», rief Beat. «Hans? Seinen eigenen Sohn?»

«Ja», wiederholte Nussbaum. «Er hat länger darüber nachgedacht, wie er seine Frau und seine Tochter rächen sollte, sah aber ein, dass es für ihn alleine unmöglich war. Mit der Hilfe seines Sohnes wurden die Rachepläne durchführbar.»

Nussbaum schlug mit den Händen auf seine Oberschenkel und unterbrach das Schweigen, das sich eingestellt hatte. Er stand auf.

Samantha und Joel begleiteten ihn zur Tür. «Sie verreisen?», fragte Nussbaum, als er Samantha die Hand reichte. Er deutete auf die Reisetaschen, die im Gang standen.

«Meine Schwester möchte gerne Schnee sehen.»

«Der ist dieses Jahr Mangelware.»

«Wir fahren alle nach Zermatt», sagte Joel. «Dort haben wir eine Chance.»

Liestaler Käsewähe

Zutaten für ein rundes Blech von 26 cm Durchmesser
Teig:
100 g (kalte) Butter
200 g Mehl
½ TL Salz
70 ml Wasser

Belag:
2 dl Milch
1 EL Mehl
100 g Joghurt nature
100 g Zwiebel
200 g geriebener Emmentaler
Pfeffer
Salz
Muskatnuss

Zubereitung
Für den Teig die Butter in kleine Stücke schneiden und mit Mehl und Salz zu einer krümeligen Masse vermischen. Das Wasser dazugeben und alles zu einem weichen Teig zusammenfügen (nicht kneten).
Für den Belag die Milch mit dem Mehl mischen und unter Rühren aufkochen lassen. Den Joghurt dazugeben. Die Zwiebeln in kleine Streifen schneiden und mit dem Käse und der Joghurt-Milch-Masse vermischen. Mit Pfeffer, Salz und Muskatnuss würzen.
Die Backform mit Backpapier auslegen. Den Teig auswallen und in die Form geben. Den Teigboden mit der Gabel einstechen und die Käsemasse drauf verteilen.

Ca. 40 Minuten im auf 200 °C vorgeheizten Ofen backen, bis sie goldbraun ist.
Die Wähe schmeckt am besten warm, kann aber auch kalt gegessen werden. Dazu passt Salat.

Basler Mehlsuppe

Zutaten
1 Zwiebel
5 EL Mehl
50 g Butter
1 l Bouillon
100 g geriebener Käse (zum Beispiel Gruyère)

Zubereitung
Die Zwiebel schälen und in kleine Stücke schneiden. Das Mehl in eine Pfanne geben und unter Rühren bei mittlerer Hitze ohne Fett haselnussbraun rösten. Aufpassen, dass es nicht zu dunkel wird. Auf die Seite stellen und abkühlen lassen.
Die Butter schmelzen und die Zwiebel darin andämpfen. Das Mehl daruntermischen. Die Bouillon dazugiessen und alles unter Rühren mit dem Schwingbesen aufkochen. Die Hitze reduzieren und das Ganze ca. 1 Std. köcheln lassen. Hin und wieder umrühren.
Suppe in Suppenteller verteilen und den grob geriebenen Käse darüberstreuen oder separat dazu servieren.

Glossar

Badi – Freibad
Barriere – Schlagbaum, Schranke
Bäse (Mundart) – Besen
Buffet – hier: halbhoher Schrank
Café Crème – Kaffee mit Kaffeerahm
Cervelat – Schweizer Nationalwurst
Chesi (Mundart) – Käseladen
Chien (Mundart) – Kien, Harziges Föhrenholz
Couvert – Briefumschlag
die drey scheenschte Dääg (Basler Dialekt) – die drei schönsten Tage (Basler Fasnacht)
Edelweiss – Schweizer Fluggesellschaft
Estrich – Dachboden
ETH – Eidgenössische Technische Hochschule in Zürich
Föhre – Kiefer
Hüsli – Häuschen
Jass – Schweizer Kartenspiel
Kappe – Mütze
KV-Ausbildung – Schweizer Bezeichnung für kaufmännische Grundausbildung
Morgestraich (Basler Dialekt) – Auftakt der Basler Fasnacht am Montagmorgen um vier Uhr nach dem Aschermittwoch
Mueti – liebevoll für «Mutter»
Parkbillett – Parkschein
Perron – Bahnsteig
Plättli – Fliesen
Rahm – Sahne

SBB – Schweizerische Bundesbahnen
Spital – Krankenhaus
Stedtli (Mundart) – liebevoll für «Innenstadt»
Store – Jalousie
TCS – Touring Club Schweiz, ist vergleichbar mit dem ADAC in Deutschland
Töff – Motorrad
Törli – Oberes Tor in der Liestaler Altstadt
Trottoir – Bürgersteig
Velo – Fahrrad
Vermicelles – Marronipüree
Wähe – flacher Blechkuchen mit einem Belag aus Früchten, Gemüse oder Käse

Die Kriminalromane von Erfolgsautorin Ina Haller im Überblick:
Alle Titel sind auch als eBook erhältlich.

Krimis mit Andrina Kaufmann

Tod im Aargau
ISBN 978-3-95451-076-4
Gift im Aargau
ISBN 978-3-95451-264-5
Der Metzger von Aarau
ISBN 978-3-95451-483-0
Schatten über dem Aargau
ISBN 978-3-95451-796-1
Aargau-Fieber
ISBN 978-3-7408-0058-1
Der Fluch von Aarau
ISBN 978-3-7408-0284-4
Aarauer Finsternis
ISBN 978-3-7408-0513-5
Nebel im Aargau
ISBN 978-3-7408-0925-6

Krimis mit Samantha Kälin

Rüebliland
ISBN 978-3-7408-0631-6
Chriesimord
ISBN 978-3-7408-0791-7